KB239104

에덴 동산을
떠나며

에덴동산을 떠나며

이병천 장편소설

문학동네

1

그림자밟기놀이를 기억하는가? 밟았다 싶은 순간이면 어느새 발등 위로 올라서고 말던, 용케 움켜쥐었다 싶으면 마른 연기처럼 스멀스멀 빠져 달아나던……

돌아보면 그림자밟기놀이처럼 기억되는 삶의 한 토막쯤은 다들 간직하고 있으리라. 흘러가버린 날일수록, 흘러가긴 했어도 여전히 달콤할수록 덧없이 스치는 가슴속 풍경들을…… 금산金山에서 보낸 한 시절이 내게는 그렇다. 모악산母岳山 서남쪽 능선 아래 금산 땅의 비류동과 황지동 자락, 사람들이 흔히 '에덴 동산東山'이라고 부르던 그곳, 다솜터 공동체!

그 무렵 나는 아내와 헤어져야만 했던 참담한 심사를 폭음으로 달래가면서 그럭저럭 버텨내는 중이었다. 심각한 내적 고통을 매질 따위의 외적 학대로 진통하고자 했으니, 죽음으로 버티고자 했으며 버티는 일로 죽어가던 시절이기도 했다.

─ 매화가 피었다더라. 매화꽃 그늘에 잠겨 한잔 마시자.

─ 낭자 이름은 매화, 방년의 처자가 너를 기다리겠다고 한다. 오너라 오너라.

─ 매화의 젊음이 덧없거늘…… 오늘이 아니면 어느 날 뵈오리.

몇몇 친구들은 사사건건 매화 핑계를 대며 술자리를 만들곤 했다. 매화도 매화지만 혼자 궁상을 떨고 앉아 있을 틈을 주지 않으려는 수작임을 내가 모를 리 없었다. 나이 사십 무렵은, 아내보다 친구들의 존재감을 더 소중하게 확인하는 시기인지도 모른다. 더구나 아내가 사라지고 없는 사내들이라면.

하지만 술을 마시고 난 다음날이면 사정이 달랐다. 술집 무희 하나를 골라 '매화'라는 이름을 붙여 내 옆에서 시중을 들게 해도, 더러는 진짜로 술잔에 꽃잎을 띄워 마셔봐도 아침이면 어김없이 속이 쓰리고 아팠다. 그 어떤 경우에도 매화는 꿈 가운데 꽃일 뿐, 꽃 속에 파묻혀 지냈노라고 굳이 억지를 부리자면, 내 현실은 지상의 꽃이 아니라 춥고 어두운 지하의 뿌리 쪽에 가까웠다고 해야 옳다.

그 어느 봄날의 새벽에 전화는 왔다. '금산 공동체'라고 했다. 뱃속이 부글거리고 있던 터라 나는 처음에는 그곳이 인삼으로 유명한 쪽의 협동조합이나 아닌가 하고 지레짐작했다. 숙취로 고통받는 사람들을 용케 꿰고 있다가 홍삼 제품이나 하나 판매하려

는······

"인삼이라면 됐소."

나는 여차하면 전화기를 집어던지려고 작정했다. 다급했는지, 그 순간 전화기 너머에서 걸쭉한 사투리가 마구 쏟아졌다.

"쪼깨만, 쪼깨만 지둘려보더라고요이? 누말짜꾸로, '인삼군 금산군'이 아니고요이. 머시냐 시방, 여그는 온천 나오는 금산인디, 다솜터라고. 아실랑가도 몰로것구만이롸우, 시방."

"아······!"

무슨 후렴이라도 되는 양 말끝마다 '시방'을 치는 사내의 마지막 '시방'이 끝나는 순간, 나도 모르게 감탄사가 새어나왔다. 이미 그 마을에 대해서는 충분히 들어왔던 터라 거기가 어떤 곳인지 나도 알 만큼은 알고 있었다. 삼백 명 가까운 주민들이 모여 살면서 지상에 별천지를 세우고자 한다는 사실, 이른바 '다솜대학'이라는 대안학교가 설립돼 있으며 자체 은행에서는 고유 화폐를 발행한다는 얘기, 질 좋은 유황온천과 생수 판매사업 등을 겸해서 구성원들 모두가 아주 풍족한 생활을 꾸려가고 있다는 사실들까지······

"선생님얼 공식적으루다가 여그로 모실라고 지가 전화를 드릿구만이롸우. 긍게 언지든지 선생님이 일단 방문허셔서 샐펴보시고, 증말 진짠갑다 싶으면 그때 우리랑 항꾸 살랑가 어쩔랑가 결정허셔도 늦덜 안 헐 턴디······ 어쩌요? 언지 한번 댕기러 오실랑가요, 시방?"

"지금 말입니까?"

"서나서나 행편 닿는 대로 오시라넌 말씀이지롸우. 여글 두고서나, 바까티서는 싸가지 읎이 찧고 까불어쌓기도 헙디다. 피런허고, 머시냐 시방, 즈덜 찌리찌리 낙원이라고 불름서나 지랄허고 자빠졌다고요. 여그서 우리덜도 귓구녕이 뚫렸응게로 몰로던 안 허요만, 자신허는 구석이 다 있응게 모시것다고 댐벼드는 거싱마는......"

사내는 자신이 마을의 촌장이라고 했다. 사투리 때문인지 촌장의 말이 쉽게 현실적으로 다가오지 않았던 게 사실이다. 다솜터의 그 큰 무게감 때문이었는지도 모른다. 하지만 촌장의 초대는 그냥 단순한 초대가 아니었다. 주거할 집과 일자리까지 제공할 테니 입주해서 같이 살자는 제안이기도 했다. 그러니 굳이 덧붙이자면, 나는 마을 공동체로부터 공식적으로 선택받은 셈이었다.

비류동이든 황지동이든, 다솜터는 아무나 들어가 살 수 있는 마을이 아니다. 거기 구성원들도 나름대로 선민의식을 지닌 채 살고 있다는 얘기들이 파다했다. 그곳을 지켜보는 인근 시민들의 쑥덕거림이 끊이지 않았지만 마을 주민들 쪽에서 보자면 오히려 그 점이 자긍심을 갖게 만들었던 것이다. 대한민국 어느 곳에서나 부자 아파트와 가난한 아파트가 철저하게 구분이 되고 심지어는 같은 아파트 안에서도 평수에 따라 빈부의식을 저절로 나눠 가지듯.

한번 달아나버린 새벽잠은 다시 올 기미를 보이지 않았다. 거푸 뒤척거리며 나는 비류동을 떠올렸다. 차를 운전해서 가면 반시간이 채 걸리지 않는 곳이다. 온천욕을 하러 이미 여러 번 가보았던 마을이기도 했다. 대중온천탕과 사우나시설, 방갈로, 그리고 상가 등이 밀집돼 있는 단지가 황지동, 그 건너편 산자락이 비류동인데 마을 주거지는 거기였다. 거의 대부분 흙집으로 모두 삼백 호 가까이 된다고 했다. 그런데 집들이 작아서, 작은 이유는 따로 있지만, 그냥 오두막이라고 해야 옳았다. 인근 시민들이 부러움과 질투를 섞어 '토끼굴'이라고 부를 만도 했다.

하지만 토끼굴이든 오두막이든, 요행으로 거기 초가집 방갈로를 얻어 하룻밤이라도 지내본 사람이라면 평가가 달랐다. 고향집에 와서 누운 것처럼 이루 말할 데 없이 편안하더라고 했다. 물론 사람들은 그 마을이 아니더라도 초가에 온돌까지 깔려 있는 집이라면 무조건 좋은 선입견부터 갖게 될 게 뻔하다. 나로서는 선입견이고 뭐고 그 마을 오두막에서 숙박할 기회조차 얻어본 적이 없지만……

'이 비루먹은 삶을 거기에 뉘어볼까?'

나는 뒤척이고 또 뒤척거렸다. 마을 사람들의 실제 삶이 어떤지는 헤아릴 수 없지만 공동체의 삶이라는 건 아무래도 내게는 부담이 클 것도 같았다. 나는 이미 공동체의 최소단위라고 할 수 있는 부부생활에서도 실패한 놈이다. 그런데도 문득 잠자리를 박차고 일어나 내친 김에 비류동으로, 우선은 거기 온천으로라도 달려가보고 싶은 마음이 일었다. 잠자리라고 해봐야 일어나 앉게 되면 소파에 지나지 않는다. 아내가 떠나간 뒤로 나는 단 한 번도 안방 침대에 들어가 잠을 청한 일이 없다. 우리의 모든 기억들이 모두 먼지로 변해서 켜켜이 수북하게 쌓여 있을 저 침대 같은 곳에는……

다솝터가 왜 나를 초대했을까? 마을에서 어떤 도구로든 나를 필요로 할 게 틀림없긴 하다. 그들의 교육이념이라는 이른바 '토종대학土鐘大學'이 도대체 무슨 대학인지 얼핏 머릿속에 그려지지는 않지만 교수로 채용하겠다는 제안일 수도 있다. 그렇다면 감지덕지다. 지방 사립대학의 철학과 강사 자리는 장돌뱅이 단봇짐 장사치보다도 희망이 더 엿보이지 않으니까.

시내를 빠져나와 산으로 접어들자 길가에 늘어선 벚나무들이 움을 틔우고 있는 모습이 보였다. 그러자 비류동에는 이미 벚꽃이 만개해 있을지도 모른다는 예감이 나를 사로잡았다. 중국인들이 그려낸 이상향인 '도원경桃源境'에는 복숭아꽃이 만발했다는 내용이 떠올랐기 때문이다. 그건 히말라야 어느 깊은 산속에서 발견했다는 영국인 작가의 소설 『잃어버린 지평선』의 무대도 마찬가지다. 낙원에는 꽃이, 반드시 피어 있어야만 한다. 한겨울에도……

'가보자. 가서 둘러보기로 하자. 일이야 무엇이든 과연 거기가 살아도 좋은 마을인지를……'

마을 초입에서 나는 차를 세웠다. 산모퉁이를 돌아서기만 하면, 어떤 의미로든, 신세계였다. 상가 단지가 늘어선 황지동 쪽은 벌써 그 끝자락이 눈에 띄었다. 그 너머로는 천지간에 고루 봄볕을 나누어주게 될 아침해가 반짝반짝 빛나는 긴 수염을 늘어뜨리며 솟아올랐다. 나는 마을이 훤히 내려다보이는 산마루에 올라보려고 작정했다. 먼저 마을을 엿보고 싶어졌던 것이다.

　백가쟁명百家爭鳴 시대에 일가를 이루며 북소리를 크게 울렸던 묵자墨子는 주장했다. 겸애兼愛의 대도가 행해지면 천하에 사유私有는 없고 공유公有만 있으며, 재화가 낭비되는 것을 싫어하며 반드시 자기 자신만을 위해 소비하지 않을 것이라고…… 따라서 누구든 노동을 하지 않는 것은 죄악이며 그 노동이 자신만을 위한 것이어서도 안 된다고…… 그게 묵자가 말한 공동체사회, 곧 대동사회다. 다솜터도 과연 그런 곳일까? 그 이름처럼?

　끙끙대면서, 가다 쉬고 가다 쉬고를 반복하면서 나는 마을이 보일 만한 산마루턱에 올라서는 데 가까스로 성공했다. 그러자 아주 희한한 광경이 내 눈앞에 펼쳐졌다. 계곡 왼쪽에 위치한 황지동 상가 단지는 그렇다 치고, 비류동의 초가집 주거 단지는 어떤 거대한 나무 한 그루를 꼭 닮아 있었다. 산자락에 펼쳐진 새하얀 길은 위쪽을 향해갈수록 점차 실핏줄처럼 퍼지면서도 가늘게 좁아져 영락없이 가지가 많이 벋은 노거수의 모습 그대로였다. 그런데 무엇인가……! 길 끝마다 위치한 누런 황토벽의 집들은 그 나무에 잔뜩 매달려 있는 농익은 사과들처럼 보였다. 길은 곧 나무였고, 거기 가지 끝마다 초가집들이 다닥다닥 매달려 있는 형상이었다. 마을 모습이 한 그루 거대한 '생명의 나무The tree of life' 그 자체였던 것이다.

　'저건, 그래……! 사과나무다!'

　갑자기 심장이 뛰기 시작했다. 내 비약과 상상이 허용된다면,

선악과나무가 자라는 에덴동산이 바로 거기 펼쳐져 있었다. 남들은 이상향에 대한 비유로 에덴동산을 언급하지만 나는 실제 그곳을 눈앞에 대하는 것 같은 느낌으로 한순간 오싹했다. 다솜터, 내 첫인상이 그랬다.

분명 그랬다.

사랑이라는 것에서는 생피 맛이 난다. 따뜻하면서도 서늘하고, 짭짤하면서도 고소하다. 얼핏 보면 섬뜩해 보여도 재차 눈을 돌리는 순간이면 이미 늦고 만다. 교미한 뒤에 잡아먹힌다는 사마귀 수컷들이 빠져드는 것과 같은 치명적인 중독성이 있고, 다가가는 순간 어지럼증과 마취를 유발하는 독성물질이 뿜어져나오기도 한다. 다솜터는 나에게 처음 생피 맛으로 다가왔다. 그곳 동산에 올라서서, 무엇인지도 모르는 채, 나는 인류가 최초로 흘려놓은 그 사랑의 생피를 마셨다. 거기 올라서는 순간, 그게 곧 운명이었다.

2

봄은 볼 수 있는 것들이 있어 봄이라고 한다. 겨울에는 볼 수 없었던 것들, 이를테면 새싹 같은 게 뾰족뾰족 눈을 뜨고 우리 앞에 모습을 드러낸다. 그래서 봄이다.

다솜터의 봄 역시 얼어붙은 계곡물이 녹아서 흘러가거나 물가

버들개지, 논두렁에 돋아나던 쑥, 혹은 산수유 노란 꽃 이파리가 첫 눈을 뜨고 있다가 마을 어느 누군가에게 들키는 순간으로 시작했을 것이다. 봄은 곧 바라봄이니 말이다. 그렇다면 아마 내 존재도 다솜터의 봄을 증명하는 일 중 하나리라. 나른하고 몸이 근질근질했을 토요일 오후, 많은 이들이 눈을 빠끔 뜨고 지켜보는 가운데 입성했으니까.

내가 살 집으로 비류동 279호 초가집 한 채가 배정됐다. 다솜터 초입에서 볼 때, 사과나무로 치면, 왼쪽의 가장 높은 가지 끝에 매달린 사과가 내 오두막이다. 279호라면 279번째 지어진 집을 의미하기도 하고, 비류동의 자체 번지수를 뜻하기도 한다. 가장 가까운 이웃은 283호로 삼사십 미터가량 떨어진 곳에 위치한다. 사과나무로 치면 맨 위쪽 끝 가지에 매달린 사과, 그게 비류동 끝 집이다. 또다른 집이 바로 아래 지적에 있지만 그곳은 계곡이 가로막고 있다. 46호라고 했다.

"본인이 원허기만 험사 낭중으 바꿔돌라고 허먼 되닝게로, 집이 쪼깨 껄쩍지근히도 우선 몇 조금은 전뎌보더라고요이? 자치회으다가 직접적으루 건의혀도 좋고, 인터넷카페를 통혀가꼬 뜻을 밝혀도 조응게요."

집을 안내하던 촌장이 인터넷카페를 힘주어 강조했다. 그는 육십 초반으로 보이는, 뚱뚱하면서도 단단한 인상의 남자다. 희게 센 머리를 뒤로 빗어넘겼는데 얼굴에서 차지하는 이마의 비율이, 만약 그런 게 있다면, 황금비라고 할 만큼 멋지다. 하지만 경사가 별로 급하지도 않은 산길에서 자주 숨을 헐떡거렸다.

"물괴기든 사램이든, 배때지가 뇌랗게 살쪄야 허는 건디, 숨은 지랄허게 가쁘고만, 시방!"

"저는 집을 바꾸지 않겠습니다."

촌장의 푸념은 못 들은 척하고 나는 화제를 되돌렸다. 집터며 위치가 마음에 든다. 무엇보다 상가 단지에서도 멀뿐더러 이웃 역시 적당한 거리를 두고 떨어져 있어서 좋다.

"제 이웃에는 어떤 분들이 살고 있습니까?"

"어허허……! 유지찌리 먼첨 오가는 질을 터가꼬요. 서로 가찹게 지냄서나 서나서나 알어보는 재미도 있지 않것서롸우? 암만혀도 여그서 사는 맛은 예전 도시 살림허고는 사뭇 다를 거궁만요."

하룻저녁에 호기심을 다 풀 수는 없는 일이다. 나도 물론 집안으로 들어가 내부를 어서 구경하고 싶은 마음이 앞섰다. 촌장은 건성으로 집 안팎을 둘러보는 시늉을 하더니 잠시 후 터덜터덜 산길을 걸어내려갔다. 그가 걸어가는 길을 따라 아지랑이의 띠가 너울거렸다. 촌장의 걸음도 공중에 뜬 듯 너울거렸다.

오두막은 세 칸 집이다. 마루까지 치면 네 칸 집이 되는 셈이다. 마루는 벌써 거뭇거뭇 변해가면서 집의 이력을 증명하고 있다. 하지만 안팎이 모두 깨끗했다. 나는 새 창호를 바른 문을 열고 방으로 들어갔다.

마루가 딸린 방이 안방 침실이라면 윗방은 생활공간이다. 안방에는 컴퓨터가 놓인 작은 책상 하나가 있고, 윗방에는 장롱이며 냉장고 등이 열을 지어 서 있다. 그리고 그 건넌방이 화장실을 비롯한 다용도실이다. 마루에서부터 화장실까지, 방을 옮겨갈수록 현대화가 이루어지고 있는 셈이다. 어느 누가 와서 살더라도 비좁지는 않을 듯하다. 독신이기만 하다면.

독신 남녀들의 공동체생활은 어떤 모습일까……? 궁상스럽고 비루하고, 낮달처럼 허옇게 뜬 얼굴들이 유령처럼 떠도는 곳은 아닐까……? 다행스럽게도 말이 공동체일 뿐 한데 모여서 날마다 무슨 집단체조라도 해야 하는 건 아닌 것 같다. 물론 젊은 독신자들만 모여 사는 곳도 아니다. 규제도 제한도 없는 곳, 하지만 눈에 보이지 않는 족쇄 하나는 감수해야 한다. 나이가 많든 적든, 가정을 꾸리지는 못한다는 것이다. 그래서 공동체다. 그게 바로 설립자의 뜻이고, 다솜터의 법이라면 법이다. 공동체가 가정이고, 그 구성원들이 곧 가족이라고 한다. 누구든 개별적으로 짝을 이루려거든 떠나라……! 외지 사람들은 이 때문에 다솜터를 '에넨 동산'이라고 부른다고 했다.

나는 잔뜩 싸들고 온 책과 노트북, 그리고 옷가지 들을 대충 정리했다. 아파트는 물론이고 가구들까지 몽땅 처분한 터라 내게 남은 건 이것뿐이다. 과거의 기억으로 통하는 다리는 거의 모두 사라졌다.

283호는 집 주인이 부재중이다. 둥글게 조성된 꽃밭이 울타리를 대신하고 있다. 산에서 이식한 게 분명한 참빗나무 두 그루가 수문장마냥 대문의 양쪽을 지키고 있다. 봄이 오면 나도 마루 앞뜰에 야생화를 심고 싶다. 누군가가 나를 찾아온다면 먼저 반길 수 있도록…… 그럴 일이 많으면 좋겠다.

283호 뒤로는 작은 오솔길이 있다. 나는 길을 따라 산으로 오르다가 제법 널찍한 바위 하나를 발견하고 거기 올라앉는다. 산등성이를 심심풀이로 오르내리던 바람결이 와— 하고 내게 달려든다. 집 마당조차 번잡스럽게 여겨지는 날이 오면 언제든 찾게 될 것 같은 바위다. 내가 장차 살게 될 집도 사실은 마을에서 멀리 떨어져나간 유형지와 다를 게 없지만.

저 아래 상가 단지 끝에 세워진 대학 건물 앞에는 학생들이 줄지어 서서 웅성거리고 있는 게 내려다보인다. 아마 어딘가로 옮겨가서 수업을 받으려고 하는 것 같다. 학생들은 모두 합쳐서 사오십 명 정도 된다고 했다. 농사를 배우고 길쌈을 익히는가 하면 집 짓는 일까지도 수업과정에 포함되는 대안 대학이다.

다솜터에서 나를 도대체 어디에 쓰려는 것이냐고 물었던 적이 있다. 만약, 대학이 아니라면 다솜터는 내가 머무를 곳이 아니다. 물론 대학도 내게는 버거울지 모른다. 농사도 길쌈도 내게는 다 만만치 않은 일들이기 때문이다. 자치회 관계자가 말했다.

"그분께서는 오랫동안 사람을 관찰하십니다. 그리고 서로에게 가장 필요한 일자리를 제안하시는 거죠. 저도 그분의 속마음을 짐작할 수 없으니 이해하십시오. 하지만 선생님의 전공분야가 엄연하거늘, 상량으로 써야 할 재목을 추녀로 돌리기야 하겠습니까? 이제 곧 그분을 만나시게 될 겁니다."

설립자를 만나기 전까지 나란 존재는 어쩌면 단순한 대기 손님에 지나지 않을 수도 있다. 나는 바위에 오도카니 앉은 채로 마음속에 이는 한 가닥 불안감을 달래기 위해 애쓴다. 사실을 고백하자면, 다솜터에서 나는 찬밥이든 더운밥이든 가릴 처지가 아니다. 이곳이 막장일 수도 있기 때문이다.

"어, 누구세요?"

인기척에 놀라 나는 자리에서 주춤주춤 일어난다. 등산복 차림의 여자가 눈가에 땀방울을 하나 떨어뜨리며 내 행색을 살피고 있다. 나는 좀 당황해서 허둥거린다. 손님이라고 할 수도 없고, 그렇다고 초면에 내 이름을 밝히기도 좀 뭐하다.

"새로 이사오셨나요?"

여자가 다시 묻는다. 귀밑으로 새로 돋아나는 땀방울이 맑은 피부를 비추고 있어서 그런지 이슬처럼 투명하다. 내가 여전히 답을 주지 못하고 있어도 얼음이 풀린 계곡처럼 싱싱한 미소가 그녀의 도톰한 입가에 번진다. 깊고도 검게 박힌 두 눈이 내 대답을 재촉하고 있다.

"아, 예. 저는, 279호……"

"어머! 얘기 들었어요. 반가워요. 저는 46호예요."

그녀가 비로소 활짝 웃는다. 팔이라도 벌려서 나를 껴안을 기세다. 하지만 46호가 어딘지 나는 잠시 기억하지 못했다. 그리고 그 기억을 용케 되살려낸 다음에야 나도 그녀를 향해 미소를 지었다.

"이웃이군요."

"그래요. 바로 이웃이죠. 어떤 분이 오실까 궁금했어요. 그래서 자리에 마냥 앉아 있을 수만은 없어서 산에 올랐던 길이에요."

여자는 그렇게 말하고 나서 얼굴을 조금 붉힌다. 나를 기다렸다고 했다. 여자의 손에는 할미꽃 서너 포기가 쥐어 있다. 이십대 후반, 많아도 삼십은 넘어 보이지 않는다. 아마도 그래서, 아직 젊어서 잘 모르기 때문에 할미꽃을 옮겨 심으려고 하는 것이다.

"이웃이라는 개념을 선생님은 잘 아시겠죠? 나이도 그 무엇도 상관하지 않는…… 여긴 바로 그런 곳이에요. 그래서 제가 호들 갑을 좀 떨었네요."

여자의 귓불이 다시 할미꽃 속잎처럼 발그레해진다. 굳이 변명할 필요까지는 없는 일이다.

"그거 옮겨 심으려고 캔 것이라면 잘못하셨습니다. 할미꽃은 꽃이 핀 다음에 캐서 옮기면 거의 다 죽거든요. 흙까지 떠서 옮기면 몰라도……"

"어머, 그래요?"

"제 어릴 때 경험이죠. 나중에 제가 몇 송이 심어드릴까요?"

"꽃들에게 미안해서 어떻게 해요? 전설과는 딴판으로 이 꽃의 꽃말이 '슬픈 추억'이래요. 그 얘기를 듣고 어찌나 안쓰럽던지 몇 포기 심어볼까 했는데……"

"마음이 그러셨다면 꽃도 이해하겠지요."

여자가 억지로 웃어 보인다. 괜한 얘기를 한 것 같아서 나도 마음이 편치는 않다. 알은체를 하는 바람에 나에 대한 첫인상만 나

빠질 수도 있다.

"하여튼 고마워요. 좀더 계시다가 오실래요? 길이 금방 어두워질 텐데……"

"고맙습니다. 저도 곧 내려가죠."

46호 여자는 생긋 웃더니 뛰어가듯 산을 내려갔다. 그녀가 내 이웃이라니……! 미혼인지 기혼인지 확인하지도 못했고, 대화를 길게 나눈 것도 아니다. 그런데 어쩐지 모성애가 풍부한 여성일 것 같다. 아니다. 그건 순전히 내 소망에 지나지 않는지도 모르겠다.

사랑에 대해서는 나도 알 만큼은 알지!

46호 여자가 내려간 산길을 건너다보며 기껏 혼자 떠올리는 말이 그것이다. 나를 아는 사람들이라면 분명 허황된 얘기라고 일축할 게 뻔하다. 하지만 내가 아는 한 그건 이를테면, 줄다리기 같은 것이다. 끌려가면 끝장이 난다. 먼저 사랑에 빠져버리는 쪽이…… 그래서 지는 쪽이 노예로 전락해버리는 것, 그게 바로 사랑의 일치적인 속성이다. 내가 먼저 끌려가지는 말자……! 나는 그렇게 다짐한다. 생각해보니, 염치 좋게도 나는 김칫국부터 들이마시고 있다.

3

설립자로부터는 만나자는 연락이 좀체 오지 않았다. 그는 새벽부터 밤늦게까지 일에 파묻혀 사는 사람이라고 했다. 어쩌면 그

일에는 나를 관찰하거나 내 동정에 대해 보고받는 일도 포함돼
있을지 모른다. 그러지 않고서야 사람을 불러놓고 대면조차 하지
않을 리는 없다.

그사이에 나는 비류동 골목과 황지동 단지를 샅샅이 돌아보았
다. 마을에 '이사떡'을 돌리기도 했다. 불과 몇 년 전만 해도 새로
이사를 하면 이웃집마다 떡을 돌리던 풍습이 있었음을 기억해낸
것이다. 그게 내가 다솜터에서 벌인 첫번째 일이라면 일이다. 명색
이 공동체니까 미풍양속은 많을수록 좋다. 그러니 이사떡은 그 자
체로도 환영을 받아야 마땅했다. 물론 이사떡이라는 게 기존의 마
을 주민들에게 애교 어린 신고를 하는 것이니만큼 내 경우는 처음
부터 목적이 남달랐다고 할 수도 있다. 이미 이사하고 입주를 끝낸
사실을 설립자에게 시위하려던 계획이 아주 없지는 않았으니까.

낮 동안 비류동의 오두막들은 대부분 사람 없이 텅 비어 있다.
그 대신 황지동 상가 일대는 날마다 장이 열리듯 사람들로 북적
거린다. 특히 온천과 그 주변의 음식점, 상가 등은 늘 어수선했다.
온천욕을 마치고 음식으로 배를 채웠다고 해서 그냥 돌아가는 사
람은 많지 않다. 제법 이국적으로 조성된 단지가 내방객들의 발길
을 잡아끌기 때문이다. 그리고 상가 단지를 다 둘러본 이들은 비
류동의 오두막까지 구경하기를 원한다. 황지동 단지가 이국적이
라면 비류동 초가마을은 전통을 고스란히 재현한 곳이다. 다만 낮
에는 집들이 비어 있어서 자체적으로 운행하는 셔틀버스로만 견
학이 가능했다.

관광객 중에는 외국인도 많다. 궁벽한 산골이지만 인근에 위치한 도심 한복판보다 외국인들이 더 자주 눈에 띄는 편이다. 그들은 별것 아닌 아주 사소한 물건들, 이를테면 길에서 주운 사금파리 조각이나 비류동의 초가 같은 것에 환호성을 지르곤 했다. 조금은 과장되어 보이는 그들의 호들갑으로 인해 마을과 상가는 더욱 생기가 넘쳐흘렀다. 내가 46호 여자를 다시 만난 건 그 외국인 무리 속에서였다.

"보세요. 저 마루는 지금 집 안에 있는 게 아니지만 딱히 밖에 있다고도 말할 수 없습니다. 분명히 처마 아래에 자리를 잡고 있어서 엄연히 집의 일부지만 그렇다고 외부로부터 차단된 실내공간은 아니죠."

46호 여자는 초가집 마루 구조를 영어로 설명하기 시작했다. 마루까지도 관광 대상이 되는 게 신기했다. 그녀는 외국인을 상대하는 가이드였던 모양이다.

"우리 한국인에게 있어서 저 마루는 여러분의 응접실만큼이나 중요하면서도 다목적적인 공간입니다. 저기서 식사를 하거나 손님을 만나고 때로는 잠을 자기도 하니까요. 이걸로 우리 한국인들의 공간에 대한 인식이 어떤 것인지 미뤄 짐작해보세요. 타인에게 완전히 감춰진 비밀스런 생활방식은 그 자체로 부도덕한 것이라고 우리 민족은 인식했답니다. 문에 바른 창호지도 그 인식에 대한 하나의 증거가 됩니다. 창호지는 물론 한지의 일종이니까 여러분께서 인정하신 대로 과학적으로 아주 효용성이 높기는 합니다. 하지

만 외부세계와 내부의 은밀한 생활공간이 겨우 종이 한 장으로 구
별된다는 점에 주목해보세요. 놀랍지 않으세요?"

"와우! 믿기 힘들어요. 성생활은 불안해서 어떻게 하는 거죠?"

어떤 외국인 여성이 물었다. 그러자 다른 코쟁이들 사이에서 일
제히 웃음소리가 터져나온다.

"서양에서 오신 분들은 늘 그걸 묻더군요."

46호 여자는 내 쪽을 넌지시 바라보면서 미소를 지어 보였다.
그녀의 미소는 내게 보내는 눈짓이 아니라 외국인들에게 정말 그
럴싸한 대답이 준비돼 있다는 하나의 신호처럼 느껴졌다. 덩달아
내가 한쪽 손을 들어 보이긴 했지만…… 어쨌든 나는 그녀의 대
답이 자못 궁금해진다. 그래서 자리를 떠날 수도 없다.

"그래요. 저 창호지는 침을 바른 손가락을 밀어넣으면 소리없이
구멍이 뚫리죠. 그렇다고 실험을 해보려고 나서지는 마세요. 외국
인들이 저마다 창호지에 구멍을 뚫어놓는 바람에 여기 집주인들
은 골치가 아플 지경이니까요. 그런데 실제로 우리에겐 재밌는 풍
습이 있어요. 첫날밤이면 창호지 구멍을 뚫고 신랑 신부를 엿보는
풍습이죠. 그렇다고 날이 샐 때까지 노골적으로 훔쳐보는 건 물론
아니고요. 겉옷을 벗기는 정도까지만 살짝 엿보고 자리를 비켜주
는 게 예의죠. 신혼부부도 그때쯤이면 촛불을 꺼버리지만, 하여튼
저런 공간에서 오래 생활해오면서 우리 민족은 간섭해도 좋을 일
과 간섭해서는 안 될 일을 어디까지나 스스로 판단했던 거예요."

"아, 그래요. 원더풀, 원더풀!"

정말이지 아무것도 아닌 일에 그들은 감탄사를 연발한다. 46호 여자는 또다시 환하게 웃었다. 내가 산마루 바위에서 그녀를 처음 만났을 때 보여주었던, 얼음 풀린 계곡처럼 싱싱한……

"말이 나온 김에 한 말씀 더 드릴게요. 서양인들은 이따금 남에게 보여주고 과시할 목적으로, 혹은 남들이 엿보고 있다는 점을 의식하면서 오히려 섹스를 즐기는 경향이 있는 듯합니다. 섹스까지는 아니라고 하더라도 키스나 진한 애무 정도는 말이죠. 사실인가요?"

코쟁이들이 긴 코를 이리저리 휘저으며 잠시 웅성거린다. 아니라고 항의하는 것인지, 그렇다고 수긍하는 것인지 알 수 없다.

"물론 개인적인 취향이나 심리에 대한 문제니까 함부로 단언할 수는 없는 일이겠죠. 하지만 제 얘기는, 그게 만약 사실이라면, 이 점에 관한 한 우리 문화가 더 진보적이라는 겁니다. 그러니 여러분께서 혹시 원하시거든, 우리 전통의 가옥 구조나 창호지를 여러분의 나라에 수입해가서도 좋지 않겠느냐는 얘기예요."

외국인들이 폭소를 터뜨렸다. 그녀는 또 미소를 지어 보였다. 그리고 외국인들에게 버스에 오르도록 지시하고는 나를 향해 걸어왔다.

"여기서 뭐 하고 계세요? 제 일을 감시하는 업무라도 맡으신 건가요?"

"하하하…… 그냥 둘러보는 중입니다. 영감님은 아직 얼굴조차 뵌 적이 없는데요, 뭐."

"어머, 그래요? 제가 한번 알아볼게요. 참, 이사떡 말이에요. 그
거 아주 기막혔어요. 아이디어가 좋아서 하루아침에 비류동 유명
인사가 되셨어요."

"그런가요? 떡은 괜찮았습니까?"

"그럼요, 한 접시 다 비웠는걸요. 그런데 지금 시간이 없어서
그러는데, 혹시 저 버스에 동승 좀 해주지 않으실래요? 제 일도
도와주실 겸 바람도 쐬고…… 때마침 우리 어르신을 일정 마지막
에 찾아뵙기로 했거든요."

나는 그녀의 제안을 듣고 잠시 망설였다. 따로 할 일이 있는 건
아니다. 말이 그렇다는 것이지 그녀가 특별히 도움을 요청할 만한
일도 있을 것 같지는 않다. 오히려 그녀를 통해서 이곳의 삶과 분
위기를 엿볼 수 있다면 다행일 성싶다. 나는 버스에 올랐다.

"최근에 우리 마을의 가족이 되신 분을 소개해드릴게요. 괜찮
겠죠?"

46호 여자는 내 의사를 묻지도 않고 대뜸 나를 불러 자리에서
일어나도록 했다. 외국인들이 요란스럽게 환호했다. 괜찮겠느냐
는 말은 내 동의를 구하는 질문이었는지도 모른다. 나는 별수 없
이 앞으로 나갔다.

"선생님, 그냥 인사나 하시는 게 좋을 듯해서요. 누군지도 모르
는 사람이 일행에 섞이게 되면 손님들이 긴장하고 불편해할지도
모르니까요."

"알았어요. 하지만 나는 외국인만 봐도 긴장하는 사람인

24

데……"

할 수 없이 나는 46호 여자가 건네준 마이크를 붙잡는다. 열 명이 넘는 외국인들의 눈동자가 일제히 나를 향했다. 눈동자 색깔이 참 가지각색이다.

"구문보其文寶라고 합니다. 보배로운 문물을 두루 갖추라는 뜻의 이름입니다만 우리 한국인들은 이름에 담긴 뜻을 특별히 중시하지는 않습니다. 한자로 지어졌기 때문입니다. 이름이 어렵다면 그냥 구보라고 불러도 좋습니다. 제 친구들이 흔히 부르는 별명이거든요."

나는 고개를 꾸뻑 숙인 다음 이내 자리로 돌아오려고 했다. 그런데 외국인 가운데 한 사람이 손을 들고 질문을 한데다가 46호 여자가 마이크를 되돌려 받으려고 하지 않았다.

"새 식구라니까 궁금해서 묻습니다. 미스터 구보, 같은 한국인으로서 이 마을에 대한 당신의 첫인상은 어떤 것이었습니까?"

어쩌면 처음부터 이름만 밝히고 서둘러 말을 끝냈어야 했다. 사족까지 붙여서 얘기하는 바람에 오히려 질문을 유도한 셈이 돼버리고 만 것이다. 나는 머리를 긁적거리면서 어지럽게 날아다니는 참새떼 같은 영어단어들을 붙잡기 위해 애쓴다.

"건너편 산 위에서 마을을 조감해보면 거대한 나무 하나가 서 있는 듯한 느낌을 받게 됩니다. 그 인상은 영락없이 에덴동산의 사과나무, 혹은 '생명의 나무'로 표현되는 '우주목宇宙木'이죠. 상상을 좀더 비약시키면 상가 단지 쪽은 에덴동산 아래 인간의 마을쯤으로 여겨집니다. 성경에서 말하는 인류 최초의 조상들, 바로 아담과 이브가 추방돼서 최초로 정착했을 것 같은 마을이죠. 물론 우리 동양신화에서는, 한국이나 일본, 중국, 인도를 막론하고, 인류 조상들은 누군가에게 추방된 존재들이 아니라 스스로 원해서 하늘로부터 내려왔다고 얘기합니다만……"

"미스터 구보, 잠깐만요."

외국인 몇 명이 한꺼번에 들고 일어난다. 누군가는 어디에 있는 무슨 사과나무냐고 묻고, 또다른 사람은 어떻게 우리 인류의 조상들이 외계인처럼 하늘에서 바로 하강할 수 있느냐고 따진다. 외국인이라면 당연히 가질 만한 의문이기도 하다. 나는 시간이 괜찮다면 마을을 조감할 수 있는 산마루까지 안내할 수 있다고 약속했다. 그리고 고조선의 신화를 간단하게 소개하기도 했다. 그리고 말을 이었다.

"아까 여러분의 훌륭한 가이드 선생님께서는, 마루와 창호지에 대한 탁월한 견해를 펼치셨어요. 나도 전적으로 동감합니다. 우리 민족에게는 일찍부터 반*투시적인, 서로 조금씩 들여다보고 교감하고 나누는, 그러한 생활경험이 집단무의식 안에 자리를 잡고 있습니다. 그래서 한반도야말로 언제 어디서나 새로운 공동체실험, 이른바 '멋진 신세계'를 창안해볼 수 있는 거의 유일한 지역이 아닌가 하는 생각을 갖게 합니다. 이건 어디서나 가능한 일이 아닙니다. 개인주의적이고 폐쇄적인 토양에 오랫동안 길들여진 사람들의 공동체운동은 근본부터 불가능한 일이 되겠지요."

26

다솜터 홍보부장이라도 되는 듯, 나는 누가 시키지도 않은 말들을 쏟아놓는다. 46호 여자 때문일까? 왠지 그녀의 눈빛이 내 안의 언어 기능에 불쏘시개를 당겨 자꾸만 말을 하게 만드는 느낌이다. 그런데 문득 돌이켜보니 그녀의 이름조차 나는 모르고 있다. 그저 이웃이라거나 46호라고만 기억하고 있을 뿐……

4

"여태 말씀드리지 못했군요. 제 이름은 오초혜吳草慧예요. 뜻이 중요한 건 아니라고 하셨지만, 오나라의 슬기로운 여자라는 의미를 담고 있죠. '초草'라는 글자에는 '여자'의 뜻도 있다는데 제 이름이 바로 그 뜻이라네요. 오나라는 나랑 아무런 관련도 없구요. 모르죠, 저희 조상님이 혹시 오나라 출신인지도……"

농장으로 떠나기 전, 잠시 커피 한잔씩 마시자고 들어선 찻집에서 46호 여자는 내 가슴에 지워지지 않을 이름 세 글자를 새겨주었다. 내가 외국인들에게 내 이름을 풀어 설명해준 방식이기도 하다. 그녀는 일부러 그런 식으로 자신의 이름을 소개했을 것이다.

"오나라의 슬기로운 여자라면, 중국의 사대 미녀 가운데 으뜸이라는 서시西施를 가리키는 게 아닌가요?"

46호 여자가 내 눈을 빤히 바라보다가 깔깔거린다. 서시는 오나라가 아니라 월나라의 미녀로 불린다. 오나라 군왕의 첩으로 보내지긴 했지만······ 오나라든 월나라든, 내가 물론 서시의 미색을 구경했을 턱이 없다. 그녀의 얼굴을 서시에 견주고, 내 느낌을 그녀에게 전해주고 싶었을 뿐이다. 말하자면, 아부였다.

"휴대폰을 줘보세요. 제가 '폰점phone占'을 쳐드릴게요."

오초혜가 손을 내민다. 폰점이란 말뜻이 쉽게 이해되지는 않지만 그녀의 손 위에 휴대폰을 얹어주지 않을 수 없다. 그러자 그녀가 잽싸게 손을 놀려 번호판을 짚어댔다.

"잠시만 기다리세요."

"······?"

전화벨이 울려왔다. 그녀의 휴대폰에서 울리는 소리다. 내 전화기로 그녀 자신의 전화번호를 누른 것이다. 그녀가 내 휴대폰을 돌려주면서 말했다.

"점괘가 벌써 나왔네요. 제가 풀이를 해드리자면, 으음, 선생님은 앞으로 가끔은 거기 찍힌 번호로 전화하실 겁니다. 맞죠?"

"······!"

나는, 좀 값싸고도 성급하게, 점괘에 감동한다. 가끔이 아니라 어쩌면 일부러라도 시간을 내서 그렇게 할 것 같다. 46호 여자, 오초혜는 멋쩍은 듯 고개를 돌려 나를 외면했다. 벨소리가 몇 차례 더 울린다. 나도, 그녀도 시험 삼아 이어진 전화를 억지로 끊으려고 하지 않았다. 나는 오히려 휴대폰을 귀에 대본다. 그러자 그녀가 직접 내 앞에서 부르기라도 하듯 귓속이 간지러워지는 컬러링이 흘러나온다. "동그라미 그리려다 무심코 그린 얼굴 내 마음 따라 피어나던 하얀 그때 꿈을 풀잎에 연 이슬처럼 빛나던 눈동자……"

커피 타임이라고는 했지만 농장 쪽에서 출발을 미뤄달라고 하는 모양이었다. 앞선 탐방 팀의 차례가 아직 끝나지 않았다고 한다. 오초혜는 그쪽과 계속 교신했다.

"미스터 구보, 음식이 입에 맞지 않을 때는 어떻게 합니까?"

칠십대 노인 하나가 내게 느릿느릿 다가와 묻는다. 콧수염을 멋지게 말아올려서 마치 흰나비 한 마리가 앉아 있는 것 같다.

음식이 입에 맞지 않는다는 표현이 좀 어색하게 들린다. 내가 알기로는 그게 서양인들의 관용적인 표현은 아니다. 그들에게는 맛이 좋거나 아니면 나쁘거나 둘 중 하나다. 이를테면 그들 음식문화는 음식을 섭취하는 최종 소비자가 스스로 소금이며 후추 따위의 양념을 가미하기 때문에 우리의 경우처럼 조리된 음식의 간이 맞는가이 여부가 개입되는 경우가 별로 없다. 노인은 이미도 마을의 식사체계에 대해 이미 들어서 알고 있는 듯하다.

"우리 음식도 이제는 점차 표준화되고 있습니다. 양념이 알게 모르게 계량화되고 있기 때문이지요. 그래서 특별한 문제는 발생하지 않는 듯합니다. 한국인 중에는 오히려 그 때문에 개인의 특성화된 맛이 사라져가고 있다고 탄식하는 사람들도 많습니다. 그리고 이곳에서는 일반적인 한국음식 외에도 중화요리나 일본요리, 서양음식 들을 취향에 따라 선택할 수 있거든요."

대답은 그렇게 했지만 나는 음식 때문에 적지 않은 고통을 겪고 있는 게 사실이다. 입맛이 까다로운데다가 매번 끼니를 걱정해야 한다는 부담으로 뒷맛이 영 개운치 않기 때문이다. 물론 식사는 나무랄 데 없다. 언제나 당일 새벽에 도정한다는 신선한 쌀로 밥을 짓고 농장에서 직접 키운 유기농채소로 찬거리를 장만한다고 했다. 그래서 이곳 식당까지 일부러 찾아와 밥을 사먹는 이들도 많다고 했다. 문제는 비루먹은 내 식성일 수밖에 없다. 결혼하고 아내와 처음 부딪친 일도 아마 내 음식 투정으로부터 비롯되었을 것이다.

다솜터 주민들은 마을만의 고유한 화폐를 사용한다. 모두가 그걸 지불하고 필요한 물품을 구입한다. 단지 안에서는 온천이든 슈퍼마켓이든 어디서나 통용이 가능하다. 나라의 진짜 백원짜리 동전부터 만원짜리 지폐까지, 각각 동가同價로 환산할 수 있도록 만들어진 어음 같은 화폐들이다. 그리고 원하는 주민들에게는 황지동 은행에서 언제 어느 때나 진짜 화폐로 환전해주기도 한다. 나도 다솜터 화폐로 음식을 사먹는다. 그런데 주민들에게는 그 화폐가 은근한 자부심을 내비치는 일종의 신분증 대용으로도 쓰이는 것 같다.

"자, 어서 오세요. 여기가 '다솜농장'입니다."

농장 입구에 서 있던 직원이 우리 일행을 맞이하며 '다솜'이란 말을 강조한다. 다솜대학, 다솜은행, 다솜온천, 다솜생수…… 다솜은 우리 고어로 '사랑'을 뜻한다고 한다. 개인적인 사랑보다는 인류애 같은 것이라고 한다. 모든 집단은 자신들의 꿈과 이상을 이름으로 삼는다. 아마 다솜터도 그럴 것이다.

"여러분은 너무 시끄러워 짜증이 날지도 모르겠소이다. 하지만 이게 우리 토종닭의 진정한 울음소리라오."

빗물이 여기저기 흘러내린 황토 언덕배기처럼 얼굴에 주름살 가득한 노인네 하나가 뒷짐을 지고 선 채 입을 열었다. 그 주름살 고랑마다 웃음기가 배어나온다. 목청이 찢어져라 울어대는 닭들이 마냥 대견스런 표정이다. 뒤늦게 얻은 손자 녀석의 구접스런 재롱도 그저 반기는 노인들처럼…… 46호 여자가 통역을 하기 시작했다.

"닭도 조류이니, 울음소리가 본래 이렇게 맑고 드높아야 합니다. 굳이 덧붙이자면 여기 닭들은 야생의 성질을 거의 회복했다고 할 수 있지요. 저 애들을 잡아서 공중에 날리면 간지럼이라도 타는 듯 웃어대면서 까마득한 나무 꼭대기까지 날아간다오. 일반 육계라면 땅에 떨어져 죽기 아니면 까무러치기지만…… 저놈들의 꼿꼿한 자세도 한번 살펴보시구려."

외국인들이 저마다 목을 늘여빼고 토종닭들을 구경한다. 그 모습이 모이를 찾아다니는 암탉과 다를 바 없어 보여서 나는 웃음이 치민다. 하지만 놈들의 꼿꼿한 자태는 제법 기품이 있다. 특히 수탉들은 군대를 지휘하는 장수라도 되는 양 위풍당당하다.

"우리가 일상적으로 섭취하는 음식은 에너지인 동시에 의약의 근원이 됩니다. 이건 상식이니까 부정하는 사람들은 없겠지요. 그런데 음식이란 때로 좋은 약이 되는가 하면 어떤 경우에는 나쁜

독으로도 작용한다는 사실을 많은 이들이 눈치채지 못하고 있어요. 어떤 경우에 그러겠소이까?"

노인의 목소리는 끝없이 구구거리는 닭들의 소음에 묻혀 거의 들리지 않는다. 수탉 한 마리가 어느 한구석에서 목청을 높여 울음을 내뽑으면 다른 수컷들 역시 사방 여기저기서 덩달아 소리를 질러댄다. 그래서 나까지도 46호 여자, 아니 오초혜가 통역해주는 영어를 확성기로 들어야 했다.

"나는 오래전부터 음식이 어떻게 독이 될 수도 있는가 하는 문제에 진력해왔어요. 그리고 '틱낫한'이라는 수도승이 주목했다는 하나의 단어에서 실마리를 찾았지요. 여러분이 '앵거Anger'라고 하는 것, '화'가 그것입니다. 바로, 화란 말이오이다. ……좀더 부연해볼까요? 우리나라에서는 수천 년 전부터 '화병hwa-byung'이라는 말을 써왔어요. 이 화병을 무시하지 마세요. 국제 의학계에서는 이미 한글 발음 그대로 정신의학 용어로 공식 등록한 병이니까요. '김치'처럼 화병도 이제는 만국 공용어 가운데 하나가 됐다는 말입니다. 그럼 화병이란 무엇이냐? ……오랜 세월에 걸쳐 축적된 화를 삭이지 못하여 얻은 마음의 병, 그게 화병이지요."

수탉 한 마리가 근처에서 갑자기 목청을 뽑아대는 바람에 노인은 잠깐 말을 멈춘다. 그의 얼굴 주름이 파놓은 고랑으로 다시 미소가 고인다.

"그런데 우리가 음식이라는 이름으로 화를 섭취하는 불상사는 없을까요? 남의 화병을 송두리째 삼켜버리는 일은 혹시 없을까요? ……있어요. 그런 게 곧 음식의 독이오이다. 자기 종족의 뼛가루를 강제로 먹여 속성을 시킨 소, 그리고 한겨울에 억지로 훈풍을 쐬어서 생산하는 딸기 등을 생각해보세요. 왜 소가 광우병에 걸립니까? ……예로부터 우리나라 사람들은 놀란 토끼 고기는 맛이 없다고 했어요. 그래서 아무리 고기가 먹고 싶어도 놀란 채 붙잡힌 고기는 매우 꺼려했습니다. 토끼의 화, 토끼의 좌절을 먹는 행위를 꺼렸던 것이지요. 이 점이 바로 우리가 야생에 가까운 토종닭 복원에 뛰어든 이유라오."

노인의 얘기가 그럴싸했다. 다른 일꾼들처럼 그저 평범한 노인이지만 음식에 대해서만은 일가견을 지니고 있는 게 분명했다. 거친 백발 위로는 흙먼지가 수북해서 막 뽑아놓은 파뿌리 같은데다가 그냥 헌털뱅이 작업복 차림에 고무신을 신고 있어서 영락없는 촌부였다. 그렇다고 평생을 농부로 살아온 이력에 위축되지는 않을 것 같은 고집스런 풍모, 그래서 디숍디가 내 경우처럼, 기꺼이 발굴해서 모셨을 것 같은 느낌을 준다.

"우리는 이 아이들에게 지렁이와 귀뚜라미, 그리고 미생물 발효 사료만 먹인다오. 그리고 두 달에 한 번쯤 바닥에 쌓인 분뇨를 치워주고 새 흙을 깔아줍니다. 그런 날이면 닭들이 모두 바닥을 파헤치고 흙 목욕을 하느라고 분주해집니다. 상상이 됩니까? ……대중목욕탕에 아이들을 풀어놓았을 때처럼 야단법석인데 그때는 구경만 하고 있어도 절로 흥겨워진답니다."

농장 입구에 서서 일행을 맞았던 직원이 바구니에 달걀을 담아들고 왔다. 그리고 일행 모두에게 하나씩 나누어준다. 나도 달걀 하나를 받았다.

"화를 모르고 자란 우리 아이들이 낳은 달걀이 여러분 손 안에 있소이다. 깨끗한 영혼, 그리고 따뜻하기 그지없는 순수한 생명이 그 껍질 안에서 쌔근쌔근 숨쉬고 있을 거요."

몇몇 외국인이 휘파람을 분다. 노인의 얘기가 끝나자 찻집에서 내게 말을 걸었던 외국인은 그 자리에서 날달걀을 깨어 마셨다. 나는 내게 할당된 달걀 한 알을 두 손으로 가만히 감쌌다. 닭들을 일러 '우리 아이들'이라고 의인화한 대목이 따스하게 전해진다. 정말이지 달걀 속에서 숨소리가 들려오는 것 같다.

"어떤가요? 첫인상이……"

농장 밖으로 나섰을 때, 오초혜가 물었다. 버스 안에서 내가 외국인들에게 들려준 그 첫인상에 대한 얘기를 그녀는 상기하고 있는 듯했다. 그녀는 아까처럼 나에게서 어떤 기발한 대답을 기대하고 있는지도 모른다.

"뭐가요?"

나는 그녀가 무엇을 궁금해하는지 정확히 알지 못한 채 반문했다. 노인의 신념이나 의욕이 우선 돋보이는 게 사실이다. 하지만 닭이든 소든, 토종이라는 건 그 존재 자체에 일차적인 가치가 있다고 해야 할 것이다. 엄연한 생명체, 그것도 지구상에서 날로 사라져가는 품종의 하나일 테니까 말이다. 다만, 육계나 비육우는 식량 증산을 위한 목적으로 등장했다. 이제 먹고살 만 하니까 다시 토종 바람이 불어오고 있을 뿐이다. 그러니 원죄가 없을 그 육계도 육우도 돌로 칠 수는 없다. 그게 내 생각이다. 그렇다고 나는 내 생각을 발설할 마음은 없다. 오초혜가 눈을 동그랗게 뜬다.

"어머, 그분이 바로 우리 어르신이세요. 우리 다솜터의 설립자! ……정말 모르셨어요?"

5

봄빛은 하루가 다르게 짙어져간다. 이른 봄에 피는 꽃들은 홍역 앓는 아이처럼 파리하고, 그 꽃들이 지고 나면 비로소 제 낯빛을 담은 꽃들이 피어난다. 내가 도시에 나가 앵두나무 두 그루를 사다가 마당가에 심은 날, 그러니까 농장에 다녀온 이틀 뒤에 설립자로부터 나를 만나겠다는 연락이 왔다. 마을 자치위원회 소속 직원이 안내해주는 대로 나는 서쪽으로 뻗은 길을 따라 곧장 올라갔다. 설립자의 오두막은 비류동 맨 오른쪽 끝이라고 했다.

오두막 앞에 이르자 예의 그 노인이 마루에 앉아서 봄볕을 쬐고 있다가 우리를 맞는다. 여전히 주름 가득한 얼굴이다. 나는 허리를 숙여 절했다.

"어서 오시오. 봄볕이 이 늙은이에게는 더할나위없는 보약이오."

"저희에게도 그렇습니다."

"그런가요? 허나 아직은 실감이 덜할 거외다. 어쨌거나 여기라도 좀 걸터앉구려."

나도 마루에 올라앉는다. 그곳이 비류동 1번지다. 처마 아래에 걸린 '서편재西便齋'라는 작은 편액이 바람에 조금씩 흔들거리는 게 눈에 띄었다. '서쪽으로 기운 집'이라는 뜻인가 싶어 나는 그것으로 화두를 삼는다.

"당호堂號가 심상치 않은 듯합니다. 그냥 서쪽으로 기울어진 집은 아닐 것 같고……"

"하하하하, 저걸 물어오는 사람이 거의 없었는데 구선생께서 오늘 묻는구려."

화두도 잘 잡고, 넘겨짚기도 무난하게 했던 모양이다. 좋은 질문은 좋은 대답보다 상대의 마음을 움직이는 데 확실히 더 효과적인 법이다.

"내 이름이 서평재徐平在 아니오? 그래서 말장난을 좀 해본 것이지만 저걸 보는 이들마다 그저 그렇겠거니 지레짐작을 하고 말더이다. 나는 다른 의미를 가미해서 내 나름대로 즐기고 있는데 말이오. 사실은 서쪽으로 기울어져 있다는 뜻이 아니라 장차 서양 문명이 기우는 모습을 바라보게 될 집이란 뜻입니다."

순간 내 등줄기로 서늘한 기운이 훑고 지나간다. 거기 담긴 뜻이 심상치 않아서가 아니라 설립자의 이름조차 내가 미처 파악하고 있지 못했기 때문이다. 자신의 이름이 무엇인지 혹시 알고 있느냐는 식의 화법으로 설립자가 말을 시작하지 않은 게 천만다행이었다. 그 무신경, 무관심이야말로 대학에 재직하고 있는 이들의 공통된 생리던가? 그들은 흔히 자신과 직접 상관없는 남의 일이라면 그저 모르는 체하는 걸 상수로 여긴다. 괜히 관심을 보이다가는 별볼일 없는 한가한 선생으로 오해받기 십상이기 때문이다. 그리고 그런 의심 자체가 그들 족속에게는 씻을 수 없는 모욕이 된다.

"불과 세 글자, 그 서편재가 수천 년 지속된 인류 문명의 미래상을 모두 함축하고 있군요. 절묘합니다."

"젊은 철학 선생께서도 그렇게 동감하오?"

"오늘이나 내일 사이, 어느 한순간 서양 문명이 송두리째 기울지는 않을 테니 어쩌면 우리 세대는 그런 장관을 구경 못 할지도 모르겠습니다. 저들 문명의 미덕 가운데 하나는 오류를 보면 주저하지 않고 바로잡는 것이니까요."

"그럴지도 모르겠소. 하지만 나는 보지 못하더라도 구선생은 꼭 구경을 하시구려."

"하하하, 저도 그렇게 하고 싶습니다."

방 안에서 달그락거리는 소리가 들리더니 누군가가 문을 열고 나온다. 46호 여자, 아니 오초혜다. 그녀가 우리 앞으로 찻잔을 내민다. 차가 진달래 꽃잎처럼, 아니 그녀 자신의 입술처럼 붉다.

"두 사람은 이미 서로 알고 있겠지요? ……이 차를 만들어준 사람도 우리 초혜라오. 나 같은 소양인少陽人들에게 복분자보다 더 좋은 차는 없답디다."

"그럼요. 좋은 음식만 드셔야 해요. 우리 다솜터의 심장, 바로 그 다음이 되는 분이니까요."

오초혜가 생긋 웃으며 찻잔을 좀더 앞으로 밀어준다. 인척? 비서……? 그녀가 왜 여기에 와 있는지, 두 사람은 또 어떤 관계인지 나는 순간적으로 온갖 가능성을 다 헤아려본다.

"요즘 바깥의 대학들은 사정이 좀 어떻소?"

마루 왼쪽 끝으로 열 걸음 남짓 떨어진 곳에 심어진 청매화가 눈에 들어왔다. 대학 캠퍼스에도 지금쯤 봄이 한창이리라. 봄이면 아이들은 저마다 모두 꽃으로 피어난다. 대학에 붙어 있기 위해 안달복달을 하던 봄마다 나는 그 꽃밭에서 허무하게 내동댕이쳐지지나 않을까 노심초사했다.

"학문은 사라진 지 오래고, 기능과 기술만 남아 있는 듯 보입니다."

"그게 무슨 말이오?"

"직업인양성소 같은 곳이 됐다는 뜻입니다. 인문학의 위기라는 표현이 한때 신문 지면을 도배했지만 직업인양성소에서 인문학은 그야말로 사치죠. 그래서 철학을 하는 저희 같은 서생들이 살아남으려면 점성술이나 주역을 팔든지 사주팔자를 가르쳐야 한다는 우스개가 오래전부터 떠돌고 있을 정도입니다. 서양철학이라면 타로카드나 점성술일 테고, 동양철학이라면 주역이나 사주팔자, 택일, 신수점, 관상 그런 것이겠지요."

노인에게 면목이 없고 젊은 여자에게도 진실로 창피해진다. 아이들이 스스로 찾지 않는 학과사무실에 앉아서 밖을 쳐다보고 있노라면 언제나 그렇게 부끄러웠다. 마치 철 지난 고물을 싸들고 다니는 보따리 행상들처럼.

"그럼 학생들이 그 기능이라는 공부나마 제대로 하는 편이오?"

"죽자사자 파고 있지요. 졸업을 하고 일자리를 얻어야 할 테니까 말입니다."

"그렇다면 된 게 아니오?"

설립자가 자못 진지하게 되묻는다. 당신이 직접 세운 대학, 이른바 다솜대학의 건학이념이란 게 바로 그것이리라. 그의 의중을 간파하는 순간 나는 좀 짜증스러워진다.

"가위질을 배우는 곳에서는 가위질만 익힙니다. 그 옆에 놓인 칼은 거들떠보지도 않습니다. 현대음악을 공부하는 아이들은 모차르트나 바흐, 혹은 우리 국악 같은 고전은 개나 물어가라 하는 형편입니다. 더 말씀드리자면, 지질학을 배운다는 아이들은 단 한 번도 하늘을 쳐다보는 일이 없고, 마찬가지로 천문을 공부한다는 아이들은 고개를 숙여 땅을 살피는 경우가 없어 그야말로 목이 뻣뻣해질 정도입니다. 그게 대학의 현실입니다."

"가만! ……나는 생각을 조금 달리하오. 평생 동안 땅속만 파고 다녔던 이들이라면 어느 날 그들은 이윽고 하늘이 운행하는 이치까지도 훤히 읽게 되는 것 아니오? 그리고 만약 누군가가 목이 뻣뻣할 만큼 하늘의 일을 궁구하면서 살아왔다면 마찬가지로 땅속 질서까지 저절로 꿰뚫게 되는 게 아니겠소? ……우리가 흔히 말하는 깨달음, 그게 그런 것 아니겠냐는 말이오."

"좋은 지적이십니다. 하지만 그건 참으로 오랜 세월이 소요되는 일입니다. 그리고 평생 곁눈질을 하지 않았을 때 주어지는 하나의 보상 같은 것입니다. 다솜대학에서는 집 짓는 일을 가르친다고 들었습니다. 아주 괜찮은, 그리고 멋진 수업이 분명합니다. 하지만 그 과정을 겨우 몇 차례 수강했다고 해서 수십 년 목수 일을 해온 어느 대목장大木匠의 경지에 이를 것이라고 기대할 수 있을까요? 그걸 꿈꾼다면 그 대목장들에 대한 모독이겠지요."

"끄응……!"

내 표현이 조금 지나쳤는지도 모른다. 하지만 어차피 내친걸음이다. 대학에 대해서 나는 오래전부터 절망해왔다. 구걸이나 다름없는 방식으로 대학 건물의 외벽에 담쟁이넝쿨처럼 들러붙어서 하루하루를 근근이 꾸려온 보따리장수들이라면, 전공과는 상관없는 것들을 마지못해 펼쳐 보여야 했던 이들이라면 내 심정을 알 것이다.

"학생들 모두에게 반응이 좋은데도 말인가요? ……조사를 해보면 성취도 또한 매우 높은데도요?"

오초혜가 내게 묻는다. 그 깊은 눈에 근심하는 빛이 역력하다. 나도 이해한다. 내 당돌함을 걱정하는 것이리라.

"그건 조금 다릅니다. 말씀드리기가 거북합니다만, 여기 학생들이라면 영악하게 처신할 수밖에 없을 것 같습니다. 그래서 어떻게 감사 표시를 해야 하는지도 잘 알고 있을 것입니다. 가령 다솜대학의 장학제도나 다솜터에서 제공하는 복지, 그리고 취직 알선

등의 특혜에 대한 감사 말입니다."

"맞는 말이오. 그건 내가 잘 알고 있소."

설립자가 내 말에 동의를 해준다. 산 아래서부터 이따금 바람이 불어와 마당에 흙먼지를 날린다. 산 아래가 아니라 저 멀리 중국의 고비사막 근처에서 불어오는 황사바람일 것이다. 그래도 봄볕은 따뜻했다. 형체가 보이지 않는 절대자의 손길처럼……

"하여간 이것도 아니고 저것도 아니라면, 구선생께서는 대학교육이 어떻게 바뀌어야 한다고 생각하시오?"

"아닙니다. 사실 저는 다솜대학의 이념을 지지합니다. 다만 욕심을 좀 부려보고 싶을 뿐입니다. 제가 손가락을 꼽아봤는데 기초학문은 대략 마흔 개 분야쯤 됩니다. 정치 경제 사회 역사 등에다가 생물과 환경 건축 의학 심리 문학 미술 음악 등등이죠. 다솜은 삼 년제니까, 적어도 대학이라면, 기초학문을 서른 개는 추려서 더 기르칠 수 있이야 힌다는 게 제 믿음입니다. 어떻게 그 많은 것들을 모두 섭렵하게 하느냐고 놀라실 필요는 없습니다. 아주 간단한 방법이 있으니까요. 그건 개론서概論書면 됩니다. 그걸로 충분합니다. 철학개론, 심리학개론, 경제학개론…… 그렇게 하면 일 년에 열 개 분야의 개론서를 마스터하면 된다는 계산이 나옵니다. 한 달에 불과 한 개꼴이죠."

"한 달에 하나의 개론서라……"

"그렇습니다. 토요일과 일요일을 빼더라도 하루 오전 세 시간씩, 한 달이면 모두 육십 시간입니다. 그러니 도합 이십 일, 육십

시간에 걸쳐 개론서 하나를 독파하는 셈이 됩니다. 그 시간이면 넉넉하고도 충분합니다. 그리고 오후시간이 남게 되는데, 그 시간에 지금 다솜대학의 커리큘럼을 계속하게 하는 것이죠. 집을 짓거나 옷을 만들고 술을 빚고 농사라든가 실전 주식투자를 가르치는 그 모든 수업을 말입니다. 이론과 실제가 학문의 궁극을 향해 날아가는 두 날개가 틀림없다면 다솜은 그 둘을 그렇게 겸비할 수 있습니다."

설립자가 내 말을 받아들이든 혹은 내치든, 그건 이미 내가 관심을 둘 게 아니다. 여태껏 내 얘기를 귀담아들어주었던 사람조차 많지 않았기 때문이다. 그래서 나는 몽상가 아니면 실패한 혁명가쯤 되는 게 내 인생의 길이거니 여기고 살아왔다.

설립자도, 그리고 오초혜도 한동안 말이 없다. 나는 이제 다시금 짐을 싸야 할지도 모른다. 실패를 반복하는 어설픈 혁명가 한 사람이 외롭고 쓸쓸하게 어딘가로 떠나가는 풍경이 벌써 머릿속에 그려진다. 한 마리 정처 없는 삶 같은…… 그때 설립자가 허리를 꼿꼿이 곧추세웠다.

"그럼, 구선생께서 우선 철학이라도 한 과목 맡아주시겠소?"

나는 귀를 의심했다. 살쾡이 생각에 너무 잠겼던 것이다. 햇빛을 받아 반짝 빛을 발하는 도토리나무 새순 하나가 눈에 들어왔다. 그게 바로 자연의 한 귀퉁이를 빌려 시현示現된 나 자신이리라.

6

새벽이면 잠자리에서 일어나는 대로 황지동 단지 쪽으로 천천히 내려간다. 오두막에서 단지까지는 기껏해야 육칠백 미터 정도, 그 길 위에서 나는 이상스럽게도 에덴동산에서 추방되는 아담과 이브의 행로를 떠올리곤 한다. 내가 만약 화가였다면 벌써 그림 몇 점 정도는 그렸을 만큼…… 두려운 눈빛의 아담은 이브를 감싸안은 채 걸어가고, 나뭇잎 하나로 몸을 가린 이브는 연신 뒤를 돌아보면서 발걸음을 옮기고 있다. 아니다, 그 반대다. 떠나온 동산에 미련을 두고 있는 쪽은 오히려 아담이고, 이브가 그런 아담을 부지런히 잡아끌고 있다. 뱀 한 마리가 누런 빛줄기처럼 그들 앞을 기어간다.

인간의 마을, 황지동 상가에 이르면 내 몫의 신문을 받아든다. 그리고 '애기꽃'이라는 찻집에 들어가 아침을 때우며 신문을 읽는다. 커피 한 잔과 달걀프라이 한 접시가 식사다. 설립자가 말한 그 노란 달걀 프라이…… 그 때문일까? 새벽이면 내 남성이 거칠게 일어나 용틀임을 하곤 한다. 산에서 밤을 지새우고 인가 근처를 어슬렁거리는 야생동물 수컷처럼…… 이웃집 46호 여자를 품에 안는 상상을 하기 때문일 것이다. 바로 코앞에 잠들어 있을 오초혜를…… 식사를 마치고 신문을 다 읽을 때까지도 마찬가지다. 하지만 상상으로 끝나고 말 때면 그게 무슨 일이든 늘 서럽고 분하다.

식사가 끝나면 온천으로 향한다. 그리고 항상 뜨거운 유황온천에 오래 몸을 담근다. 온천의 물은 행복감을 주는 어떤 원소들로 이루어져 있는 것 같다. 하지만 온천물이 다 행복이라고 해도 언젠가는 마를지도 모른다는 불안감이 이따금 수증기처럼 스멀거리며 피어오른다. 그러니 행복은 불안에, 불안은 서러움에 늘 젖어 있고 그 젖은 서러움 속으로 행복이 찾아오는 셈이다.

촌장의 전화를 막 끊는 순간, 봄비가 푸실하게 내리기 시작했다. 마른 대지가 소나기에 젖어들면서 매콤한 냄새를 풍긴다. 계약서를 작성하자는 전화였다. 촌장의 이름은 미리 외워두었다. 오천규吳天圭……! 다솜은행의 운영을 책임지는 한편 대학에서 실전 주식투자도 강의한다고 했다.

"어여 외시겨! ……지낼 만헙디여? 비류동 공기가 너무 독허지는 않으요?"

"하하하, 너무 맑다 싶으면 독해지기도 하는 겁니까?"

우리는 선문답 같은 인사를 나눈다. 어떤 의미로 보자면 인간이 모여 사는 모든 마을은 나름의 독기를 뿜어내고 있는지도 모른다. 그러니까 마을 생성 이전부터 발산됐던 게 아니라, 사람들이 모여 살기 시작하면서 발생하게 된 독특한 기운 같은 것 말이다. 비류동에도 그런 게 있는 건 확실하다. 물론 아직은 그 실체를 확인하지 못했지만.

"여그 은행은 첨이지라우, 시방?"

"그저 오다가다 망아지가 하품하다 말고 초승달 보듯 했습니다. 수완도 없고 주변머리도 없어서 은행은 저에게 소용없는 곳이라고 여겨왔거든요."

"인자는 휘긴 가찹게 친허질 거긍만요이. 여그가 다솜터 경제 심장부고, 왼갖 재무럴 다 담당허닝게요. 글고 바까티서는 은행 문턱이 높다고덜 불평허등마는 여그서넌 문지방을 엘라 떠어 내 쏴뻔졌응게요, 시방."

"노력해보겠습니다."

나는 건성으로 대답한다. 돈과는 멀어도 한참 먼 사람이 나다. 벌어본 적도 없고, 그나마 지니고 있던 볼품없는 가산은 아내에게 다 빼앗기고 말았다. 본시 내 것이 아니었으니 빼앗겼다고 할 수 도 없는 노릇이지만……

"시방 이거넌 증말인디요이. 바깥 돈이든 다솜 돈이든, 하이튼 지 머깐에, 여그따가 맽기는 거이 돈 버는 지름길이란 걸 후딱 눈 치채시라고 조언해드리고 싶구만이라우. 지가 눈을 빼고 장담허 는디, 이율이 시중은행 가덜보담 두세 배는 넘을 팅게로요. 가덜 은행이야 어치케든지 한 푼이라도 더 이문을 남길라고 양냑시럽 게 굴지만 여그서는 첨부텀 주민 복지를 위혀서 은행을 맹글었응 게요. 다솜농장 겨란을 백화점서는 일반란 열 배 가격으로 판매헐 망정 우리 주민덜헌티는 기양 일반란 값으로다가 공급허는 이치 잉게요, 고거이."

"어떻게 그런 이자가 가능하죠?"

"암먼, 그려이! 내, 구선생 같은 냥반이라면 후딱 알어들을 줄 알었지. 비밀을 쪼깨 발설허자면, 머 비밀이고 자시고 헐 쩨비도 없는디, 여그 근무허는 재테크 박사덜이 머리를 모아가꼬 주식과 펀드따가도 투자히서 잘 벌고요이. 고걸 우리 고객들헌티 모다 공평허게 나눠중게로 얼매든지 가능허지롸우. 짜장 앙 그것소이?"

"그런데 매번 수익이 발생하는 겁니까?"

"머, 앙 글 때도 있어가꼬 직원들찌리는 눈물 콧물 찍찍 짜는 날도 아조 없던 안 허지롸우. 그리서 이율이 고정돼 있덜 안 허고 평균적으로 보자머는 시중은행 두세 배가 된다 이 말요, 시방. 헌디 반년 전쯤에는 물경 육십 프로나 되는 이자수익을 노놔드린 적도 있응게, 어쩌요? 솔찬허덜 안 허요이?"

솔깃하지 않을 수 없고, 예금할 수 있는 돈이 없다는 게 억울할 지경이다. 나는 새삼스럽게 은행 내부를 둘러보았다. 밖에 간판이 붙어 있기는 하지만 안은 그냥 평범한 사무실 같다. 여직원 셋에 남자 직원 넷이 저마다 컴퓨터에 눈을 들이박고 있을 뿐 은행을 들락거리는 사람도 많지 않다.

"여그, 말씸디린 계약서고만이롸우."

촌장이 서류 하나를 내민다. 다솜대학 교원 고용계약서다. 직책이 교수라고 적혀 있다. 내가 공식적으로 늘 들어보고 싶던 호칭이기도 했다. 강사가 아닌……

"요거넌 형식적인 절차에 지나덜 않응게 대충 훑어보고 사인허시먼 되아요. 급료는 별도 규정에 따라가꼬 섭섭허덜 안 허게끔 지급될 거고…… 그리고 머시냐, 원허시기만 험사, 생활비로 지급되는 다솜화폐를 제외허고 남지기는 자동으로다가 예금 처리를 혀드링게로, 서나서나 생각히보시고롸우."

"아닙니다. 지금 그렇게 만들어주세요."

높은 이율의 유혹 때문만은 아니다. 나도 은행에 예금을 하면서 살 수 있다는 사실을 나 스스로 확인하고 싶은 마음이 더 컸다. 월급이 도대체 얼마나 되기에 섭섭지 않다는 것인지 헤아릴 수 없지만 우선 당장 비류동에서 소용되는 돈은 많지 않을 것이다. 밥 먹고 목욕탕에 가고 술과 담배를 사고 간식거리나 좀 장만하면 끝이다. 그것도 귀찮으면 외상 거래도 가능할 테니까.

"한 말씀 더 드리야 쓰것고만이롸우. 우리 다솜터는 어디까장이나 공동체요. 그리서 계약서으따가 명시허던 안 혀도 식구덜 모다 본래 업무뿐 아니고 한두 가지씩 일을 더 히야 헙니다. 머, 놀랠 필요는 없어요. 동네서 불이 난다먼 이장이든 선생이든 앵겨붙어서 불부터 꺼야 허는 그런 일잉게로요. 앙 그럽디여?"

"아, 예."

"구선생께서는 대학얼 아매 책음져야 헐 거긍만요. 글고 또 하나, 해외 언론사 같은 디서 취재를 오먼 가덜 상대도 허셔야 허고요이? 카만 두고 보먼 아시것지만서도, 일이 하나뿐이 아니라는 점은 모두를 만족허게 맹급니다. 머깐에 등골 빼먹는 노동 착취 같은 수악헌 일은 없응게로요. 물론 여그 직업은 영원헌 거이 아니고만이롸우. 아주 특수헌 업무가 아니고서는 인사이동도 자주 헝게로요. 이해럴 허시것지요이?"

나로서는 아무래도 쉽게 이해할 수 있을 것 같지가 않다. 일이

두 개든 세 개든 그걸 말하는 게 아니다. 설립자도 촌장도 두세 가지 일들을 하고 있다. 그리고 오초혜 역시 마찬가지라고 할 수 있다. 설립자의 오두막 살림을 돌봐야 하는 일까지 합친다면…… 촌장은 내가 대학을 책임지게 될 것이라고 말했다. 그건 총장 혹은 학장이라는 직책을 가진 사람이 하는 일이 아닌가!

"때가 되았는디 시방, 쪼깨 섬닷헐랑가는 몰라도 국수나 한 그럭씩 먹으러 가까요?"

내가 계약서에 사인을 마치자 촌장이 말했다. 나는 오초혜에게 연락해서 점심을 사겠다고 제안할 참이었으나 뒤로 미루기로 작정했다. 우리는 자리에서 일어났다.

"촌장님, 엊그제 매수한 종목이 오늘도 황소 뿔입니다. 현재 구점 이팔 프로입니다. 이쯤에서 적당히 물러서야 하지 않을까요?"

"앙 기여. 쪼깨 더 지켜보드라고. 달리는 말은 관성 땜시라도 쉬이 멈추덜 못허는 벱잉게로."

은행 직원의 보고를 받고 촌장이 머리를 가로젓는다. 무슨 암호 같기는 하지만 증시 얘기인 걸 나는 안다. 나도 한때는 증권사 객장을 기웃거린 적이 있다. 아무런 소득도 없는 일이었다. 도로徒勞 아미타불……! 황소는 머리를 치켜들고 공격하는 동물이다. 그래서 상승을 의미한다고 했다. 그 대신 곰은 앞발을 위에서 아래로 내려치면서 공격한다. 하락을 뜻하는 것이다. 잠시 동안이지만 나는 불행하게도 그 곰의 편에 속했다.

"저 집 아주매는 쪼깨 풍신나게 생겼을랑가 몰라도, 국수 멀국은 솔찬히 안 개안협디여?"

대학으로 가는 언덕길을 오르며 촌장이 동의를 구한다. 나는 맞장구를 쳐준다. 비는 이미 그쳐 있다. 봄비는 지표를 적실 정도만 내려도 된다. 그래야 산천초목이 조바심을 치며 더 활발하게 움을 틔우기 마련이다.

"가마솥으다가 주구장창 불을 때가꼬 멜치 궁물을 기양 걍 죽어라고 우려냉게로 게미가 없을 수 없지라우. 그리서 저 국숫집이 여그서는 젤로 붐벼쌓는답디여, 시방."

"맛의 비결이 거기 있었군요. 그런데 화폐가 아무래도 불편합니다. 잔돈을 처리하기도 그렇고요. 외부 손님들처럼 마을 자체에서도 신용카드를 발급하면 훨씬 편리할 텐데요."

"우리덜도 진작으다가 검토를 히봤지라우. 헌디 다소간 불편허더라도 우리 화폐를 써야 헌다고 자꼬 권장허고 있고만요이. 머시냐, 돈을 씀서나 흔 번이라도 디 공동체정신을 싱기허라는 주문의 하낭게요."

충분히 그럴 수 있는 일이긴 하다. 나는 고개를 끄덕거린다. 어떤 식으로든, 비록 몇 마디 말이나마 답례를 해야만 할 것 같다. 멸치 국물처럼 고소한 촌장의 사투리를 문득 배우고도 싶어진다. 어쩌면 그는 사투리를 일부러 기억하고 되살려서 구사하려고 애쓰는 것인지도 모른다. 개개인의 산 혀에서는 장차 고사되고 말게 뻔한 언어, 사극 드라마 같은 곳에서나 소품 정도로 쓰일 골동품 언어로 밀려나고 있기 때문이다.

"국수도 그렇고 촌장님의 사투리도 그렇고, 다솜터가 앞으로 얼마나 더 맛깔스러워질지 기대가 큽니다."

"어허허……! 내 말으서도 쪼깨나마 진짜 감칠맛이 풍기요이, 시방?"

촌장이 흡족한 듯 크게 웃는다. 순간 나는 촌장과 오초혜의 미소가 매우 닮아 있음을 알았다. 양쪽 송곳니 부분의 잇몸이 드러나면서 8자가 가로누운 형태로 입술 모양이 변하는 것이다. 더구나 두 사람 다 같은 오씨 성이다. 아무래도 부녀가 틀림없다.

7

"오늘이 보름밤인데 약속 있으세요?"

음력 2월 보름, 나는 46호 오두막으로 초청을 받았다. 다솜터에서 매달 보름밤은 특별하다. 황지동 단지까지 포함해서 마을 전체가 정전이 된다. 아니, 정전이 아니라 의도적인 소등이다. 보름밤이라고……? 나는 오초혜가 무슨 말을 하는지 얼른 이해하지 못했다. 정월 대보름이나 추석 명절도 아니었으니까.

"일단 저희 집으로 오세요. 지난가을에 담가놓았던 술을 개봉하기로 했거든요."

"아, 기꺼이 가겠습니다. 몇시쯤이면 됩니까?"

"달이 뜨는 걸 보고 댁에서 출발하시면 돼요. 그게 다솜터 보름밤의 약속시간이랍니다."

내일은 다솜대학에서 첫 강의를 하는 날이다. 나는 꼼꼼하게 강의 준비를 하면서 저녁시간을 기다렸다. 보름달이라면 동쪽 하늘에서 저녁 여섯시 무렵에 떠오를 것이다. 나는 동쪽 산마루를 자주 올려다보았다. 내가 사는 집에서 보면 283호 오두막 왼쪽이 동쪽이다.

"진짜 달빛을 밟고 오시네요. 아주 시적으로요."

46호 마당에 들어서자 마루에 앉아 술을 거르고 있던 오초혜가 나를 반긴다. 술의 색깔이 붉은 것으로 봐서 예의 그 복분자술이 분명했다. 나는 입맛을 다시며 다가갔다. 오랜만에 맡아보는 술냄새는 달콤했다.

오초혜 곁에서는 남녀 두 사람이 더 와서 일을 거드는 중이었다. 그중의 남자가 바로 283호 사내인데 말총머리였다. 생수공장에서 품질 관리를 담당하고 있는데 이름은 징오환이라고 했다. 그리고 여자는 46호 오른쪽 아래 45호에 살고 있으며 온천에서 세탁 일을 한다고 했다. 45호 여자도 이름을 밝혔지만 성이 이씨라는 것 말고는 굳이 기억하고 싶지 않았다. 나중에 직접 부를 일이 있으면 이선생이라고 호칭하면 그만이다. 그렇게 부르면 이름을 잘 알고 있는 것처럼 보이는 동시에 상대를 높이는 시늉이 된다. 대학사회에서 흔히 그러하듯.

"우선 저녁을 좀 들기로 해요. 닭을 삶고 죽을 끓였거든요."

오초혜가 은근한 미소를 지으며 말했다. 여자들은 밥 지을 때면 여성이 된다. 나는 무작정 그렇게 믿는 편이다. 그래서 그녀의 미소가 은근하게 여겨지기도 하는 것이리라.

거대한 곤충의 그림자처럼 어둠이 산 위쪽에서부터 스멀스멀 기어내려오기 시작했다. 46호 마루에 앉아서 내가 사는 집을 바라보니 지대가 조금 높아서 그런지 무슨 성루처럼 보인다. 내가 안방의 불을 밝히면 뒤쪽의 퇴창을 통해 흐릿한 불빛이 새어나올 게 틀림없다. 어쩌면 내가 퇴창 앞을 서성거릴 때마다 그림자가 창호지에 어른거렸을지도 모른다. 오초혜는 내 그림자를 지켜본 적이 있을까?

"보름밤의 풍습은 어떻게 해서 생긴 건가요?"

계곡 하나가 우리 두 사람의 오두막 사이를 가로질러 흘러가고 있지만 오초혜가 내 이웃이라는 사실이 나를 새삼 행복하게 만든다. 하늘에는 은하수를 사이에 두고 견우와 직녀가 있고, 다솜터에는 계곡 양쪽으로 나와 오초혜가 마주 보고 있다……!

"사실은 제가 제안한 거랍니다. 다솜터에 새로운 풍습 하나를 만들자고 졸라댔죠. 어차피 산촌에 살기 시작했으니까 한 달에 한 번만이라도 불을 꺼놓고 밤하늘의 별을 제대로 쳐다보자고 설득했어요. 그게 자치회에서 받아들여진 거예요. 처음에는 불편을 하소연하는 사람들이 많았지만 지금은 사정이 많이 달라졌죠. 외부 관광객들도 매달 보름날이면 평균 이십 퍼센트 정도 더 숙박 신청이 밀려들고요."

"오선생이야말로 시적인 분입니다. 사람들에게 별까지 되찾아주고……"

"정말, 별 볼 일이 생긴 거죠."

45호 여자가 거들고 나선다. 그녀는 이십대 후반쯤으로 보였다. 키가 커서 그런지 시원시원해 보이는 용모였다. 283호 정오환 씨도 키는 크다. 그런데 얼굴 형태가 사각형에 가까워서 말총머리는 왠지 모르게 남에게 빌려온 가발처럼 느껴진다.

어둠이 짙어지자 달빛은 오히려 밝아진다. 비류동 고샅길만 비추기 위해 매달아놓은 가로등처럼 보름달은 손에 잡힐 듯 가깝고도 둥글다. 어둔 하늘에 점점이 들어박힌 별들이 쉼 없이 깜빡거렸다. 음주라면 몰라도 식사를 하기에는 좀 어두운 편이었다. 때마침 오초혜가 촛불을 켜서 문설주 어딘가에 꽂아놓는다. 어둠이 한 발짝 마루 밖으로 물러섰다.

"구선생님께서도 비류동의 명물을 하나 찾아주셨어요. 그게 뭔지 이세요?"

"제가 말인가요?"

바람결을 따라 촛불이 조금씩 일렁거려 오초혜의 얼굴은 가만가만 날고 있는 한 마리 배추흰나비처럼 보인다. 나비야 청산 가자. 범나비 너도 가자. 가다가 날 저물면 꽃잎에 쉬어가자. 꽃에서 푸대접하거들랑 나무 밑에 쉬어가자…… 민요 한 대목이 절로 흥얼거려진다.

"황지동 입소데기 근방에서 보면 비류동 일대가 한 그루 사과나무로 보인다고 하셨죠? 그곳을 전망대로 개발하기로 했거든요.

그리고 어떻게 받아들이실지 몰라도, 선생님 별명이 자연스럽게 '선악과 선생님'이 됐구요."

'입소데기'라는, 그녀의 사투리가 정겹다. 입구라는 뜻의 순우리말이다. 어쨌든 다솜터의 유연하고 재빠른 사고에 놀라지 않을 수 없다. 오초혜는 내가 했던 말을 촌장이나 설립자에게 옮긴 게 분명했다. 그런데, '선악과 선생'이 내 별명이라고……?

"어떤 한 철학자가 성경의 구약舊約을 믿는 건 우리가 성황당을 믿는 것과 다를 게 없다고 하던데요. 어떻게 생각하십니까?"

잠자코 술잔을 기울이고 있던 283호 말총머리가 입을 연다. 내가 다솜대학에서 장차 철학을 강의하게 될 것이라는 사실을 염두에 둔 질문인 것 같다.

"글쎄요. 그쪽 신앙에 대해서는 제가 사실 잘 모릅니다."

나는 한 발짝 물러선다. 종교는 함부로 얘기할 게 못 된다. 믿거나 믿지 않거나, 사람들은 저마다 자기 신념을 고집하기 마련이다. 그래서 신념은 신앙 안에도 있고 신앙 밖에도 있다고 할 수 있다. 자신이 늘 신앙 안에 있다고 말하는 그 철학자는 신앙 밖에서 아마도 이런 식으로 주장한 듯하다. 구약이란 신약 이전의 약속인데 신약의 등장과 함께 효력을 상실했다. 구약은 유대인들의 민족신 야훼가 자기 외에는 다른 신을 섬기지 않겠다는 다짐과 함께 그 보상으로 유대인들을 이집트의 땅에서 해방시켜주겠다는, 유대인만을 대상으로 한 계약에 지나지 않는다. 그러니 무효다……!

"그럼 그게 그냥 단순한 유대신화라고 치고 들어봅시다. 에덴

동산의 사과는 어떤 상징으로 받아들여야 할까요? 그게 도대체 무엇이었기에 겨우 그것 하나씩 따 먹고 영영 추방을 당해야만 했을까요?"

말총머리는 집요하게 물고 늘어진다. 오랫동안 철학은 신학에 복무해야 하는 머슴이었다. 철학의 모든 궁극적인 목적은 오직 한 사람[A-men], 신을 효과적으로 드러내는 것에 지나지 않았다. 그러니 아무리 세상이 달라졌다고 한들 내가 어찌 입을 열어 함부로 나불댈 수 있으랴.

나는 오초혜가 따라준 술을 잠자코 마신다. 날이 밝으면 첫 강단에 서서 내가 학생들에게 묻고 싶은 질문이기도 하다. 여러분은 철학이 무엇이라고 생각하십니까? ……나는 그렇게 물을 참이다.

46호 오초혜도, 45호 여자도 말이 없다. 그들은 어쩌면 사전에 작당하고 내게 꽤 까다로운 질문을 하려고 모의했는지도 모른다는 생각이 든다. 할 수 없이 나는 오래전 젊은 날에 친구들끼리 농담삼아 했던 말들이라도 들려주기로 작정한다.

"그건 과일 한 알의 문제가 아닙니다. 선악과에 담긴 원관념은, 신화 그 자체로만 보자면, 섹스였어요."

"……?"

세 사람 모두 한순간 눈을 반짝 빛내는 게 촛불을 통해 내 눈에도 비친다. 어차피 엎질러진 물이다. 나로서는 그들 가운데 독실한 신자가 없기를 바랄 뿐.

"제법 그럴싸한 논리적인 증거가 몇 가지 있습니다. 우선, 뱀이라는 동물은 구약과는 상관없이 동서양 모든 신화에서 죄의식을 불러일으킬 만큼 사악한 남성의 성기를 상징합니다. 그러니까 뱀으로 현신하고 있는 사탄의 존재는 성기에 대한 관심과 유혹이라고 풀 수 있겠지요. 선악과를 이브 한 사람이 따 먹는 데서 그치지 않고 아담에게도 권했다는 사실을 염두에 두면 더욱 흥미로워집니다. 섹스는 두 사람이 하는 것이니까요. 좀 복잡한 문제이긴 해도 어떤 특정한 나무에 올라갔다는 행위 역시 그렇고요. 그리고 과일을 먹고 난 다음 부끄러움을 느껴 그들 각자의 성기를 나뭇잎으로 가렸다는 사실은 또 어떻습니까?"

이건 철학의 본류에서 벗어난 개똥철학이야……! 나는 나 자신에게 주지시킨다. 하지만 얘기는 마저 끝내야 했다. 하늘을 두둥실 건너가던 달도 잠시 흐름을 멈춘 채 내 얘기를 재촉한다.

"이브와 그녀의 딸들에게는 뱃속에 아이를 가져야 하는 일과 출산의 고통이라는 저주가 내려집니다. 지금 보면, 섹스의 쓰디쓴 과실, 섹스의 후유증이 그것 아닌가요? 그러니 사과를 따 먹었다는 건, 직설적으로, 섹스 행위를 뜻합니다. 그리고 섹스를 했다고 해서 그들을 추방한 걸 보면 야훼는 원래 인간의 생식기를 단순히 소변 배출용으로 쓰라고 했거나, 그게 아니라면 추방을 위한 다른 어떤 복잡한 의도가 숨어 있다고 할 수 있겠지요."

"브라보……! 그러니까 섹스만은 하나님이 아니라 우리 여자들의 조상인 이브가 값비싼 대가를 치르면서 창조한 셈이네요. 그렇죠? ……야훼는 아랫것들이 싸가지 없이 섹스하면서 즐기는 꼴이 영 못마땅했던 거고요?"

오초혜가 느닷없이 박수를 치고 나선다. 듣고도 듣지 못한 척하는 45호 여자와는 아무래도 다르다. 성격에 구김살 같은 게 없는 것이리라. 하지만 이렇게까지 얘기가 진전되리라고는 예상치 못했다.

"그걸 섹스에 사용할 것이라고 미리 예측하지 못했다면 전지전능한 야훼의 능력이 의심되는데, 아마도 그건 아니겠지요."

변명하듯, 나는 눈길을 돌린다. 산촌의 밤은 아직 싸늘하고 먼 곳에서 오는 별빛은 따뜻하고도 매섭다. 별 바깥 세계도, 또 그 바깥도 우주다. 광활한 그 우주가 우리 술자리의 화제이면서, 동시에 술상이 돼주기도 하는 셈이다. 그러니 누가 대취하는 걸 마다할 것이며 술상에서 안주를 가리듯 이것저것 대화를 가릴 것인가?

8

"동그라미 그리려다 무심코 그린 얼굴……"

아침부터 내 휴대폰이 낭랑한 목소리로 노래한다. 새롭게 바꿔놓은 벨소리이다. 그래서 누구든지 나한테 전화를 걸면 이제 내가 이 노래를 듣게 돼 있다. 그녀를 떠올릴 수밖에 없다. 꽃이 피면 핀다고, 지면 또 진다고 사람이 그리워진다. 꽃과 상관없이 그랬다.

"구선생님, 식사하셔야죠?"

오초혜다. 벨소리가 들려오기 훨씬 전부터 질탕한 내 상상에 동참하고 있던 사람…… 호랑이도 제 말 하면 온다더니, 한술 더 떠서 제 생각 하면 전화를 해주는 사람도 있는 모양이다.

"어, 어쩐 일이세요?"

"빨리 내려오세요. 오늘 아침은 제가 사드릴게요. '얘기꽃'이라는 카페가 단골집이잖아요?"

오초혜는 내 단골집까지 이미 알고 있다. 그 옆집에는 '웃음꽃'이라는 카페가 있는데 나는 두 가게 중에서도 '얘기꽃'만 드나들었다. 특별한 이유는 없다. 그게 내 성격이라면 성격이다. 화장실에 갈 때도 입구에서 세번째 혹은 네번째 변기를 우연히 쓰기 시작했다면 나는 특별한 일이 생기지 않는 한 그쪽만을 고집하는 버릇이 있다. 변기가 깨지거나 해서 오줌발을 내 구두에 뿌려대지만 않으면……

산길을 내려와서 상가 단지로 통하는 계곡의 다리를 건너다보니 문득 그 다리가 너무 초라하다는 느낌이 든다. 길이는 삼십 미터 정도에 승용차 두 대가 겨우 비켜갈 수 있는 너비다. 그만하면 다리 구실을 하기에는 충분했다. 그런데도 왠지 모르게 부족하다는 느낌을 지울 수 없다.

"첫 강의를 하시는 날인데 늦잠을 주무셨어요?"

내가 늘 앉곤 하던 자리를 차지하고 있던 오초혜가 나를 반겼다. 새벽 잠자리에서 뒤척거리며 펼치던 온갖 섹스의 상상들이 들고일어나 그녀의 얼굴을 똑바로 쳐다볼 수 없게 만든다. 그런데 그녀는 아무런 일도 없는 듯 밝고 활기차 보인다. 하기야 내 상상 따위가 그녀를 피곤하게 하지는 않을 것이다.

"많은 분들이 오늘 선생님 강의를 듣고 싶어하세요. 그걸 미리 말씀드리려고요."

"누가 말입니까?"

"어르신께서도 그렇고 촌장님도 그렇고, 무엇보다 저도 좀 듣고 싶어서요. 그래도 괜찮죠?"

"에이, 뭐 들을 게 있다고…… 꾸벅꾸벅 졸겠다고 찾아오시면 혹시 모르겠습니다."

"하하하, 원래 그분들은 강의실을 찾아가 더러 청강을 하시는 분들이에요. 저야 이번이 처음이지만요. 그러니 부담을 갖지는 마세요."

오초혜가 말은 그렇게 했지만 나로서는 부담감이 들지 않을 수 없다. 물론 그들이 내 강의평가를 위해 일부 사학재단의 이사회 임원들처럼 자리를 지키고 앉아 있겠다는 뜻은 아닐 수도 있다. 그럴 필요도 없을 것이다. 마을에서는 내가 예전 대학들에서 펼쳤던 강의에 대해 이미 자체평가를 끝냈을 테니까.

"그런데, 선생님께 묻고 싶은 게 있어요."

"……?"

때마침 카페 주인이 음식을 내오는 바람에 오초혜는 잠시 말을 멈춘다. '애기꽃' 주인은 비류동 초입의 17호에 산다고 했다. '송이향'이라는 여성으로, 언니 이름이 일향—香이며 자신이 이향二香이라고, 그리고 아직 결혼한 적이 없다는 얘기까지도 내게 들려준 적이 있다. 삼십대 후반에 미혼이면 얼굴이 바싹 시드는 법이다. 그런데 그녀는 한창 때처럼 젊어 보이고 탄력이 넘쳐났다.

"초혜씨, 커피 더 줄까? 선악과 선생님이야 한 잔 이상은 안 마시는 분이고……"

'얘기꽃' 주인이 내 별명이라는 걸 들먹인다. 싫지는 않다. 그녀는 자리에 동석하고 싶어하는 것 같다.

"좋아요, 언니. 이왕이면 가득 따라주세요."

오초혜는 그 말 한마디로 카페 주인을 물리려는 듯하다. 송이향이 느릿느릿 주방으로 돌아갔다. 여자들은 참으로 신비한 능력을 지닌 존재들이다. 육감만으로도 대화를 나눌 수 있다. 내 눈에도 어느 정도는 그게 보인다. 내게는 그게 육감이 아니라, 오랫동안 눈칫밥을 먹어오면서 길러진 것이라는 차이가 있지만……

"어제 그 얘기는 무슨 말씀이셨어요?"

주방 쪽을 흘낏 살피더니 오초혜가 나직하게 추궁한다. 밑도 끝도 없는 질문이다. 내가 주방 쪽을 향해 무의식적으로 고개를 돌리려고 하자 그녀가 내 왼쪽 어깨를 쿡 찔렀다. 돌아보지 말라는 경고 같다.

"무슨……?"

"술자리 끝나고 돌아가실 때 말이에요."

"……?"

"기억이 안 나세요? ……기억에 없다고 말씀하시고 싶은가요?"

나는 그 순간, 장차 내가 하게 될 대답 한마디가 얼마나 중차대한 것인지를 깨달았다. 내 강의를 수강하겠다는 통보 따위는 구실에 지나지 않을 수도 있다. 그 일이라면 전화로 알려도 충분하기 때문이다. 나는 마음속으로 간밤의 일들을 떠올려본다. 술자리를 끝내고 일어섰을 때 내 머리 위에 떠 있던 흰 보름달이 한순간 크게 휘청거렸던 기억은 있다. 그리고 누군가가 놀라 내 팔을 부축했던 일까지……

문제는 그다음이 분명하다. 오초혜의 얘기로 봐서 나를 부축한 사람도 그녀였던 게 확실하다. 그런데 내가 그때 혀 꼬부라진 소리로 뭔가 지껄였다는 뜻일 텐데 그게 지워져버린 것이다. 주정을 부리거나 무슨 패악을 저질렀을 리는 없다. 그런 건 젊은 날 이후로 사라진 주벽이니까…… 그렇다면 오초혜 개인을 향해 내 마음에 담아두었던 어떤 말을 뱉어낸 게 분명하다. 그게 무슨 말이었을까?

"어서 말씀해보세요. 간밤에는 술에 취하셨던 건가요?"

"아닙니다."

나는 우선 그렇게 말문을 열었다. 언 땅을 힘겹게 비집고 나오는 봄의 새싹들처럼 조각난 기억의 편린들이 어렴풋하게나마 떠오른다. 아마 그랬으리라. 갖고 싶다고…… 그러고도 남는 일이다.

"그건 취해서 농담으로 건넨 말이 아니었어요. 그러니 취소할 필요도 없지요. 다만 술의 힘을 빌릴 수밖에 없었던 건 제가 못난 탓입니다. 사과드릴게요."

"됐어요. 그만하세요. 그럼 됐어요."

오초혜가 탁자 아래로 고개를 숙이며 들릴 듯 말 듯 얘기했다. 나는 그녀에게 들리지 않도록 한숨을 잘게 내쉰다. 내가 그때 무엇이라고 지껄였는지 정확하게 기억할 수 없지만 내 예상이 빗나가지는 않은 셈이다. 어쩌면 갖고 싶다는 따위의 순화된 말이 아니라 보다 야만적이고 거친 표현을 했을지도 모른다. 새벽의 상상들은 다 야만적이었으니까…… 하지만 그만해도 다행이다.

"놀라서 간밤에는 잠을 한숨도 이루지 못했단 말이에요. 어떻게 느닷없이 그렇게 말씀하시는가 하고…… 솔직히 말씀해주셔서 고마워요. 전 그게 두려웠어요. 술에 취해서 모르는 일이라고 변명하실까봐."

'얘기꽃' 주인이 주방을 나서는 모습이 보이자 오초혜는 입을 다문다. 창밖이 희붐하게 열리기 시작했다. 오초혜는 자리에서 발딱 일어섰다.

"그럼, 강의 준비 잘하세요. 아셨죠? ……언니, 그 커피는 이따 와서 마실게요. 거기서 한 방울도 줄어들면 안 돼요, 으응?"

오초혜는 뛰다시피 하면서 밖으로 나갔다. '얘기꽃' 주인은 오초혜의 뒷모습을 오래 바라보다가 그녀가 앉아 있던 자리에 살짝 엉덩이를 걸쳤다. 나도 이제 일어서야 했다.

"무슨 일이래요?"

송이향이 묻고, 나는 내 강의가 있는데 몇몇 사람들이 청강하려고 한다는 얘기를 건성으로 들려준다. 그녀도 시간이 나면 듣고 싶다고 한다. 하지만 그럴 만한 여유가 없을 게 틀림없다는 말을

덧붙인다. 나는 간밤의 일들을 하나라도 더 기억의 늪에서 건져올
려보려고 애를 써보지만 허사다. 봄눈 녹은 자리마냥 그 늪 언저
리만 그저 가물가물 젖어들 뿐이다.

9

"우리가 흔히 지식知識이라고 말할 때의 '지知'는, 여러분이 잘
아시는 것처럼, '알다'라는 뜻입니다. 한자를 풀어서 얘기하자면
화살 시矢에 입 구口가 붙어 있는데, 말 그대로 과녁을 향해서 화
살을 쏘아야 한다는 사실을 분별하는 정도라고 할 수 있습니다. 추
우면 옷을 꺼입을 줄 알고 어른을 만나면 인사를 드려야 한다는 사
실을 아는 정도, 곧 식별할 줄 아는 걸 말하죠. 그래서 묵자墨子는
이걸 재료, 곧 지능의 도구라고 설명했시요."

다솜대학 첫 강의를 나는 상식적인 얘기로 시작한다. 철학은 우
리 인간의 자잘한 일상과 상식에 그 뿌리를 두고 있기 때문이다.
하지만 얘기하고 싶은 게 너무 많다.

"그런가 하면 해가 비치듯 훤하고도 훤한, 무언가를 꿰뚫어보
는 앎의 상태가 있습니다. 이게 바로 날 일日자 하나가 밑에 더 붙
어 있는 '지智'라는 글자입니다. 묵자는 아까처럼, 이 글자를 일러
'지智는 명야明也라', 곧 밝히는 것이라고 했는데요. 묵자 당시에는
날 일자 대신 마음 심心자를 붙여 쓰기도 했습니다. 그리고 여기

에 같은 뜻을 지닌 또하나의 글자 '혜慧'가 붙어서 이른바 우리가 말하는 지혜가 됩니다. 그렇다면 '혜'는 어떤 글자일까요? ……빗자루 두 개를 손에 쥐고 있는 형상彗에, 밑에는 마음 심心자가 붙어 있습니다. 그러니 마음이 깨끗하게 청소된 상태, 그걸 '혜'라고 합니다. 말하자면 티끌 하나도 없는 깨끗한 감정인데요, 지혜를 갖추려면 마음이 우선 맑아야 함을 일러주고 있습니다. '지智'의 옛 고자古字도 그렇고, 대저 그럴듯하지요? ……오늘부터 저는 이 지혜에 대한 얘기를 여러분께 들려드릴까 합니다. 사실은 이게 철학이라고 하는 것입니다. 서양에서 철학을 뜻하는 '필로소피아 philosophia'도 '지혜를 사랑하는 일'이거든요."

강의를 잠시 멈춘다. 모든 눈동자가 나를 주시하고 있다. 학생들의 뒷자리에는 설립자와 촌장, 그리고 오초혜를 비롯한 여남은 명의 일반인들이 함께 청강을 하는 중이다. 그들도 학생들만큼이나 열중하고 있는 태가 역력하다. 오초혜는 눈을 더욱 빛내고 있는 것처럼 보인다. 그녀 이름에도 '혜慧'자가 들어 있기 때문일까?

"불교에서는 지혜를 일러 '반야般若'라고 합니다. 이 언덕에서 저 언덕으로 건너가기 위한 통행권 같은 것이라고 할 수 있지요. 그럼 이 언덕은 어떻게 생겨먹은 언덕이고 또 저 언덕은 무엇일까요?……"

도표를 그려가면서, 그리고 한자를 섞어 쓰면서 나는 양쪽 언덕에 대해 하나둘 설명한다. 설립자에게 제안했던 대로 사실 내 강의에서 이럴 필요까지는 없다. 개론서 강독이면 충분했지만 첫 강의라 깜냥에 땀을 내면서 성의를 보이고 있는 판이다. 학생들도 학생들이지만 그 뒤에 앉거나 서서 내 말에 귀를 기울이는 사람들에 대한 배려이기도 하다.

학생들이라고 해서 모두가 이십대 초반의 또래집단은 아니다. 대학을 졸업한 지 이미 이십 년은 넘었을, 머리가 희끗희끗한 중년이 보이고 삼십대 중반쯤으로 보이는 학생도 여럿이다.

"시방 저는 여러분에게 불교든 기독교든, 종교에 대해 언급하고 싶지 않습니다. 지긋지긋할 만큼 오래도록 철학은 신학의 시녀 노릇을 충실히 해왔으니까요. 이제 철학은 '나', 혹은 '우리'에게 복무해야 합니다. '너 자신을 알라' 하고 말했던 소크라테스의 사상이 그것입니다. 그뒤로 철학은 오랜 기간 뇌사 상태에 빠지고 말았습니다. 중세 암흑기를 맞이한 거죠. 그러다가 암흑을 깨뜨리는 위대한 선언 하나가 드디어 등장합니다. 이 선언 한마디로 중세의 미망이 한꺼번에 걷혔거든요. 그게 뭔지 아시죠? …… '코기토 에르고 숨$^{cogito\ ergo\ sum}$', 라틴어로 그렇게 말하고 우리는 '나는 생각한다. 고로 존재한다'고 하죠. 기껏 열두 음절의 이 말이 그 유명한 선언이었습니다. 이전에는 하찮은 생각 하나까지도 누가 해야 했는지 아십니까? 말할 것도 없이 신神이었어요. 인간은 감히 생각을 할 수 있는 존재가 아니었거든요. 그런데 이제 나 자신이 비로소 주체가 되어 생각을 하기 시작한 겁니다. 무엇이라고요? ……생각 말입니다. 그게 바로 철학을 하는, 철학의 문을 여는 가장 중요한 키워드가 됩니다. 그러니 생각을 멈추지 않는 한 여러분은 철학자고, 또한 지혜가 있는 사람이 될 것입니다."

비로소 첫 박수갈채가 터져나온다. 나는 온천수 한 모금을 입에 넣고 마른 혀를 적신다. 학생들이 조금 동요하는 것 같더니 박수를 쳐대고 휘파람을 불기도 한다. 멀리, 끝자리에 앉은 오초혜도 미소를 지었다.

창밖에는 봄이 무르익고 있다. 그야말로 천지간에 봄이다. 병풍처럼 학교를 둘러싸고 있는 산들은 한 폭의 수채화처럼 오방색의 파스텔 톤으로 물들었다. 그 풍경이 파스텔 톤일 수밖에 없는 것은 아마도 봄꽃들이 수줍은 듯 피어나기 때문이리라. 그래서 봄꽃은, 숙녀의 웃음이 아닌, 소녀들의 미소쯤 된다. 나는 학생들의 얼굴에 피어난 웃음을 보면서 그런 생각을 해본다.

바깥의 대학에서 강의를 할 때면 때로 생각조차 내 고유의 생각이 아닌 듯 여겨질 때가 적지 않았다. 아이들이 나를 보고 웃으며 인사를 해도 내가 받아야 하는 웃음이며 인사라는 생각이 들지 않을 때도 많았다. 그러니 철학은커녕 그냥 단순한 지식들을 전달하는 일조차 덧없기만 했다. 그런데 이제 달라질 것도 같다. 마른 논에 물꼬를 터 물을 대듯, 여한 없이 풀어놓아도 될 듯싶다.

"철학을 공부하더라도 잊지 말아야 할 게 하나 있습니다. 그것은 상상입니다. 상상은 철학 아닌 것에서 철학인 것으로 가는 징검다리라고 할 수 있습니다. 상상은 모든 학문의 징검다리, 혹은 날개가 됩니다. 만약 그게 없다면 학문의 섬으로 건너가기도 전에 발목이 늪에 빠지거나 운이 아주 나쁘면 거친 물살에 그만 휩쓸

려갈 수도 있습니다. 그러니 상상 얘기 좀더 해볼까요?"

학생들이 웃음으로 화답한다. 내가 마음속에 담아두고 있는 얘기들은 어쩌면 억지일 수도 있다. 하지만 나는 기회를 놓치고 싶은 마음은 없다. 설립자나 촌장이 자리를 뜨지 않는 한 내 얘기에 거부감을 보일 것 같지는 않다. 나는 새벽에 보았던, 비류동과 황지동을 잇는 볼품없던 다리에 대해 언급하기로 한다.

"비류동이 만약 에덴동산이라면, 황지동은 과연 무엇이겠는지 한번 상상해봅시다. 이건 그 존재를 믿고 안 믿고의 문제가 아니라 그냥 상상훈련임을 잊지 말기 바랍니다. 동산의 아랫마을! ……그렇죠? 바로 최초의 인간들이 추방된 이후에 산을 내려가다가 정착한 그 마을쯤이 됩니다. 남정네는 밭을 갈면서 땀을 흘리고, 아낙은 뱀에게 발뒤꿈치를 물리면서까지 자갈을 걷어내야 하는 그런 곳 말입니다. 이게 무엇입니까? 이른바 우리가 말하는 경제활동 아닌가요? ……최초의 인간들에 의한 최초의 반란, 저는 반란이라고 하지 않고 흔히 혁명이라고 표현합니다만, 이 혁명이 실패하면서 야훼로부터 받은 죗값 가운데 하나가 그 노동이었어요. 그렇지요? ……그리고 황지동은 실제로 우리 다솜터에서 경제활동이 이뤄지고 있는 공간이라는 사실에 주목하시기 바랍니다."

설립자를 포함한 모든 이들이 나를 뚫어져라 쳐다본다. 그런데도 나는 여유가 있다. 어느 때부턴가 그런 게 저절로 생겼다. 물산이 크게 늘면서 인간들은 여유를 부리기 시작했다고 한다. 한자의 '여餘'는 먹고 남은 식량을 뜻하고, '유裕'는 옷감이 풍부해져서 의복에 멋스럽게 주름을 넣은 상태를 의미한다고 한다. 내 여유는 무엇인가, 나는 잠시 생각에 빠졌다가 강의를 이어갔다.

"평생 일을 해야만 가족을 부양할 수 있는 아담의 아들들, 그리고 임신으로 고통받아야 하는 이브의 딸들을 오랫동안 지켜본 야훼는 지금쯤 어떤 기분일까요? ……그건 우리가 알 수 없습니다. 문제는 황지동의 경제활동이 있어서 비류동의 삶이 가능하다는 사실을 염두에 두어야 한다는 것입니다. 말이 좋아 경제활동이지, 그것의 본질은 신이 내린 벌, 말할 나위도 없이 노동입니다. 물론 노동이라는 고역 없이도 삶이 가능하면 얼마나 좋을까 하고 생각할 수 있습니다. 인류 최초의 조상들이 괜한 쿠데타 같은 걸 꾀하다가 실패하지 않았더라면 좋았을까요? 아닙니다. 노동은 신성합니다. 노동행위에는 최소한의 신성이 깃들어 있습니다. 왜 그런지, 이른바 그 명제의 참과 거짓 여부에 대해서는 앞으로 차차 밝혀드릴까 합니다. 명제라는 게 그릇되면 모든 논리가 무너지고 말 테니까요. 하지만 저는 지금 이 순간만은 어느 다리에 대해 얘기하려고 합니다. 비류동과 황지동을 잇는 다솜교 말입니다."

자신들이 알고 있는 바로 그 다리인가 하고 서로 확인하느라 학생들의 주의가 잠시 흐트러진다. 나는 그들을 가만히 지켜보고 난 뒤 화이트보드에 다솜교의 모습을 그렸다.

"여러분은 하루에도 몇 번씩 다솜교를 건너다니시겠죠? 저도 물론 그렇습니다. 그런데 그곳을 건널 때마다 저는 신화와 실제, 이상과 현실, 이승과 저승, 혹은 이 언덕과 저 언덕을 오가는 듯한 느낌이 들곤 합니다. 아마도 비류동과 황지동에 대한 선입견 때문일 겁니다. 우리 인류 공동의 선조 두 사람이 눈물 그렁그렁한 눈길로 자꾸 뒤돌아보면서 다시는 돌아가지 못할 곳을 떠나가는, 왠지 낯설지 않은 풍경이 제 머릿속에 그려집니다. 사족입니다만, 지금 얘기하는 이 장면은 구약성서도 구체적으로 묘사한 적이 없는 그저 상상 속의 그림입니다. 하지만 앞으로도 잘 기억해두시기 바랍니다. 우리 한민족뿐만 아니라 지구상에서 벌어졌던 여러 차례의 민족대이동을 연상케 하는 대표적인 풍경이기도 하니까 말입니다. 어쨌거나……"

사실 민족의 대이동이나 인류의 집단이주는 보다 나은 환경을 찾기 위한 자발적인 이동이었다. 만약 그걸 추방이라고 굳이 이름 붙여야 한다면, 다른 게 아니라, 혹독한 자연재앙과 기후가 본래 살던 땅에서 인류를 추방시켰을 뿐이다.

"어쨌거나, 저는 우리 다슴교를 사색의 다리, 철학의 다리, 혁명의 다리, 그리고 지혜의 다리로 만드는 상상을 해봤습니다. 우리가 만약 비류동과 황지동에 담긴 의미를 믿고자 한다면, 믿을수록, 이 다리는 충분히 그럴 만한 상징적인 의미를 여럿 지니고 있습니다. 지금까지 제가 얘기한 것처럼 인류가 신과 절연하고 스스로의 힘으로 자립하기 위해 처음 건넜던 다리, 노동을 하러 가기 위해 처음 걸었던 다리, 그들 자신은 비록 신에 의해서 창조된 존재지만 앞으로 그들의 자손만은 스스로 빚어내기 위해서 기꺼이 걸음을 재촉했을 최초의 출발점이 되는 곳이기 때문입니다. 거듭

강조합니다만 우리 인류사에서 이 사건의 의미는 이루 헤아릴 수 없을 만큼 큽니다. 우주 최초의 빅뱅, 대폭발에 견줄 수도 있을 것입니다. 바로 이런 의미를 지닌 다리니까 우리가 고쳐서 폭을 사십 미터쯤으로 확장한 다음 주위를 돌계단으로 쌓아올려 원형 극장이나 누각처럼 꾸미면 어떨까요? 하늘은 덮어도 좋고 지붕이 아예 없더라도 무방할 것입니다. 문제는 이 다리의 쓰임새입니다. 자, 이제 여기서 여러분에게 묻습니다. 다리가 새로 건설된다면, 다리 아닌 이 다리는 어떻게 쓰여야 하겠습니까?"

선문답을 위한 화두라도 툭 던져놓은 듯 나는 사위를 둘러본다. 다리를 새로 지어주겠다고 약속한 사람이 없으니 이건 공염불 같은 것에 지나지 않을지도 모른다. 철학답지 못한 강의라고 해도 상관이 없다. 어차피 정답이 없는 문제니까. 나는 내 생각을 말했을 뿐이고 그들이 내 생각에 동참하기를 원할 뿐이다.

"세상에 하나뿐인 다리라서 그냥 다리로 놔둬도 멋질 것 같습니다."

젊은 남학생 하나가 그렇게 말하자 많은 이들이 웃음을 터뜨린다. 나도 그 학생을 바라보며 웃고 촌장과 오초혜도 따라 웃었다. 설립자의 입가에도 웃음이 번지는 모습이 보였다.

"철학 교실로 쓰면 어떨까요?"

"마을 공회당이 없는데요. 주민 전체가 모이는 강당이나 회의장, 공연장 등으로 써도 좋겠습니다."

학생들이 저마다 한마디씩 들고 일어서기 시작한다. 봄꽃이 다

투어 피어나는 것 같다. 상상에 동참하다보면 누구나 쉽게 가까워지는 법이다. 내 질문을 받은 모든 이들이 하나의 상상에 동참하고 있는 순간이기도 했다. 나는 다솜대학에서 풀어놓은 내 첫 강의가 성공하고 있음을 알았다. 기껏해야 다리 얘기뿐일망정……

10

아침부터 가랑비가 내린다. 설립자를 따라 산책을 가기로 한 날이다. 말이 산책이지 모악산 서쪽 아랫자락인 비류동에서 정상을 훌쩍 넘어 동쪽 능선에 자리한 대원사까지 다녀와야 하는 장정이다. 설립자는 그 나이에도 불구하고 이틀에 한 번꼴로 다녀오는 코스라고 했다. 그러니 산책이라고 말하는 것이겠지만.

소풍을 앞둔 아이처럼 오초혜는 히루 전부터 들뜬 테기 역력했다. 아무래도 김밥만으로는 부족하지 않을까요? 일기예보에 비가 온다고 했는데 어쩌죠? ……모악산 일대는 사시사철 비가 많은 다우지역이다. 산이 그리 높다고는 할 수 없지만 명색이 '어미산'이라 근처에서 발달한 낮은 비구름이 그 허리춤에 걸려 비를 쏟아내기 때문이다. 고갯마루에 진을 친 산적들에게 매번 봇짐을 털리고 마는 행상들처럼…… 빗방울이 떨어지기 시작하면 오초혜는 단 한 번도 그냥 심드렁하게 넘기는 법이 없이 늘 청개구리마냥 신명을 냈다. 그렇게 비를 보면 누구보다 좋아하고 반겼으면서도 막상 걱정을 하는 것이다. 천하의 오초혜답지 않게.

"나무들이 생명을 되찾기 시작했습니다."

앞서 걷는 설립자를 향해 내가 운을 뗀다. 새순이 돋아나 서서히 잎사귀 꼴을 갖추게 될 무렵, 모악산에서 하루 정도만 지낼 수 있다면 그야말로 가치관이 바뀌게 될 것이라고 장담한 사람도 있다. 새로 소생하는 무한한 자연과 생명 앞에서 절로 깨닫는 게 있을 것이란 얘기였다. 그게 어디 모악산뿐이랴. 하찮은 동네 야산만 찾아나선다고 하더라도 새롭게 떠지는 눈 하나가 더 있을 것이다.

"선악과 선생께서 자주 언급하는 '생명의 나무'라는 게 뭡니까? 궁금했어도 진즉 묻지 못했소."

설립자가 물었다. 굳이 내 별명을 입에 담은 듯하다. 그만큼 가깝게 여긴다는 뜻일까? 나는 조금쯤은 황송한 느낌이 들어 머리부터 긁적거린다.

"잘 아시는 대로, 옛 사람들은 노거수에 대한 신앙이 있었습니다. 하늘을 향해 높이 치솟기도 하고 소멸과 재생의 과정을 끝없이 반복하기도 하는지라 나무들을 초월적인 존재로 인식했던 것이죠. 우리나라 사람들이 당산나무에 치성을 드리거나, 구약성경에서 불타는 나무로 현신한 야훼로부터 모세가 십계를 얻었다는 얘기들이 다 그것입니다. 단군신화에 등장하는 신단수나 창세기 에덴동산에 있었다던 두 그루 나무도 사실은 근본이 똑같은 생명의 나무라고 할 수 있습니다. 부처는 보리수나무 그늘에서 깨달았다고 하는데 이때의 보리수도 같은 의미로 볼 수 있고요. 생명의

72

나무는 흔히 '지혜의 나무'라고도 합니다. 그 나무에 열리는 열매를 따 먹어야 비로소 지혜를 얻어 신과 소통할 수 있다고 믿었기 때문이죠. 그러니 만약 구약에서 아담과 하와가 끝내 선악과를 따 먹지 않았다면 그야말로 아주 엉뚱하고도 하잘것없는 얘기가 되는 셈입니다."

"구선생은 말이오. 혹시 우리 다솜터에 종교가 필요하다고 생각하오?"

"아닙니다. 그건 전혀 그렇지 않습니다."

강한 부정을 해놓고 나는 내 옆에서 걷고 있는 오초혜를 바라본다. 그녀가 쌔근쌔근 숨을 몰아쉬는 소리가 들려온다. 노인의 걸음이 의외로 빠르다. 나와 눈이 마주친 오초혜는 제 입꼬리를 길게 늘여 보인다. 우리가 이미 나누었던 얘기 아니냐고 동의를 구하는 뜻 같다.

"제가 전공한 분야가 동양 종교철학입니다. 하지만 다솜터를 유지하는 힘이 만약 신앙심 같은 것이라면 저는 아무런 흥미도 느끼지 못할 것입니다. 많은 종교집단들이 시도했다가 실패했던 것처럼 그런 경우에는 대부분 끝이 좋지 않기 때문입니다. 그게 설사 성공한다고 하더라도 종교단체에 의한, 그냥 집단적인 신앙 공동체에 지나지 않는다고 여기고 있기 때문이기도 합니다. 진정한 공동체, 진정한 유토피아는 종교와 무관해야 한다고 생각합니다. 그렇지 않으면 개인 독재로 지탱이 되거나 신앙에 눈먼 광신도들의 숭배로 유지되거나 그 둘 중에 하나가 될 수밖에 없거든요. 그건 바람직한 이상향이라고 할 수 없죠."

"다솜터는 싸가지가 좀 보이오?"

"물론입니다. 종교와 무관하다는 측면에서는 오히려 지나치게 결백하다고 해야 할까, 반대로 너무 부족하고 허술하다고 해야 할까 하는 구석이 있을 정도입니다. 설립이념이라든가 하는 최소한의 사상적 토대조차 없어 보이기 때문입니다. 결혼하면 이곳을 떠나야 한다, 매달 보름밤이면 소등을 해야 한다…… 그런 정도로는 부족하다는 겁니다."

나는 무슨 말인가 계속하려고 했지만 생각에 깊이 잠긴 듯한 설립자의 눈을 보고 입을 다문다. 길가 싸리나무 이파리들이 아침에 내렸던 빗방울을 매달고 있다가 우리의 바짓가랑이나 손등에 나누어준다. 작은 싸리나무가 주는 선물이리라.

"나는 말이오. 처음에는 유황을 먹여서 닭을 키우려고 이곳에 들어왔어요."

설립자가 잠시 걸음을 멈춘 채 또다시 닭 얘기를 꺼낸다. 그가 동물 지향적이라면 나는 식물 쪽이다. 문득 그런 생각이 든다.

"이 지역 토양에 유황 성분이 유난히 많이 함유되어 있다는 사실을 알았던 거요. 혹시나 해서 땅을 파보았다가 질 좋은 유황온천까지 발견하는 바람에 사업이 커지긴 했지만 말이오. 유황닭은 유황오리에서 힌트를 얻었지요. 헌데 오리는 체질이 알칼리성이라서 같은 알칼리 성분인 유황을 먹여도 잘 자라지만 닭은 산성 체질이라서 사정이 다릅니다. 유황을 먹인 닭은 그 독을 이겨내지 못하고 거의 대부분 죽고 말지요. 물론 나는 생존율을 적어도 칠십 퍼센트 이상 높일 수 있는 노하우를 알고 있습니다. 하여튼 치사율이 높기 때문에 유황닭은 엄청나게 비싼 값으로 내다팔 수 있었어요. 허면 과연 어떤 길을 선택해야 할 것인가, 나는 오래고민할 것도 없이 유황닭을 한순간에 포기하고 말았다오. 닭에게 결코 달갑지 않은 고역일진대 그게 우리 몸에도 좋을 리 없을 거라는 평소 내 나름대로의 확신 때문이었어요. 내가 여기에 다솜터를 처음 세우고 사람들을 하나둘 불러모아 어우렁더우렁 함께 더불어 살자 하면서 품었던 각오, 그게 바로 거기서 비롯된 거라오. 낙원이란, 젖과 꿀이 흐르고 사시사철 꽃 피고 새가 노래하는 곳이 아니라, 거기 사는 사람들 모두 마음으로부터 젖과 꿀을 생산하고 또 꽃을 심는 곳이라고 믿는 것이지요."

"한 가지 여쭤도 될까요?"

"물론이오. 어느 때든 머뭇거리지 말고 얘기하구려."

"제가 풀지 못한 게 하나 있습니다. 어르신의 뜻을 조금씩은 이해할 것 같은데, 결혼과 더불어 이곳을 떠나야만 한다는 원칙에 대해서는 아직 헤아리지 못하겠습니다. 어떤 까닭이십니까?"

"하하하하……! 왜 그걸 묻지 않는지, 오히려 내가 의아했소."

노인이 별안간 고개를 뒤로 젖히면서까지 과장된 웃음을 터뜨린다. 오른쪽 아래로는 멀리 금산사金山寺 경내가 한눈에 내려다보인다. 평일인데도, 그리고 잘 닦인 등산로가 아닌데도 산행을 하는 이들이 이따금 우리 옆을 지나쳐갔다. 설립자가 오초혜 쪽을 흘낏 돌아보면서 입을 연다.

"인간의 물욕이 끝없음을, 살아오면서 나는 끝없이 봐왔소. 그걸 경계하고자 하는 것이오. 더 얘기하자면……"

"……"

"결혼해서 가정을 꾸려 이윽고 아이들을 낳고, 아이들이 자라는 걸 지켜보면서 더불어 커지는 욕심은 우리 공동체 유지에 장애가 될 거라고 믿고 있소. 같잖은 불신 따위가 아니라 살아오면서 내가 겪었으며, 내가 좌절해야 했던 경험으로 얘기하는 거라오. 나는 그게 싫었어요. 항간에 떠도는 무성한 얘기들처럼 내가 이 늦은 나이에 무슨 독신주의를 고집해서도 아니고 인류가 전통적으로 확립해놓은 가족제도에 불만이 있어서도 아니요. 그렇다고 물론 억제할 수 없는 인간 공통의 물욕을 이 좁은 다솜터에서 하찮은 노인 하나의 힘으로 치유할 수 있는 건 아니겠지요. 나는 다만 여기서만은 그걸 유보해달라는 것뿐이라오. 두고 보시오. 때가 되면 그따위 족쇄들일랑 내 손으로 직접 잘라낼 테니……"

한동안 대화가 끊겼다. 설립자도 나도, 그리고 오초혜도 잠자코 발걸음을 옮긴다. 나는 설립자 노인의 고집을, 그의 생각의 한 단면을 읽을 수 있을 것 같다. 잘나가던 사업을 하루아침에 접어버리고 그는 홀연히 이곳으로 들어왔다고 했다. 무슨 일 때문이었는지는 몰라도 아마 그 무렵에 받은 마음의 상처가 깊었으리라.

아직 5월 중순인데도 불구하고 초여름이 되어서야 비로소 득세해야 할 꽃들이 하나둘 피어나고 있다. 도라지, 참나리, 까마중,

비비추, 엉겅퀴 등등…… 여름꽃의 등장은 봄이 빨리 끝날 것임을 예고하는 일이다. 이제 정말이지 봄이라는 계절은 우리나라에서 아예 사라지고 말는지도 모른다. 사람들도 그렇다. 소녀들이 소녀로 머물러 있는 기간은 짧다. 그 빛나는 존재들은 서둘러 여름이 되고, 그 대신 길고긴 성숙한 여름의 날들을 보낸다.

설립자가 경계한다는 욕심이란 공동의 선을 넘는 물욕을 지칭할 것이다. 적당한 욕심이란 우리 몸 내부를 도는 따뜻한 피와 같다. 개인이나 집단에도 당연히 필요한 요소다. 문득 그가 세상에 복수를 하고 있는지도 모른다는 생각이 든다. 이를테면 한때 그를 좌절케 했던 무리들에게……

"아버님, 이쯤에서 점심을 먹으면 어떨까요? 전 배가 고파요."

오초혜가 오랜 침묵을 깼다. 모악산의 동서를 가르는 남북 능선이 코앞으로 다가왔다. 점심은 아직 이를 수도 있다. 어쩌면 오초혜는 자신이 마련한 도시락을 빨리 신보이고 싶은 마음이 앞서 있는지도 모른다.

"그래, 조금만 더 가면 마땅한 자리가 나타날 거다. 그리로 가자."

우리는 설립자의 말을 따라 조금 더 걸었다. 그러자 박달나무가 우뚝우뚝 서 있는 골짜기가 보이고 그 바깥으로 놓인 제법 널찍한 바위 하나가 나타난다. 나는 내가 짊어지고 왔던 배낭을 풀고 찬합을 연다. 오초혜가 빨리 점심을 먹자고 안달했던 게 이해될 만큼 음식이 호사스럽다. 오초혜가 내 아내라면 참 좋겠다……!

"아까, 우리 다솜터에 사상적 토대가 허술하다고 말했소? 빙빙 돌리지만 말고 이제 선악과 선생의 철학노트를 좀 열어보시오."

김밥 하나를 손에 든 채 설립자가 묻는다. 나는 버릇처럼 머리를 긁적거린다. 이제 노인이 내 특유의 화법을 간파한 게 분명하다.

"제가 공부했던 묵자는 공자보다 조금 늦게 태어나 그와 동시대에 활약했던 인물이었는데요. 공자의 사상과 유가儒家를 아주 혹독하게 비판한 학자였습니다. 겸애설兼愛說이라든가 '천하에 남이란 없다天下無人'는 대동사상, 그리고 노동 착취가 없는 공동체사회를 주창한 별종이었습니다. 우리 동이족이었다는 얘기도 전해지는데요. 굳이 예를 들어보면 그는, 예수와 마르크스 두 사람의 중간쯤 되는 사상을 역사상 처음 펼친 학자였습니다. 우선 예수 쪽에서 보자면 이렇습니다. 잘 아시는 것처럼 예수는 자신이야말로 하늘의 독생자獨生子라고 말했는데요. 그게 사실은 우리 민족의 천손天孫의식과 일맥상통합니다. 물론 우리는 우리 민족 전체가 하늘의 자손이라고 믿는 데 비해 예수는 자기 자신만이 하느님의 유일한 아들이라고 주장하는 차이가 있긴 하지만요. 묵자는 바로 그 천손사상을 주장한 사람이었지요. 이 때문에 예수가 탄생했을 때 동방박사 셋이 선물을 들고 축하하러 나타났다고 합니다만, 일부에서는 그들이 혹시 유가의 핍박을 받아 곳곳에 흩어졌던 묵가墨家의 학자들이 아니었을까 하고 추측하기도 합니다. 어쨌거나 제 철학의 출발 지점은 바로 그 묵자입니다."

"묵자라…… 그는 너무 감감하고도 아득하군요."

"저는 묵자의 '겸애'란 말에 가장 가깝고도 적절한 순우리말이 있다면 그게 곧 우리 다솜터의 '다솜'이 아닐까 하는 생각을 해본 적이 있습니다. 그러니 다솜터 여기에 공동체를 세우려고 하셨던 게 만약 우연이었다면, 우연치고는 놀랍고도 멋진 우연이지요. 아니, 묵자가 참으로 동이족이었다면, 그 스스로는 겸애 어쩌고 하는 말을 입에 올렸던 게 아니라 당시 동이족의 순수한 표현이자 유행어의 하나였을 우리말 다솜을 언급했을지도 모르겠어요. 그렇더라도 사실, 묵자는 너무 먼 게 사실입니다. 그래서 제가 주목하는 건, 묵자와 지금의 우리들을 연결시켜줄 만한 다른 어떤 걸출한 인물입니다. 여기 이곳에서 서해까지는 그저 드넓은 벌판이 펼쳐져 있을 뿐인데요. 그 때문에 모악산은 풍수적으로 닻을 내리고 뭍에 정박해 있는 배의 형상으로 흔히 비유됩니다. 그런데 배의 정박은 항상 출항을 예비하고 있지요. 여기 모악산이 개벽開闢의 우뚝한 돛폭이면서 동시에 풍류도風流道의 아늑한 자궁으로 꼽히게 된 이유가 바로 그것입니다. 그래서 개벽이라는 개념이 어르신께서 처음 주창하신 건 아니더라도 개벽은 이미 우리 다솜터에서 실제로 진행이 되고 있는 셈입니다. 문제는 방법이라고 할 수 있지요."

"그 걸출하다는 인물은 누구요?"

"고운 최치원 선생이 바로 저 앞 옥구 태생이라고 합니다. 이 일대에 선생과 연관된 설화가 유독 많은 게 그 때문입니다. 그는 우리 민족의 독특한 사상에 주목하고 그걸 후대에 전하기 위해 애쓴 학자였습니다. 신앙이되 집단화된 종교는 아닌 것, 사상이되

남들이 쓰다 버린 걸레 쪼가리는 아닌 것! ……그런 어떤 것이
우리 다솜터의 철학이 돼야 한다면 저는 그걸 고운 선생에게서
찾아야 한다고 믿고 있습니다."

"……"

"하루아침에 그걸 찾는 일은 쉽지 않을지도 모릅니다. 하지만
우선 시작하면 됩니다. '서편재西便齋' 근처에 사당을 건립하고 우
리 식구들의 수련공간으로 활용합니다. 보다 높은 이상, 보다 순
수한 도덕을 마음에 새기는 공간이 되도록 해야겠지요. 사람들은
흔히 함께 공평하게 나누는 것으로 다 끝난다고 여깁니다만, 나누
는 과정이나 나누어진 떡조각에 대한 불만은 동서고금에 없을 수
없었습니다. 그러니 어떤 식으로든 심신수련이 우리 다솜터에 반드
시 수반되어야 한다는 얘깁니다. 그 이름이 풍류도든, 선도仙道든,
혹은 뭐랄까, 다솜도라고 하든 상관없이 말입니다. 어르신의 오두
막 당호인 서편재에 담긴 의미도 그 뿌리를 캐보면 어느 부분에선
가는 거기에 닿아 있지 않을까 합니다."

"……"

설립자는 오래 침묵했다. 아마도 동쪽 산 아래 대원사까지 다녀
오기란 이미 물 건너간 듯하다. 노인이 일어나더니 혼자 산마루
쪽으로 향했다. 그리고는 저 멀리 서해를 오래 바라보았다.

"이따금 머리를 긁적거리는 게 귀여워요."

노인이 없는 틈을 타서 뿌짐뿌짐 내 곁으로 다가선 오초혜가
속삭인다. 그 말은 아주 이상하게 느껴진다. 못난 버릇을 두고 귀

엽다고, 그게 귀엽다고 말하다니! ……그나저나 젊은 여자가 나이 많은 남자에게 귀엽다고 말하는 의미는 무엇일까? 나는 또 생각에 좀 잠겨봐야 할 것 같다.

"다솜교도 그렇고, 사당은 도대체 언제 다 지으려고 그러는 거요?"

역정을 내듯, 노인이 산마루에서 내려오자마자 큰 소리를 질렀다. 나는 그 말이 승낙의 다른 표현임을 알았다. 뿐만 아니라 그 거대한 프로젝트를 내게 맡기겠다는 뜻임을 단박에 간파했다.

11

땡그랑 땡그랑 땡그랑 땡그랑……!

요령잡이 앞소리꾼이 쥐고 흔드는 요령 소리가 구슬프다. 상두꾼들은 어깨에 상여를 메고 일어섰다. 모두가 다솜대학의 학생들이다. 요령잡이만은 임실 어딘가에 산다는 전문가라고 한다.

─북망산이 멀다더니 문턱 너머가 북망이로다.

─어야 어허야 어이 가리 넘차 너화 넘.

─황천수는 어드멘고 앞 개울이 황천수로다.

앞소리꾼이 목청을 고르자 상두꾼으로 나선 학생들이 제법 그럴싸하게 뒷소리를 붙인다. 곡소리는 고인의 뜻에 따라 아무도 내지 않는다. 그 대신 마을 주민 가운데 스무 명 남짓 되는 이들이 양쪽으로 늘어뜨린 광목 줄을 붙들고 상여를 따라간다. 32호 오두막에 살던 노인의 장례 행렬이다. 오랫동안 지병을 앓아오던 노인은 오두막에 불을 놓고 스스로 목숨을 끊었다.

노인의 유서는 장독대에서 발견됐다. 장을 직접 담그지 않으니까 장독도 필요 없었을 텐데 노인은 부러 장독대를 조성해둔 것이다. 유서라고 해봐야 겨우 몇 줄의 글이 적힌, 달력을 찢어 만든 때 묻은 종이때기 한 장이 여러 손을 거친 끝에 내게도 전해졌다.

'불은 내가 놓았소. 내 집 한 채 내 등에 짊어지고 저승까지 가고 싶었으니 너그러이 용서해주시구려. 은행에 맡겼던 예금을 찾아 새 오두막을 짓고, 그러고도 남거든 술국을 끓이고 떡을 지어 모두가 나누었으면 싶소. 술은 장독에 충분히 담아놓았소이다. 다솜터에서 내 늘그막이 행복하였거니, 누구의 곡이라도 사양하리다.'

누군가가 재빨리 장독을 열어보니 익은 술냄새가 마당 전체에 퍼져나왔다. 더덕이며 다래를 비롯한 각종 야생 열매와 약초로 빚어진 술들이 독마다 가득했다. 장독이 아니라 술독이었던 것이다. 노인은 마을 재산에 손해를 입히고 주민들을 곤경에 빠뜨리려고 했던 게 아니라 베풀고자 했다. 스스로 목숨을 끊은 것도 그 때문인 듯싶었다. 그래서 우리는 오히려 무엇 하나도 남김없이 비류동 32호가 다 타버리기를 소망했다.

"명사십리 해당화야 꽃 진다고 설워 마라. 명년 3월 돌아오면 너는 다시 피련마는……"

전에 내가 관광한 적이 있는 중국 북망산 일대 풍경이 생각난다. 왕후장상에서부터 집 없는 행려병자들까지 묻혔다던 공동묘지는 이미 말끔히 소개된 뒤라서 자취가 남아 있지는 않았다. 묘지와 관련된 일을 하면서 천민들이 산허리에 파놓고 살았다던 네모난 흙구덩이만 군데군데 눈에 띌 뿐…… 하지만 북망산은 산자락 하나 정도의 협소한 땅이 아니라 차를 타고 몇 시간을 달려도 끝이 보이지 않던, 광대한 무덤의 제국이었다. 한 번 가면 다시 돌아오지 못할 곳이라는 느낌이 저절로 들던……

명사십리 해당화든 첩첩산중 진달래든, 어쩌면 그런 꽃들만 다시 돌아와 피는 건 아닐지도 모른다. 인간의 목숨도 자연으로 돌아갔다가 다시 회귀하는 날이 반드시 있다. 목숨 한 톨의 영靈에 흙과 불과 물과 공기 등의 원소가 적절히 달라붙으면 새로운 생명이 탄생한다. 나는 그렇게 믿고 있다. 이게 바로 자연의 복원력이고, 인간 역시 자연의 일부로 이 복원의 크나큰 순환에서 예외가 될 수 없다. 그래서 죽음은 자연의 순환과정에 동참하는 여행 같은 것이라고 할 수 있다.

"물가 가재는 세상 좁다 허리 구부려 춤추고 먼 산 호랭이 대낮부터 술주정을 허네그려. 쇠로기는 누런 뽕나무 위에서 꺼이꺼이 울고 다람쥐는 어지러운 구녕 앞에 팔짱 끼고 서 있네……"

말이 상여 행렬이지 사실은 놀이꾼 행렬이다. 내가 의도했던 일이기도 하다. 구슬프게 사설을 엮던 앞소리꾼도 이제야 비로소 장례의 성격을 제대로 눈치챘는지 재담을 넣기 시작한다. 호랑이 술주정 얘기는 판소리에서 따온 듯하고, 뒷부분의 솔개와 다람쥐 사설은 두보杜甫의 시구를 빌린 게 분명하다.

주민뿐만 아니라 온천을 찾아온 이들도 전에 없던 구경거리에 신명을 내는 게 느껴진다. 이미 사라져버린 전통 상여를 제대로 부활시켜보니 축제가 따로 없다. 호기심으로 눈을 빛내는 이들 중에는 미국 CNN과 일본 어느 신문사에서 파견한 언론인도 있다고 했다.

상여가 다솜교에 이르러 노제를 지내기 위해 멈춰 선다. 마무리가 끝나지 않은 다리로 올라서면서 상여는 잠시 뒤뚱거렸다. 그 바람에 상두꾼이 다리 입구의 앵두나무에 부딪치면서 끈 떨어진 목걸이에서 구슬이 떨어져나가듯 붉은 앵두 열매가 사방에 흩뿌려졌다. 다솜교는 시멘트 구조물 대신 거대한 화강암 벽돌들을 끼워 맞춰서 교각과 상판을 만드는 것으로 계획이 수정됐는데 공교롭게도 노인의 출상에 맞춰 상판 마무리 작업이나마 얼추 끝낸 것이다. 멋진 다리다. 이제 그 위에 탑이라고 해도 좋고 원형극장이라고 해도 상관없는 목조 건축물을 올리면 된다.

내 오두막 앞의 앵두나무도 짧은 봄날의 며칠 동안 제 삶의 순환을 다 보여주었다. 나뭇가지에 움이 트더니 잎이 돋아나고, 꽃이 피고, 꽃이 진 자리마다 앵두를 맺더니 이제는 그게 저절로 떨어진다. 새들이 날아와 부지런히 앵두를 물어가도 마당에는 여전히 수북하게 남아서 허무하게 바스러지고 있다.

인생도 앵두처럼 허무하다. 세상에서 이룬 일들이 무엇이든 간에 지나간 젊음에 견주면 그렇다. 앵두처럼 그 과정이 눈에 띌 만큼 빠르게 진행되지 않을 뿐이지 길게 보면 다 마찬가지다. 노인에게도 분명 홍안의 시절이 있었으리라. 젊고 아름다운 여성들이 줄을 서서 그를 기다리던 날들도 없지 않았으리라. 우북하게 자란 보리밭에서 풀물이 드는 것도 아랑곳하지 않던 날들이, 떡갈나무 아래서 불어오는 바람에 땀을 식히며 사랑에 열중하던 날들이, 물 방앗간 한쪽 구석에서 떨리는 손으로 적삼의 옷고름을 풀던 날들이…… 하지만 그날들은 계곡 물살처럼 빠르게 흘러가버리고 독거노인이 되어 병에 신음하다가 끝내 자기 몸에 불을 붙여야만 하는 날이 닥친 것이다.

근처 나무숲에서는 찌르레기 한 마리가 떨어진 앵두를 노리고 있는 게 보인다. 녀석들도 사랑을 하고, 알을 낳고, 지금쯤은 한창 새끼를 키우고 있을 시절이다.

나에게도 물론 그런 날들이 있었다. 대관람차 안에서 어지럽게 빙빙 도는 순간에도 여자를 껴안고 이쩔한 섹스를 즐기기도 했다. 누군들 사랑도 없이 헛나이를 먹을 것인가. 노인이 그랬을지도 모르는 것처럼, 한적한 산벚나무 꽃그늘 아래서 질펀한 사랑을 나눈 일도 있다. 작고 여린 벚꽃 한 잎이 떨어지는 모습조차 땅에 그림자로 그어지던 한낮, 나는 여자 이마에 떨어진 꽃잎을 주워 열린 다리 사이에 넣어준 적도 있다. 누군들 그런 시절이 없었으랴.

오초혜는 사람들 사이에 섞여 연방 눈물을 찍어댄다. 그녀의 얼굴은 여전히 젊고 싱싱하다. 나는 그녀를 보면서 장차 늙어갈 얼굴을 상상해보지만 쉬이 그려지지 않는다. 내 생애 마지막 여성은 그녀가 될 것이다. 앞으로 더이상의 여성은 내게 없다. 다른 여성들과 그냥 스치듯 어떤 사소한 인연을 맺게 될지는 몰라도…… 물론 그녀가 세상에 없을 경우에만 그렇다는 말이다.

"선생님, 외국 기자들이 어르신과 인터뷰를 하려고 해요. 어서 와보세요."

술국 한 대접 받아들고 배를 채우고 있는데 오초혜가 내 팔을 잡아끈다. 나는 국 대접을 내려놓고 외국인들이 모여 선 곳으로 간다. 그들은 상여를 배경으로 설립자의 사진을 찍어대면서 무엇인가를 열심히 묻고 있다. 이미 예상했던 일이다. 나는 그들 앞으로 나선다.

"제가 도와드리죠. 인터뷰는 사전에 약속이 돼야 하는데 오늘은 상관없겠군요."

"이런 장례는 고인이 원했던 건가요?"

시커멓게 그을렸던 노인의 주검이 순간적으로 떠오른다. 물론 상여 안에는 이미 화장을 마친 고인의 뼛가루가 담겨 있을 뿐이다. 노인이야 분명 원하고도 남는 일이리라. 설립자가 내 쪽으로 고개를 돌린다. 나는 그에게 다가가서 몇 마디 말을 귀띔한다. 설립자가 그대로 따르고, 나는 그의 말에 더 보태어 통역을 하는 체한다.

"유언이 특별히 없는 한 우리 문화에서 장례의 절차는 산 자들의 몫이 됩니다. 그래서 고인은 산 자들의 역할을 나무라는 법이 없습니다."

"일부러 상여를 제작했다고 들었는데, 앞으로도 이곳에서는 전통 장례를 치를 건가요?"

누군가가 묻는다. 메모를 하지 않는 것으로 봐서 기자가 아닐 수도 있다. 하지만 상관없다. 어차피 기자들이 듣게 될 얘기고 내가 하고 싶은 얘기다.

"그럴 겁니다. 서양에서는 고인을 장지에 모실 때 최고급 캐딜락을 빌린다는 얘기를 들었습니다. 상여의 '여(轝)'는 옛적 임금이나 정승 들이 타고 다니던 가마를 뜻합니다. 마지막 황천길로 고인을 보내드리는 방식은 동서양이 일치한다고 할 수 있겠지요."

"사족 같소만, 우리 상여에 대해 설명을 좀 해드리리다."

설립자가 한 발 앞으로 나섰다. 그리고는 일행을 이끌고 상여 앞으로 다가선다. 나도 그의 뒤를 따른다.

"상여 앞쪽에 쓰인 이 글자는 '운(雲)'인데, 구름을 뜻합니다. 우리가 죽어서 그 혼백이 구름처럼 하늘로 높이 올라간다는 뜻이 담겨 있어요. 그리고 언젠가 구름은 비가 되어 다시 지상으로 돌아옵니다. 그게 부활입니다. 내 짐작대로라면, 서양인 여러분이 그 실현 가능성을 별로 믿지 않는 것 같은 그 부활 말입니다. 여러분의 종교 지도자 예수는 몸소 부활을 실천했다고 합니다. 여러분은 그 부활을 틀림없이 믿고 있겠지요? ……그런데 이상합니다. 그분의 부활은 믿으면서도 보통 인간에 대해서는 부활을 인정하지 않는 것 같습니다. 기껏해야 조건부 부활을 언급하지요. 이를테면 신심이 돈독한 사람들에게만 허용되는……그렇잖소?"

설립자의 얘기는 내가 북망산을 떠올리면서 했던 생각과 놀랄 만큼 일치한다. 예수는 사흘 만에 자연순환의 여행을 마치고 다시 돌아와 부활했다고 한다. 정말 대단한 속도고, 놀라운 우연이다. 내 생각에 비추어볼 때 그렇다는 얘기다. 영혼이 흙과 물을 찍어 바르고 다시금 인간의 몸을 이루는 곳이 어딘지는 알 수 없고 알아서도 안 될 것 같다. 티끌 하나가 바람에 날려가 정착하는 곳이 어딘지 알 수 없듯…… 내 말은 똑같은 장소, 똑같은 종족의 모습으로 돌아오기가 확률적으로도 여간 어렵지 않을 것이란 뜻이다. 게다가 생명이 새롭게 태어나기 위해서는 전생의 기억을 모두 잊어야 한다고 했다. 그만큼의 시간 역시 반드시 필요하다. 그래서 나는 불교에서 유래한 사십구재를 주목하는 편이다. 죽은 뒤 사십구 일, 거듭 태어나기 위해 지상의 기억을 깡그리 잊는, 서양에서라면 망각의 강 '레테'를 건널 만큼의 시간……! 이 때문에 나는, 제사라는 걸 조금 우습게 여기는 사람이기도 하다. 사십구 일 안에 지내는 제사라면 몰라도 그 이후의 제사며 제수 음식이 도대체 자기 자신이 누군지도 모르는 존재들에게 무슨 소용이 있을 것인가 해서……

"상여 뒤편에도 글자 하나가 쓰여 있는데 그건 '버금 아亞' 자입니다."

설립자가 뒤쪽으로 돌아간다. 나는 다시 그가 하는 얘기에 귀를 기울인다. 아주 흥미로운 얘기가 아닐 수 없다. 그에게서 많은 것들을 새로 배워야겠다는 생각이 든다. 나도 깜냥에는 한자 공부를 했지만 상여에 담긴 민속적인 의미까지는 알지 못했다. 기껏해야 '지식知識'이나 '지혜智慧' 정도, 전공과 관련된 용어만 배웠을 뿐.

"'버금'이니까 다음 생애를 뜻하는 것이지요. 하지만 이 글자는 뜻보다 형태를 주목하시기 바랍니다. 하늘과 땅 사이에 허리 구부러진 노인 둘이 마주 서 있는 형상이지요? ……그러니까 상여 앞의 글자 '운雲'처럼 지금은 죽어서 구름으로 흩어지지만 다음 생애에서는 비로 내려, 다시 말하자면 환생해서, 너랑 나랑 허리가 꼬부라질 때까지 함께 살자는 의미를 담고 있어요. 이제 이해하겠습니까?"

많은 이들이 고개를 끄덕인다. 인터뷰는 그걸로 끝난다. 설립자의 글자풀이가 일시에 청중을 침묵하게 만든 것 같다. 외국 기자들이 설립자를 향해 카메라 셔터를 누르거나 무엇인가를 부지런히 메모했다. 하늘을 멀거니 올려다보는 친구도 있다. 상여 행렬은 다시 출발했다. 그때 내 귓전에 사투리가, 괄괄 흘러가는 계곡 물소리처럼 격렬하면서도 쉴 없이 와서 부딪힌다.

"넘으 재산으다가 불 질름서나 스스로 목심을 끊어뺀진 얼씬넨디 말여, 다솝터를 시방 난도질허고도 모잘러서 욕보인 심인디도 말여, 이맹키 텀턱시럽게 장례럴 베풀어야 허는 이유가 머시롸우? 인터뷰 쪼깨 허것다고, 미친년 개밥 퍼주드끼 헤퍼도 너무 헤프게 야단법석을 떠는 거이 아니요이, 시방?"

돌아보니 마을 촌장이다. 뒤로 빗어넘긴 그의 머리가 유난히 빛을 뿜는다. 묵자는 유가의 주장과는 달리 도를 넘어서는 상례喪禮를 결단코 반대했다. 장례와 상례법이 실제로 가난한 자를 부유하게 하고 백성을 모이게 하지 못한다면 어질지도 않고 의롭지도 않으며 효도도 아니라고 비판했다. 그러면서 성왕의 장례법도는 수의가 세 벌, 관은 세 치요 봉분은 흙을 덮는 정도로 그치고 장례가 끝나면 묘지 위로 소와 말과 사람이 지나다니도록 해야 한다고 말했다. 그게 무엇이든 백성에게 이익이 되거나 실용적인 일이 아니면 반대했던 것이다. 하기야 음악을 두고서도 그는 말했다. 배와 수레와 같이 음악이 백성을 위해 합당하게 이용된다면 몰라도 음악은 하느님의 법도가 아니며 백성의 이익도 되지 못한다고…… 그가 만약 지금 여기 어디서 우리를 내려다보고 있다면 상여 행렬의 상두 소리도 마냥 비난하고 있을까? 촌장처럼? ……물론 이천오백 년 전의 묵자가 영원히 옳을 수는 없다. 무엇보다 세상이 변했다. 바른 것ㅍ이란 어긋남이 없는 것이라고 그는 말했는데, 음악이 쓸데없다는 생각은 이미 오래전부터 어긋나왔다. 음악은 이제 백성을 위해 합당하게 이용되기도 하고, 그 자체가 생산수단이 되기도 한다.

"이 일은 마을 전체가 결정한 일이 아닌가요? 이 일로 다솜터가 얻는 소득은 생각지 않는 겁니까?"

나는 다른 이들에게는 들리지 않을 만큼 낮게 힘주어 항변한다. 오다가다 우연히 존경하는 묵자 선생을 만나더라도 내가 꼭 하고 싶은 말이기도 하다.

"그것이사 애당초 말 허잘 것이 없지롸우. 헌디, 벌을 내릴 디

다가 상을 덤뻑덤뻑 줘뻔저싸먼 다솜터가 제대루다가 돌아가것소 이?"

"보십시오. 지금 정말이지 다솜터 전체가 신명나게 돌아가고 있는 게 보이지 않으세요?"

"워녕간! ……이거이 쑈라고 험사 성공은 힛다고 허야것지요. 선악과 선생이 옴서부텀 우리 다솜터가 써커스허는 재인말 맹키로 나수 바꽈져뻤것다는 이약은 안 들립뎌?"

나는 할 말을 잊고 만다. 촌장의 입에 오른 내 별명이 아무래도 기분좋게는 들리지 않는다. 상여 이벤트는 모두가 몰입해서 즐기는 쇼, 혹은 연극 같은 것일 수도 있다. 그게 무가치하다는 것인가? ……나는 촌장이 감추고 있는 속내가 무엇인지 궁리해보지만 짐작되는 게 없다. 다만, 내가 벌이는 일들을 탐탁지 않게 여기고 있다는 사실 하나만은 분명해 보인다.

12

"이제 진짜 다솜터 사람이 된 것 같아요."

학생들과 더불어 농장에 나가 씨감자를 묻은 뒤 '얘기꽃'으로 들어서자 송이향이 의미심장한 말을 건넨다. 나는 애매한 웃음으로 대꾸를 대신한다. 도편수 교수와 만나기로 한 약속시간이 촉박해서 샤워할 겨를조차 없었을 뿐이다.

"그런데 이상해요. 선생님께서 땀냄새를 폴폴 풍기면서 저희 집에 들어서실 때마다 그래요. 뭐랄까, 들에 나가 일한 뒤 귀가하는 제 지아비라도 되는 것처럼 언젠가부터 황송한 마음부터 앞서게 돼요. 다른 뜻이 있는 건 아니에요. 이해하시겠어요? ……돈을 받고 파는 이런 딸기주스 따위가 아니라 얼른 뜨거운 밥을 지어 올려야 하는데, 하는 생각 같은 거……"

"그럼, 밥 한 끼 해주시죠, 뭐."

"그럴까요?"

송이향이 무슨 말을 하는지 잘 알고 있지만 나는 짐짓 어깃장을 놓는다. '얘기꽃'에 다른 손님이 없더라도 남세스럽게 맞장구까지 치고 싶지는 않다. 그게 섭섭한지 그녀가 고개를 외로 꼬고 만다.

젊은 여자가 자기보다 나이가 많은 남자에게 귀엽다고 말하는 속마음은 무엇일까……?

오초혜가 내 귀에 대고 했던 말이 머릿속을 맴돈다. 손을 맞잡거나 어깨를 슬며시 감싸안을 수 있는 단계, 용기를 부려 가슴을 맞댄 포옹을 하고 나서 서로 불에 덴 듯 놀라 떨어져 외면하는 단계, 그리고 불에 덴 듯한 느낌을 주었던 그게 실은 별것도 아니라는 사실을 문득 깨닫고는 이윽고 격렬하게 키스를 나누게 되는 단계…… 그런 초기 단계 중에서 적어도 두번째까지는 받아들일 준비가 됐음을 알리는 신호로 해석해도 좋을까? ……아니다. 그건 소설이다. 나는 한없이 비약하는 내 공상에 브레이크를 건다.

아니, 그럴 수도 있어……! 보름날 밤, 내가 술에 취해 갖고 싶다고 했던 말을 확인시켜주면서 오초혜는 그 밤에 한숨도 자지 못했다고 털어놓았었다. 그게 그것 아닐까? 한숨도 이루지 못하던 그 어느 순간에, 에이 그냥 못 이기는 체하고 눈감아주고 말 것을, 하고 한 번쯤은 후회하지 않았을까……?

아니다. 그것 역시 소설이다. 그게 바로 세상 남자들이 저 혼자 들떠서 오해하는 일이라고 했다. 여자들은 단순하면서 결코 단순치 않다. 단순한 일들은 복잡한 절차를 거쳐서 풀고, 복잡한 일들은 단순하게 처리해버리는 비상한 능력이 있다. 언어영역을 다스리는 우뇌가 발달돼 있어서 단순한 표현 따위에는 여간해서 설득되지 않는 특성도 갖추고 있다고 한다. 그리하여 달콤한 사랑의 말들은 끊임없이 진화할 수밖에 없었으며 남녀의 사랑은 숨바꼭질을 거듭하면서 지금까지 그토록 끝없는 미로를 파왔던 것이리라.

"어이쿠, 구선생!"

도편수 교수가 '애기꽃'으로 들어서며 반갑게 한 손을 치켜든다. 비류동의 오두막과 건물 들은 대부분 그와 대학생들이 지었다고 한다. 이제 그는 새로운 개념의 다리를 계곡에 놓고 산 위에 사당을 세우는 일을 맡았다. 기초적인 디자인이나 기획 일은 물론 내 몫이다. 내가 도울 일이 얼마나 될는지 알 수 없지만……

"다리는 현재 높이대로 지으면 될 것 같더이다. 계곡의 이끼를 면밀히 조사한 학자가 말하기를 역사 이래 그 높이 이상으로 홍수가 난 적은 없다고 합디다. 문제는 계곡 한가운데라서 늘 골바람이 태풍 몰아치듯 할 텐데 그게 변수지요."

도편수 교수는 자리에 앉자마자 다리 얘기부터 꺼낸다. 내가 미리 운을 떼어놓은 터라 에둘러가며 대화할 필요도 없다. 명색이 도편수인 그는 모처럼 일다운 일을 만나 지금 한창 신명을 낼 만도 하다. 팔십 가까운 연세라고 했는데 언제나 그를 대할 때마다 대가들만이 지니는 풍모가 바로 이런 것인가 싶은 생각이 든다. 미간에 팬 주름까지도 수백 년 묵은 나무껍질의 깊은 골처럼 느껴지게 하는……

"그러니 탑의 높이를 낮추는 한편, 곳곳에 풍창風窓을 많이 내어 바람의 저항을 줄이는 수밖에 없소. 길이 삼십 미터에 폭 사십 미터 다리라면 바닥 면적만 삼백 평이 넘어요. 그 안에 둥그렇게 탑을 올리고, 구선생 말처럼 내부에 삼층 좌단을 쌓는다면 삼백 명이 아니라 천 명이라도 들어갈 수 있을 거요. 그러니 탑을 좀 낮춥시다."

"그러다가 앉은뱅이 탑이 되는 건 아닌가 하고 걱정돼서 그렇습니다. 중국에 가보니 산꼭대기에 쌓은 탑도 즐비하던데요."

"허허허, 꼭대기 바람보다 골짜기 바람이 더 무서운 거요. 그게 세상 이치라오. 그리고 대팻밥으로 잔뼈가 굵은 내가 이제 와서 설마 볼품없는 납작한 탑을 만들어 세상에 남기려고 하겠소?"

"알겠습니다. 대문은 가능할까요?"

"그건 문제가 없어요. 다리 양쪽으로 버스가 다닐 수 있을 정도로 큰 탑문塔門 두 개를 달 거요."

나는 완공된 다리의 모습을 그려본다. 지붕이 덮인 원형 누각

형태라고 말했어도 도편수 교수는 매번 탑이라고 표현했다. 시멘트나 석조 구조물이 아니라 목조 건축물이라서 그러는 것 같다. 그걸 만약 탑이라고 한다면 허공에 매달린 탑이 된다. 정확하게는 다리 위에 놓인 탑이 되겠지만.

"사당 건립에는 별다른 문제가 없을까요?"

"거긴 다섯 칸짜리 열린 방이면 되지 않겠소?"

"맞습니다. 선방仙房이 곧 사당이 될 것입니다. 그냥 넓은 방, 서향西向이면서 밝은 실내면 됩니다."

"문제는 어디다가 짓느냐 하는 거요. 서해 쪽을 내려다볼 수 있어야 한다고 했는데, 그걸 들어앉힐 만큼 넓은 땅이 다솜터에는 없어요. 산을 깎는다면 몰라도……"

"그럴 수는 없습니다. 말이 나올 수가 있거든요."

"마지막 선택이 하나 있긴 하오. 비류동 1번지를 허물고 거기에 짓는 거요."

비류동 1번지라면 설립자가 살고 있는 오두막, 곧 '서편재'다. 부탁을 해보면 설립자가 선뜻 양보할지도 모른다는 자신감이 든다. 서편재를 다른 곳으로 옮길 수도 있으리라.

"그 문제는 제가 해결해보겠습니다. 걱정하지 마십시오."

나는 장담부터 한다. 설립자가 그런 사소한 일에 왈가왈부할 것 같지는 않다. 하여튼 일단 만나서 의향을 여쭈어보면 확인될 일이다.

"참, 비류동을 조감하는 전망대는 곧 착공이 될 거외다."

"저도 들었습니다. 다솜터 입구, 아니 입소데기 쪽 상징 건물이라 기대가 아주 큽니다."

또 하루 몫의 어둠이 산등성이에 자리를 틀고 앉아 웅크리고 있는 게 보인다. 해가 일찍 지는 바람에 산촌에서는 저녁이 길고 밤도 끝이 없다. 전망대라면 오초혜에게 모든 공적을 돌리고 싶다. 도편수 교수는 얘기가 끝나자 이내 돌아간다. 나이든 그나 설립자에게는 길고긴 밤이 차라리 나을 수도 있을까?

오두막으로 기어들어가고 싶은 마음도, 온천탕에 몸을 담그고 싶은 마음도 들지 않는다. 오초혜는 지금 어디 있을까? ……만약 여성들이, 남성들의 혀 짧은 반토막짜리 유혹 한마디에도 쉽게 넘어가는 존재였더라면 세상에는 골치 아픈 일들이 더 많아졌을 것 같다. 그리하여, 다른 건 몰라도, 암컷들보다 수컷들의 언어 구사 능력이 현저히 뒤떨어진다는 사실은 성적 질서를 위한 측면에서는 바람직한 일로 여겨지기도 한다. 지루한 저녁과 밤의 어둠이 비록 나에게는 고역일망정……

"남자들은, 사랑하지 않는 상대하고도 이따금 감정 없는 섹스를 하죠?"

술병을 들고 다가온 송이향이 내 옆자리에 앉으며 묻는다. 그녀에게서 술냄새가 풍기고 있다. 나는 잠시 머뭇거린다. 여자들은 사랑하지 않으면 섹스를 하지 않는다는 뜻인가?

"글쎄요. 그 뭐, 그렇죠."

나는 얼버무린다. 왜 그렇게 묻는지 알 수 없다. 그녀가 나에게 술잔을 내민다.

"그래요. 상관없어요. 선생님이 원하시면, 그냥 말씀하세요. 지금이라도……"

송이향이 도대체 무슨 말을 하는지 나는 쉽게 헤아릴 수 없다. 도편수 교수를 만나기 전에 내가 잠시 빠져들었던 생각을 그녀가 읽어버린 것일까? 나는 고개를 잔뜩 숙여 그녀의 얼굴을 살펴본다. 그녀는 울고 있다.

13

나는 어쩌면 전생에 나무였는지 몰라……! 장수長水 땅의 한 마을로 나무를 사러 가면서 나는 생각했다. 나무와 내가 닮은 건 없다. 서서 살디기 쓰러지면 죽는다는 짐을 세외하년…… 그건 내가 아닌 모든 사람들의 공통점이기도 하다. 물론 선 채로 죽어가는 나무도 있고, 사람들 역시 더러 그럴는지도 모른다. 그러니 나무와 내가 닮은 점은 어디에도 없다. 그래도 나는 나무 앞에 설 때면 전생을 생각해보곤 한다.

오초혜는 내가 나무를 사러 간다고 하니까 거의 무작정 따라나서다시피 했다. 나무를 고르는 일에 자기가 빠져서는 안 된다고 고집을 부렸다. 새로 다솜교가 세워지면 비류동과 황지동 쪽의 문 밖에 각각 두 그루씩 심어질 나무였다. 장수 시골마을 근처에 오래된 느티나무 군락이 있는데 수령이 이백 년은 된다고 했다. 그런데 나무들이 너무 밀식돼 있어서 간벌을 할 계획이라는 소식을 들었던 것이다. 말 그대로 머리 틀자 비녀 들어오는 격이었다. 그래서 웬만하면 수형이 괜찮은 나무들을 골라서 캐오려고 우리가 계약하러 나선 길이다.

오자마자 가래나무 다 갔는데 오리나무. 화가 나도 참나무 미안하다 사과나무. 두 손 싹싹 비자나무 그렇다고 치자나무. 사귀자 아가씨나무 입 맞추자 쪽나무…… 나무타령이 불현듯 떠올라 입에 한번 올려보자 오초혜가 깔깔거리며 웃는다.

"방귀 뀐다 뽕나무, 말 매놔도 소나무, 너랑 나랑 살구나무도 있고……"

"너랑 나랑 살구나무…… 참 이쁜 말이네요."

그녀가 그 말을 몇 번씩 중얼거리다가 잠자코 입을 다문다. 우리는 다솜터에서 지금 그렇게 살고 있지 않으냐고 얘기해주고 싶어진다.

다솜교 양쪽에 과연 무슨 나무를 심어야 할 것인지를 두고 우리 주민들은 오래 토론했다. 살구나무뿐만 아니라 나무란 나무는 아마 거의 다 후보에 올랐을 것이다. 사과나무나 살구나무, 배나무 등의 과실수는 어디서나 그렇듯 인기가 높았다. 과실이 주는 풍요로움 때문이리라. 하지만 나는 그러다가는 이미지가 어느 하나로 고착되고 만다는, 부러 어렵고 철학적인 이유를 내세워 반대했다. 배나무 아래에서는 배만 생각하게 될 것이다. 상상을 더 해본들 그 이웃집에 매달린 사과 정도에 머문다. 다시 말하자면, 배값이 떨어지게 되면 괜히 나무까지 미워하게 된다. 과실수 다음으로 인기가 있었던 나무는 소나무와 은행나무였다. 그리고 후보군으로 느티나무가 올라왔는데 최종적으로 소나무와 느티나무가 뽑힌 것이다. 그래서 비류동 쪽에는 느티나무를, 황지동 쪽으로는 키 큰 적송을 심기로 했다. 은행나무는 유교를 상징한다고 해서 배제했다. 나무들은 아무런 잘못도, 죄도 없었다.

"민요는 다들 은근한 것 같아요. 대학 때 자주 불렀던 상주 모심기노래도 그렇고……"

차가 다솜터 아래 읍내에 이르렀을 때까지도 말이 없던 오초혜가 문득 입을 연다. 상주 함창 공갈못에 연밥 따는 저 처자야 연밥 줄밥 내 따주마 우리 부모 섬겨다오…… 민요 한 자락이 그녀의 입에서 흘러나온다. 낭창낭창한 회초리처럼 착착 감겨드는 목소리, 그녀 말마따나 은근하기 짝이 없는 노래다. 그녀가 세속해서 2절을 불렀다. 능청능청 벼리 끝에 시누올케 마주 앉아 나두야 커서 시집가면 우리 낭군 섬길라네……

은근하기도 했지만 간절함이 잔뜩 밴 노래다. 간밤에 송이향이, 나에게 다른 식으로 말했더라면 어땠을까? ……변명할 것도 없이, 남자들은 사랑 없이도 섹스를 한다. 하지만 분명한 건, 그따위를 따져가면서 섹스를 하지는 않는다. 아니, 하지 못한다. 그러니 송이향은 말없이 그저 울기만 했어야 한다. 아니면, 사랑하지 않으면서도 섹스를 하지 않느냐고 나한테 닦달을 하지 말든지……

물론 나도 알 만큼은 안다. "여자를 혼자 자게 내버려두는 놈은 그 여자의 한숨소리 때문에 지옥으로 떨어지게 돼 있어. 하하하……" 그건 카잔차키스가 소설에서 썼던 얘기다. 내가 젊은 시절에 나름대로 어떤 합리화를 위해서 자주 입에 섬기던 말이기도 했다. 송이향이 만약 그런 식으로만 접근하지 않았더라면? ……어쨌거나 그녀가 원하던 일은 벌어지지 않았고, 나는 술에 취해 우는 여자 앞에서 쩔쩔매고 말았다.

도대체, 언니. 무슨 일이 생긴 거예요? ……내 연락을 받고 달려온 오초혜는 꼬치꼬치 물었다. 여자들만의 오감에서 더 나아간 육감으로, 그녀는 무슨 비밀의 실마리라도 한 가닥 캐내려고 하는 듯했다. 하지만 나는 변명할 수도 없고, 변명거리도 없었다.

"우리 서로 신발을 바꿔 신고 가요."

오초혜가 갑자기 뜬금없는 제안을 한다. 심심했던 모양이다. 어느 때부턴가 그녀는 이미 자기 하이힐을 벗어던져버렸는데 아예 바꿔 신자는 것이다.

"제가 어떻게 하이힐을 신어요? 볼이 늘어날 텐데, 그리고 내 구두는 냄새가 지독할지도 몰라요."

"상관없어요. 빨리 벗어요."

길가에 차를 세우고 나는 구두를 벗었다. 그녀가 냉큼 받아들더니 제 발에 꿴다. 나도 그녀의 하이힐에 발을 걸쳐본다. 그러자 속옷이라도 바꿔 입은 듯 발등이 화끈거린다. 다시 시동을 걸어 출발하려는데 그녀가 커피를 마시고 싶다고, 캔커피라도 사달라고 부탁한다.

"제 구두를 벗어주셔야죠."

"싫어요. 제 신발을 신고 다녀오세요."

"……?"

"그러지 않으면 커피 안 마실 거예요."

할 수 없이 나는 하이힐을 신은 채 엉금엉금 가게로 들어간다. 한적한 시골마을이라 다른 손님이 눈에 띄지는 않지만 가게 주인이 이맛살을 찌푸리는 것 같다. 오초혜는 승용차 밖으로 나와 서 있다가 나를 보고 웃음을 터뜨렸다. 나도 멋쩍게 웃는다. 그때 그녀가 두 손으로 양쪽 치맛자락을 조금씩 끌어올리면서 무릎을 살짝 구부린 채 좌우로 흔들었다. 그러자 치마 끝이 위로 올라가면서 흰 넓적다리가 조금 드러난다. 그녀의 춤사위는 짧았다. 짧아도 황홀했다.

전에 나는 우연한 기회에 어느 여학생이 춤추는 모습을 바라보다가 못된 생각을 해본 적이 있다. 루 살로메가 춤 한번 춘 대가로 세례자 요한의 목을 요구했을 때 헤롯왕은 주저하지 않고 부탁을 들어주었다고 하는데, 내가 헤롯왕이라도 그랬을 것 같다고 말이다. 무용을 따로 공부한 학생도 아니고, 게다가 그저 평범한 춤이었는데도 그랬다.

으스러질 만큼, 오초혜를 껴안아보기 위해 나는 그녀 쪽으로 다가갔다. 족쇄를 채운 듯 걸음이 무거울 수밖에 없다. 그녀는 깔깔거리며 달아나더니 승용차 안으로 쏙 들어가버리고 만다. 할 수 없이 나는 운전석에 앉아 다시금 차에 시동을 건다. 고소해 죽겠다는 듯, 그녀가 키득거린다.

"우리, '비밀 하나씩 벗겨내기 게임' 할까요?"

시골길을 운전해가면서 이번에는 내가 제안을 하나 했다.

"그게 뭔데요?"

아직 시작도 하지 않았는데 오초혜의 눈가에는 벌써부터 재미있어 죽겠다는 듯한 호기심이 어렸다. 그건 여자를 상대로 벌일 만한 게임은 되지 못한다. 남의 일이라면 몰라도 자신의 비밀을 털어놓는 여자는 좀체 구경하기가 힘들기 때문이다. 나는 다만 나 자신의 얘기들을 들려주고 싶어서 게임 운운했을 뿐이다.

"남이 모르는 자기 비밀 하나를 밝히고 나서 상대방에게 궁금한 걸 묻는 겁니다."

"좋아요. 선생님부터…… 그런데 벌이 있나요?"

"그럼요. 벌이 없으면 게임이 될 수가 없죠."

"무슨 벌?"

"뽀뽀 같은 건 어떨까요? 비밀 하나에 뽀뽀 한 번씩……"

"치, 나 안 해! 주먹을 내도 지고 가위를 내도 지는 게임 같은 거잖아요. 이기면 이겼다고, 지면 졌다고 뽀뽀하려고요?"

"그럼 비밀 두 개에 키스 하나……"

"어머, 이 아저씨. 오늘은 아예 작심을 하셨나봐. 그래도 저는 싫어요. 왜 그런지 아세요? ……빚진 걸 입술로, 몸뚱이로 갚는 거나 마찬가지가 될 테니까요. 장난이라도 그런 건 싫어요."

"정말 그 이유 때문에 싫은 겁니까?"

"응……!"

우리말 발음 중 목구멍 가장 깊은 곳에서 울려나온다는 단음절의 울림소리로 그녀가 대답했다. 사랑이란 참으로 유치찬란한 것이다. 유치찬란, 두 단어를 억지로 조합했음에도 불구하고 사랑에 대해 이처럼 간단명료하게 적절히 표현한 말은 더이상 없다. 세상 천지간에 벌어지는 모든 남녀의 사랑이 다 유치한가 하면 그와 동시에 찬란할 수 있다는 점에서 그렇다. 하여튼 그 희떱고도 유치찬란한 수작에도 불구하고 내 의도는 일단 성공한 듯이 보인다. 적어도 우리는 뽀뽀든 키스든, 그걸 아무렇지도 않게 입에 올리는 단계까지는 이미 접어든 셈이니까.

"벌칙은 없애기로 하죠. 대신, 대답할 때는 지금처럼 하세요. '응'이라고……"

"응?"

"바로 그렇게요."

"왜요?"

"그게 듣기 좋아서요. 알았어요?"

"응……"

그녀가 맑고 듣기 좋은 울림소리를 다시 우려냈다. 그 음이 울려나오는 목구멍 깊은 곳까지 가보고 싶은 마음이 굴뚝같이 솟구칠 만큼……

"저는 배가 고파서 담배를 피우기 시작했어요. 이런 말을 하면 믿는 사람들이 아무도 없지만, 배고픈 후진국 남자들의 흡연율이 유난히 높다는 사실을 상기하면 될 겁니다."

"그게 비밀이에요?"

"아버지의 사업이 부도난 직후 우리 가족은 몰래 도망쳐서 어느 시골로 기어들어갔지요. 굶기를 밥 먹듯 하던 시절이었어요. 나는 배고픔을 억누르기 위해서 꽁초를 주운 뒤 난생처음 피웠지요. 내가 자주 올라가 혼자서 누워 있곤 하던 아주 큰 버드나무에서……"

"……"

"나무 위에 올라가 가만히 누워 있으면 나무가 나에게 소곤소곤 말을 건네는 소리가 들렸어요. 그건 내 내면의 울림이 나뭇잎 서걱거리는 소리에 의탁하여 나타난 것이겠지만, 어린 시절에는 나무가 진짜로 들려주는 얘기라고 믿었지요. 단 한 번도 의심하지 않고……"

오초혜는 말없이 듣고만 있다. 그녀의 반응이야 어떻든 길가의 가로수들은 그때처럼 쉴새없이 나뭇잎들을 팔랑거리며 내 말에 맞장구를 친다.

"그래서 나는 이담에 자라게 되면 조림업자나 식물학자가 되고 싶었어요. 그게 내 내면의 소리였다는 사실을 알고는 철학을 하기로 진로를 수정했지만……"

"저에게 묻고 싶은 건 뭐예요?"

오초혜는 게임을 받아들이기로 작정한 것처럼 물었다. 묻고 싶은 건 많다.

"초혜씨의 과거를 다 갖고 싶어요. 과거의 모든 일들을 나도 함께 나누어 갖고 싶어요. 그런 면에서 궁금해지는 게 우선 하나 있어요. 설립자 어르신이나 마을 촌장님과는 어떤 관계인가요?"

그녀가 눈을 동그랗게 떴다. 기껏 그런 일 따위가 궁금했느냐고 반문하는 듯하다. 나는 잠자코 승용차를 운전해가면서 그녀의 대답을 기다린다. 뱀처럼 길게 꼬리를 뻗고 누워 있는 산길이 한적하다.

"차 좀 세워보세요."

나는 머뭇거리면서 길가에 차를 정차시킨다. 순간, 그녀가 내 쪽으로 상체를 기울였다. 아니 거의 드러눕다시피 했다. 나는 그 동작이 무엇을 의미하는지 알았다. 그게 바로 우리 둘 사이를 파고든 돌연한 첫 키스의 신호였다.

14

한낮…… 오초혜와 나는 적막한 산길에 차를 정차시킨 채 움직이지 않았다. 간혹 우리 옆을 지나쳐가는 차량들이 빼익빽, 경적을 울리곤 했다. 그러거나 말거나 우리는 개의치 않았다. 첫 입맞춤을 축하해주는 팡파르 같은 것으로 들렸으니까.

그녀의 혀와 입술은 생크림처럼 부드럽고 달았다. 갓난아이들 마냥, 씹거나 말하는 오랜 노동에 동원된 적이 없고 맵고 짜고 쓴

자극적인 음식에 단련되지 않은 듯한 천연의 부드러움이었다. 아무리 애를 써봐도 갈증이 덜어지지 않기 마련인 깊은 키스 와중에도 오죽하면 이런 생각이 다 들까? ……만약 내 주인이 부드러움이라면, 연약한 부드러움이 나를 식민지의 백성으로 거느리려고 든다면 나는 기꺼이 그 노예가 될 수도 있겠다.

내가 전에는 어느 누구와도 키스를 해보지 않았던가? 마치 그런 것만 같다. 이 키스에는 과거를 모두 지워버리는 무엇인가가 있어……! 정말이지 첫 경험처럼 미숙하게도 우리 앞니는 자주 둔탁한 소리를 내며 부딪쳤다. 부딪쳐 소리가 나면 우리는 서로 입을 더욱 크게 벌리고 저 안쪽 깊이 혀를 밀어넣었다. 그 안에 더 달콤한 크림이 숨어 있기라도 하듯…… 갈증은 그래서 더 심해진다.

그 어느 순간, 오초혜가 내 손을 꽉 움켜쥐고 자기 가슴께로 옮겨놓았다. 움켜쥔 게 아니라 부들부들 떨었는지도 모른다. 신경이 뜨겁게 덴 듯 얼얼한 손으로 나는 그녀의 셔츠 단추를 풀었다. 거기 내 손보다 뜨거운 독립된 한 생명체가 나를 기다리고 있었다. 아주 오래전에 지어진, 그러다가 불쑥 모습을 드러낸 사원 유적처럼 그녀의 젖가슴은 꼿꼿하면서도 올올했다. 내 혀는 여전히 그녀의 혀에 붙들려 있어서, 그리고 그녀가 내 목을 꽉 움켜쥐고 있어서 나는 유감스럽게도 그녀의 가슴을 눈으로 마주 대할 수는 없었다. 하지만 나는 숨을 참은 채 파들파들 떨고 있는 그녀의 가슴을 느꼈다.

"그만, 이제 그만요."

오초혜가 나를 거칠게 밀쳐냈다. 그 바람에 내 머리가 운전석 시트에 가볍게 부딪힌다.

"미안, 미안해요. 다치지 않았어요?"

그녀가 내 이마를 쓰다듬는다. 나도 그녀의 헝클어진 머리를 가다듬어준다. 그렇게 우리는 방금 전의 격렬했던 어떤 행동은 애당초 없었던 것처럼 부수적인 엉뚱한 일에 더욱 관심이 있는 척하기 시작한다. 하지만 그녀의 입술 한구석에는 내가 흘려놓은 침이 마르지 않은 채 번들거리고 있다.

늦봄의 햇살은 눈부셨다. 그 부신 햇살 사이로 꽃가루가 날려 잠깐 동안에 차창을 누렇게 물들여놓은 게 눈에 보인다. 나비가 거기 날아와서 무슨 일로 몸을 털고 간 흔적처럼…… 나는 다시 차에 시동을 건다. 오초혜의 일부를 가졌다는 섣부른 확신도 아주 없지 않지만 한편으로는 그녀의 얼굴을 마주 대하기가 겁이 난다. 만약 그렇게 했다가는 내가 품었던 확신이 유리잔처럼 파삭 깨져 버릴 것만 같기 때문이다.

"저하고 그렇게 한 거, 좋았어요? ……얘기도 안 해줘요?"

잉잉거리듯, 꿀벌이 날갯짓하는 목소리로 오초혜가 추궁했다. 나는 그녀를 바라보았다. 전면을 응시하고 있는 그녀의 자태가 몹시 고왔다. 내 입술과 혀와 손이 닿았던 자취는 그 어디에도 남아 있지 않은 채로……

"황홀했어요. 황홀하다는 게 무엇인지 알 것도 같아요."

"저는, 입맞춤은 그냥 입맞춤인 줄로만 알고 있었어요."

"……?"

"그게 뭐랄까, 온몸의 세포들을 하나씩 이름 불러 깨워서 들고 일어서게 만드는 것인 줄 몰랐어요. 사람들이 입맞춤을 왜 하는 것인지…… 에이, 그만할게요."

"듣기 좋은데요, 뭐."

"싫어요. 그만한다고 했어요."

나는 잠자코 차를 몰았다. 아직 다 흩어지지는 않은, 나를 지배했던 좀 전의 어떤 기운이 운전대 주변에 안개처럼 서려 있어서 나는 여전히 몽롱했다. 하지만 그 기운의 밀도는 전보다 훨씬 묽고 옅었다.

"좋았어요? ……가슴도?"

한참 후에 오초혜는 다시 물었다.

"그럼요. 하마터면 당신을 어머니라고 부를 뻔했어요."

최고의 찬사가 되기를 기대하며 나는 대답했다. 그러면서 교묘하게 '당신'이라는 호칭을 섞어 썼다. 어머니라고 불러보고 싶었던 건 진심이다. 누군가에게 아버지라고 부르고 싶고, 또 누군가에게는 여보라고 부르고 싶어진다. 목마른 이들이 물을 찾듯, 그 어떤 호칭이든지 끝없이 끝도 없이 부르고 싶다. 세상 누구와도 어떤 식으로든 관계를 맺어가면서…… 그렇다. 서먹서먹한 사람과 재빨리 유대감을 갖고자 한다면 적절한 호칭을 찾아 부르면 된다. 형이라든지, 오빠라든지, 누나, 그리고 당신 같은.

"고마워요."

오초혜는 느티나무 마을에 도착하기 전까지 두 번을 더 물었다. 정말로 좋았어요? ……이제 진짜 한 번만 더 물어볼게요. 좋았어요? ……그녀가 천 번을 물어도 나는 싫지 않을 것 같다. 그건 어쩌면 그녀 역시 좋았다는 고백에 다름아닐 것이다.

"나무는 왜 그렇게 좋아하세요?"

오초혜가 다시 묻는다. 아까 그 일이 좋았느냐는, 다른 형태의 질문일 수도 있다.

"우리 모두의 내부에는 영혼의 나무가 한 그루씩 자라고 있어요. 싹이 트고 그러다가 겨우 서게 되고, 무성하게 숲을 이루었다가 이윽고 점차 소멸해가는…… 이 나무들이 사라져가는 날, 우리 인간은 멸종되거나 지금과는 완전히 다른 형태로 바뀌고 말 겁니다. 더이상 직립보행을 하지 않고 기어다니거나 사랑이라는 감정을 아주 잊어버릴지도 모르죠. 왜 그러냐면 우리들 안의 나무가 이미 쓰러져버렸기 때문입니다. 나무는 저에게 인간의 영혼, 인간의 자존심을 상징하죠."

"좀 어렵네요. 어쨌거나 지상에 나온 부분과 지하에 묻힌 부분이 따로 있어서 나무라고 한다는 말을 들었어요. 그럴싸하죠?"

"그렇군요."

"그런데 왜 묻힌 부분을 굳이 강조하는 걸까요?"

"뭐랄까, 그런 게 바로 동양적인 가치관이라고 할 수 있을 겁니다. 나이를 셀 때 집나이와 만나이가 있잖아요? 서양과 달리 우리는 어머니 뱃속에 들어 있는 기간까지 나이에 넣기 때문에 차이가 생기는 겁니다. 나무도 그런 식이겠죠."

"외국인 안내를 할 때 그 사람들에게 들려줄 만한 얘깃거리가 있으면 좀 알려주세요."

"잘하시던데요, 뭐. 특히 마루에 대한 말씀을 하실 때는 무릎을 쳤습니다."

"들을 만하던가요?"

"그럼요. 멋진 얘기였고, 창조적인 얘기였습니다."

"선생님께 그런 말을 들으니 기뻐요. 그래도 저한테 많은 얘기 들려주셔야 해요, 응?"

"그럴게요."

산 위에서부터 바람이 불어오기 시작했다. 어쩌면 마지막 봄바람일 수도 있다. 이제 며칠만 지나도 봄바람이라고 부르지는 않을 것이다. 기후氣候라는 말의 후候는 닷새를 가리킨다. 닷새 간격으로 날씨가 바뀐다고 해서 기후라고 했다. 생각난 김에 나는 그 얘기를 오초혜에게도 들려준다. 기후에 대한 과학적 지식을 가진 외국인들이라면 충분히 수긍하며 고개를 끄떡이리라.

마을의 느티나무 군락에도 바람은 불고 있다. 모두 사십여 그루쯤 될까? 나무마다 새로 돋아난 무수한 초록의 이파리들이 온몸을 흔들어대며 우리를 환영했다.

"이 나무, 저 나무, 저 나무…… 아니, 저쪽 나무로 할까?"

오초혜는 단번에 네댓 그루의 나무를 가리켰다. 하나같이 자태가 곱고 늠름한 나무들이다. 마을 이장은 그루당 오백만원씩은 받아야 한다고 했다. 나무의 나잇값이라고 한다. 나무값이 너무 쌌다. 내가 오히려 범버꿍인지는 몰라도 두 그루 모두 합쳐서 이삼천만원 정도는 각오하고 있던 참이다. 우리는 두말없이 계약서에 도장을 찍었다. 그리고 나무가 시집오는 날, 마을 잔치 비용으로 나무 한 그루 값을 더 내놓겠다고 선심을 쓰기까지 했다.

다시 비류동으로 돌아오는 길에 나는 어떻게든 오초혜와 키스해보려고 잔뜩 기회를 노렸지만 소망은 끝내 불발되고 말았다. 키스는커녕 도대체 언제 그런 일이 있었느냐고 그녀가 시치미를 잡아뗀 것이다.

15

세상은 바뀌어야만 한다. 공사현장을 지켜보면서 나는 문득 그런 생각이 들었다. 사당이라는 선입견 때문인지도 모른다. 공사장 위쪽으로는 개망초 군락이 눈부시도록 희다. 망초꽃은 주변에 다른 식물이 자라지 못하게 하면서 일대를 모두 점령하면 스스로 말라죽는다고 한다. 뱀이 뱀을 잡아먹고 공룡이 공룡의 숨통을 조이듯 하다가는 이윽고 서로 파멸하는 법이다.

"터 닦기는 이미 끝났고, 우리는 지금부터 '덤벙주초扛礎'에 들어간다. 한옥 짓기의 시작이면서 가장 자랑스러운 전통 기법이기도 하다. 모두 잘 지켜봐야 한다."

　도편수 교수는 현장 강의를 하기 시작했다. 다솜대학의 학생들이 그의 주위를 둥그렇게 에워쌌다. 나도 그들 틈에 끼어든다.

　"만물이 그렇고 인간관계가 또한 그렇듯이, 부패와 부식은 두 존재가 서로 접촉하는 부분에서 가장 먼저 발생하는 법이다. 바로 여기, 주춧돌과 나무 기둥이 닿는 부분이 그래서 항상 문제가 되는 거야. 덤벙주초는 이 문제를 해결한 우리 고유의 건축기법이다."

　"교수님, 덤벙이 무슨 뜻입니까?"

　"덤벙? ……덤벙대지 말고 잘 들어. 그러면 알게 되니까."

　학생들이 와르르 웃으며 선생의 위트에 화답했다.

　"자, 봐라! ……기둥을 이렇게 다듬어지지 않은 울퉁불퉁한 자연석 위에 세우는 것이다. 초석을 수평고름질하지 않고 덤벙덤벙 그대로 사용한다고 해서 붙은 이름이다. 그 대신 기둥뿌리를 초석 상면에 맞춰 깎아주는 그렝이질을 해야 한다. 이를 뽑아본 사람들은 잘 알겠지만, 이빨 아랫도리와 잇몸의 아귀가 잘 들어맞는 걸 상상하면 될 것이다. 그렝이질이 끝나면 마지막으로 기둥과 초석 사이에 뭔가를 가득 쟁여넣지. 그게 뭔지 알아?"

　"……?"

　"소금이다. 소금과 같은 사람이 돼야 한다고 누군가가 말했다는, 바로 그 소금이다. 소금의 쓰임새가 그렇듯 큰 것이다. ……이제 작업을 시작하자. 장마가 닥치기 전에 상량을 얹고 흙벽을 발라야 한다."

어차피 장마를 피해갈 수는 없다. 측량을 끝낸 뒤 자재를 구입하고 터 닦기를 서둘렀지만 한 달 만에 집을 뚝딱 지어낼 수는 없기 때문이다. 다솜교와 더불어 노인이 짊어지고 떠난 비류동 32호의 복원공사를 병행해야 하는 점도 일의 진척을 더디게 만든다. 일을 재촉한 건 나였다. 사당을 짓고 다솜교를 재건하기로 한번 그렇게 결정이 난 뒤로는 좀이 쑤셔서 견딜 수 없을 지경이었다.

사당은 길이 다섯 칸, 너비 두 칸의 장방형 건물로 지붕에는 기와를 얹기로 했다. 그리 큰 건물은 아닌 셈이다. 동쪽 끝에 두 개의 출입문을 달고 정면이랄 수 있는 서쪽으로는 다섯 개의 넓은 창을 내기로 설계가 끝나 있었다. 공맹이 됐든 고운孤雲이 됐든, 요컨대 사당은 죽은 이를 섬기는 곳이 아니라 산 자들의 공간이어야 한다. 서쪽으로 창을 많이 낸 이유가 그 때문이다. 창을 열면 '오리알터'의 반짝거리는 넓은 수면水面이 한 눈에 들어올 것이다. 오리떼가 날아와 알을 낳는다는 곳……

산을 내려가면서 오리가 지니고 있는 상징들을 나는 머릿속에 떠올려본다. 솟대 신앙에서도 알 수 있듯 오리는 인간의 기원을 하늘에 전달하는 중개자 역할을 한다. 그건 아메리카 인디언들에게도 마찬가지다. 그리고 무당들의 우주창조 신화에 따르면 오리는 태초에 지상을 창조한 동물이기도 하다. 천지창조가 이뤄지기 전에는 세계가 온통 물바다였는데, 오리가 수중 밑바닥의 흙을 파서 계속해서 물 위에 쏟아부은 결과 오늘날의 지상이 됐다고 전해진다. 그러니 오리알터는 이제 새로운 문명의 터전이 돼야만 한

다. 제2차 천지창조의…… 물론, 우리보다 먼저 오리알터 일대에
천지개벽의 후천後天 세계를 열려고 했던 이가 있다. 증산교 교주
강일순姜一淳이 그다.

"먼 일 땜시 낯빤데기를 잔뜩 우등거려가꼬 댕기시오, 시방?"

오천규 촌장이 내 앞으로 다가오면서 말을 건다. 그를 대할 때
면 애증, 그 양면의 감정이 한 얼굴 안에 다 담겨 있는 것처럼 느
껴진다. 그의 얼굴에는 그 자신과 함께 오초혜까지 숨겨져 있기
때문인지도 모른다. 아니, 보다 솔직히 말하면, 사실 그렇다.

"아, 예…… 어쩐 일이십니까?"

"사당인지 오당인지 원, 속이 빠작빠작 타가꼬 한번 구다볼라
고 와봤는디롸우. 여그서 만났응게 얼찜에 차나 한잔 허로 가까
요?"

"그러시지요. 이제 기둥이 올라가고 있으니까 빌모레면 상량을
얹을 수도 있을 겁니다."

촌장은 오던 발길을 다시 돌린다. 녹음으로 짙어진 숲길에는 다
람쥐가 연방 들락거렸다. 산중의 모든 맹수들은 날카로운 발톱을
부드러운 털로 감추고 있다. 다람쥐도 아마 예외는 아닐 것이다.
무기로서의 발톱은 그런 속성을 지니고 있다. 촌장이 지금 감추고
있는 발톱은 어떤 것일까?

"여그 다솜터다가 사당을 짓기로 헌 건 학실허니 북을 돋아줄
일이겠등만이롸우. 무단히 찧고 까부를 일이 아닌갑다 싶으요. 산
밑 깨골창으다가 다린지 탑인지 쌀 때도 그릿지마는, 우리헌티 고

까짓 성냥각 같은 것들 몇 개 지었다가 뿌섰다가 허는 것들이 머, 벨거것소, 시방?"

촌장이 부드러운 어조로 말문을 연다. 이제 날카로운 발톱을 내밀 차례다. 할 수만 있다면, 발톱이든 손톱이든 촌장의 얘기를 그냥 바람처럼 흘려보내고 싶어진다.

"우리덜은 시방 입때까장 부족함을 몰르고 살아왔더랬소. 잘 먹고, 자알 자빠져 자고, 일험서나 공부험서나, 깜냥에는 충분혓단 말이지라우. 아녀, 고것들이 인생의 전부는 아닐 팅게로 거그다 더 혀서 서너 가지, 머시냐, 근본적인 일들을 더 해왔것지요. 일테르면, 우리덜도 역시나 문화를 확대 재생산히가꼬 넘들과 교류헌달지, 미래를 꿈꾸고 대비헌달지 허는 등등의 일들 말이지라우. 비유가 적당헐랑가 몰르것소만 옛적 고조선마냥 '팔조금법^{八條禁法}'인가 머신가, 그 팔조로 너끈히 다스려지는 세상을 살았단 소리요. 이해허시것소이, 시방?"

"……예."

"근디 젊은 선상이 오신 뒤부텀 먼가 몰라도 쪼깨씩 더 수선시러지기 시작헌 것 같으요. 그걸 쪼깨나마 짐작허요?"

"세상에 어찌 꼬리가 몸통을 흔드는 짐승이 있을 수 있겠습니까?"

"잘 들어보시요. 긍게 내 말은, 여덟 개 법률로는 턱도 없이 모잘르고, 스무 개나 서른 개 이상의 창칼을 쥐고 휘둘러야만이 발 뻗고 펜히 잠잘 수 있게 된 거이 아닝가 허는 생각이 자꼬 앞선다는 거지롸…… 내가 시방 말을 허는 풍신이 기껏 이 모냥잉게로 개떡같이 말혀도 찰떡같이 들으시요이?"

"뭐든, 편하게 말씀하시지요."

우리는 산을 내려와 다솜교 앞에 이르렀다. 오초혜와 내가 직접 골랐던 느티나무 두 그루는 이미 다솜교 앞으로 옮겨졌다. 하지만 가지를 쳐서 심었기 때문에 볼품이 없을뿐더러 과연 죽지 않고 살아날 것인지 장담할 수도 없다. 그래서 나는 나무를 볼 때마다 미안한 마음이다. 살아난다고 하더라도 이른바 우주목의 구실을 제대로 해낼 수 있을 것인가 하는 의문도 없지 않다. 가지가 울창 해야 하는데 말이다.

"비류동 뽁대기다가 또 짓것다고 허는 정자는 대체 머요? 머덜 라고 다솜터를 자꼬 찔벅거려쌋소이?"

촌장이 '얘기꽃'으로 불쑥 들어섰기 때문에 나는 바로 대답할 기회를 놓치고 만다. '얘기꽃' 주인 송이향을 만나는 일은 껄끄럽고 부담스럽다. 나는 변함없이 그곳을 드나들지만 그날 이후로 송이향은 단 한 차례도 내게 눈길을 바로 주지 않는 듯했다. 새벽에 '얘기꽃'에 들르면 그저 음식만 챙겨주고 자리를 떠버린다.

"정자 하나쯤이야 사실 있어도 그만 없어도 그만입니다."

촌장이 자리에 앉기를 기다려서 나는 말문을 연다. 일행이 있어서 그런지는 몰라도 송이향은 나를 딱히 내외하는 기색을 보이지는 않는다.

"거기 정자가 하나 있으면 좋겠다는 생각을 해봤을 뿐입니다.

116

산꼭대기에 그런 게 높이 올라앉아 있으면 다솜터를 찾아오는 사람들에게 멀리 바깥쪽에서도 보이는 등대처럼 무슨 이정표 역할을 하게 될 것 같았습니다. 동서남북 어디서나 쉽게 눈에 띌 테니까 말입니다. 아, 저기 산 아래가 다솜터구나 하겠지요. 그런가 하면 비류동 뒷산을 산책하는 주민들에게는 좋은 쉼터가 될 수도 있습니다. 산속에서야 쉼터가 따로 있을 필요는 없을지도 모릅니다. 아무 곳에나 그냥 걸터앉으면 충분하니까요. 하지만 목적지 상징물이 뚜렷해지면 목적의식도 뚜렷해지는 경향이 있습니다. 그래서 탑이 됐든 정자가 됐든 하나 세웠으면 했지요."

"시방 목적의식이라고라우? ……그거이 혹시 선악과 선생 혼차만의 목적은 아니랍뎌?"

나는 가만히 한숨을 토해낸다. 이런 식의 토론에는 자신이 없다. 아무리 철학을 전공하면서 오랜 세월 담금질을 해왔을망정 내 순수한 의도를 일방적으로 매도해버리는 사람들 앞에서는 논리고 뭐고 다 집어치우고 우선 주먹부터 날리고 싶어진다. 송이향이, 내 주먹을 풀어주듯, 말없이 차를 날라왔다. 나는 그것을 되도록 천천히 나누어 마신다.

"그렇지는 않습니다. 그냥 심리적으로 안정될 수 있는 주민들 모두의 공간쯤으로 받아주셨으면 합니다. 그게 아니라면 다른 의미도 더 담아볼 수 있겠지요. 음양오행으로 풀이하자면 서쪽의 사당은 어쩌면 음에 해당될 것입니다. 나지막한 모습에 정적인 공간이 될 테니까요. 그렇다면 동쪽 산꼭대기에 우뚝 올라서게 될 정자는 양이겠지요. 그 둘의 조화는 그걸 늘 지켜보는 주민들의 내부 순화로 고스란히 이어질 것이라는 생각을 해봤습니다. 잘 아시는 것처럼, 현실에서는 주민들끼리 음양의 조화가 이루어질 수 없는 우리 다솜터에서라면 더더욱 필요한……"

"솔찬히 그럴싸헌 발상인 걸 알어요. 나도 몰로덜 않는단 말이지롸우. 글고 시방 내가 낄 디 안 낄 디 가리지 못허고 머리부텀 딜이미는 '나서방' 맹키로 말여, 가짠허게 나무랄라는 맴이 있능 것도 아녀요. 그먼 머시냐, 한번 보드라고! ……구선생은 먼 말이든 섯바닥에 걸리는 포도 씨맹키로 아문 디나 대고 툭툭 뱉어뻐리고 있어요. 근디 구선생을 서빠지게 쫓아댕김서나 그걸 하나하나 주서서 담아야 허는 건 바로 나요. 명색으 내가 여그 촌장이오. 긍게 포도 씨 같은 건 아싸리 첨부텀 내 손으다가 뱉어달라 이 말인디, 자꼬 어먼 깽뚱헌 말만 해대쌌소, 시방?"

"아, 그렇군요. 제 생각이 짧았습니다."

촌장은 촌장 나름대로 격앙돼 있다. 내가 뒤로 물러설 수밖에 없다. 그의 말이 옳다. 아니, 시시비비 여부가 아니라 그의 입장이 이해가 된다. 그는 조직의 위계를 엄격히 하고 싶은 것이다. 절차와 계통을 제대로 밟아서, 그러니까 무슨 일이든 자신에게 먼저 보고하라는 요구다. 하지만 내가 그걸 몰랐던 건 아니다. 일이란, 늘 그렇듯이, 처음 누구를 통해서 추진해야 하는가가 중요하다. 처음부터 그를 통했더라면 가능한 일이 얼마나 됐을까?

촌장이 조금은 화를 누그러뜨리는 것 같다. 그런데 이상하다. 내

118

가 조금씩 화가 치민다. 불쑥, 그가 악마 같다는 느낌이 든다. 그런 그에게서 어떻게 오초혜가 피어날 수 있었는지 모르겠다. 나는 다시금 오초혜의 얼굴을 떠올린다. 아니, 촌장을 마주하는 순간 내 머릿속에는 언제나 오초혜가 동시에 존재하고 있다. 그건, 누군가가 쓴 시의 한 구절처럼, 검고 축축한 가지에 핀 하얀 꽃잎 같다.

16

비올바람이 불어온다. 음력 5월 보름 저녁이니 그럴 만도 하다. '비올바람'이라는, 명사와 동사가 뒤죽박죽인 그 이상한 단어를 대신할 수 있는 말은 없다. 어지러우면서도 눅눅한, 그러면서 비단처럼 몸에 착착 휘감기는 달고 부드러운 바람……! 장마의 전령이다.

읽어야 할 책이 적지 않아서 나는 모처럼 오두막에 스스로를 묶어두고 있다. 비올바람이 아무리 유혹한다 해도 별수 없다. 마을이며 학교 일들을 핑계로 봄날 석 달 동안에 걸쳐 책을 멀리 한 채 마냥 지내고 있는 내 자신이 신기할 지경이었다. 오랜만에 대하는 책도 신기하게 여겨지기는 마찬가지다. 바람이 방문 창호지를 끊임없이 두드렸다. 나는 그게 오초혜였으면 좋겠다는 생각을 얼마나 자주 했는지 모른다. 하지만 오초혜는 이틀째 서울 출장을 떠나고 없다. 어느 유명 백화점에서 고객 사은 선물로 다솜터 관

광 및 숙박권을 준비하고 있다고 해서 그 문제를 상의하러 출장
을 떠났다.

보름날이라서 저녁은 일찍 챙겨먹어야 했다. 식당에조차 전기
가 공급되지 않기 때문에 서두르지 않으면 밥을 얻어먹을 곳이
없다. 하지만 나는 계속해서 미적거렸다. 산책하지 않겠느냐고,
바람이 자꾸 꼬드겨도 굳이 황지동까지 내려가고 싶은 마음은 들
지 않았다. 그래서 어둠이 내려 더이상 책을 읽을 수 없게 되고
나서야 나는 자리에서 일어나 라면을 끓였다.

— 바보, 라면도 제대로 먹을 줄 몰라요?

언젠가 내가 라면을 먹는 모습을 보고 오초혜가 핀잔을 준 적
이 있다. 뜨거운 냄비에서 바로 라면 가닥을 건져먹는 걸 보고 했
던 말이다. 라면은 냄비 뚜껑을 들고 거기에 조금씩 덜어먹어야
제맛이라고 했다. 그리고 그녀는 내가 먹던 젓가락을 빼앗아 직접
시범을 보이기까지 했다. 이렇게 드시란 말이에요. 사발도 접시도
아니고 오로지 냄비 뚜껑…… 아셨어요?

그렇게 하면 왜 맛있다는 것인지 따져볼 생각도 하지 않고 나
는 그날 이후 그녀의 충고를 따르고 있다. 그건 어쩌면 온도 때문
이리라. 냄비 뚜껑에 옮기면서 그 가닥과 국물의 뜨거운 정도를
입술과 혀에 적당하도록 식히는 것이다. 너무 뜨겁지 않아야 맛을
제대로 음미할 수 있을 테니까…… 아니라면, 별수 없이 라면 따
위나 끓여먹어야 하는 신세에 가장 걸맞은 게 바로 냄비 뚜껑이
거나……

어둡고 흐린 저녁 하늘가로 빛을 잃은 일등성 몇 개가 듬성듬성 돋아나고 있다. 나는 냄비를 들고 마루로 나와 앉았다. 어지럽게 불어오는 바람이 숲속의 나무들을 마구 흔들고, 그때마다 나무들은 환호성을 질러댄다. 이제 곧 많은 비가 내릴 것이라는 소식을 들고 바람이 전령으로 달려오고 있다는 사실을 나무가 모를 리 없다.

"계세요?"

송이향은 은근한 말투를 앞세워 내 오두막에 왔다. 내가 식사를 다 끝내기 전이었다. 비올바람이 그녀의 치맛자락을 걷어올리려고 짓궂은 장난을 시도하는 게 보였다. 이런 시각에 그녀가 무슨 일로 나를 찾는지 경계심이 와락 솟구친다.

"어쩐 일로……?"

"제 예상이 들어맞았네요. 아무래도 혼자 식사하실 것 같아서……"

예상이 적중했기 때문인지 송이향은 미뭇거림이 없다. 그녀가 옆구리에 끼고 온 보따리를 풀었다. 라면 냄새보다, 그녀가 장만한 어떤 음식의 냄새보다 그녀의 몸에 뿌려진 진한 향수 냄새가 내 코를 더 깊이 찌르고 들어온다. 나는 젓가락을 슬며시 내려놓는다. 향수는 물론이고 비누나 화장품, 혹은 석유 냄새가 조금이라도 배어들면 나는 어릴 때부터 그게 무슨 음식이든 먹지 못했다.

"이게 무슨 일입니까? 남의 입방아에 오르내릴 수도 있는데……"

"걱정하지 말아요. 그런 일로 방아를 찧어대는 사람들은 여기

없을 테니까요."

내 사정은 아무렇지도 않다는 듯이 그녀가 천연덕스럽게 대꾸했다. 물론, 확인해보지는 못했어도 주민들마다 연애에 대해서는 비교적 너그러운 편이라고 할 수도 있다. 누가 누구를 만나서 연애를 하든, 서로 결혼하지 않는 대신 다른 보상이라도 받아 챙기듯…… 하지만 그게 문제는 아니다.

"좀 드세요. 김치를 새로 담그고 좋아하시는 달걀프라이랑 머위탕도 끓여왔단 말이에요."

"고맙지만, 자극성이 강한 라면을 먹은 뒤라서 식욕이 떨어지고 말았어요."

"라면은 다 드시지도 않았는데요, 뭐."

"……"

"그럼, 술 한잔 하시든지……"

송이향은 도시락 밑에 감추어져 있던 작은 양주병을 꺼내어 포장을 뜯었다. 나는 할 수 없이 방에 들어가 술잔 두 개를 챙긴다.

금방이라도 비가 쏟아질 것처럼 바람이 더욱 어지럽다. 빗속에 꼼짝없이 갇혀서, 그리고 보름밤의 어둠 속에서 송이향과 단 둘이 앉아 술을 마시는 일이 과연 어떤 결과를 초래하게 되는지 나는 재빨리 그려본다. 십 년, 아니 삼십 년 정성을 다해온 공부를 도로 아미타불로 끝낼 수는 없다. 그러려면 술에 취해서 정신을 놓는 일이 없어야 하리라.

촛불이라도 하나쯤 밝혀야 마땅하지만 왠지 그래서는 안 될 것 같은 느낌이 든다. 가지 말라고 송이향을 붙드는 것으로 비칠 수도 있다. 게다가 어지러운 바람 앞에서 촛불이 버틸 수 있을 것 같지도 않다.

보름날 밤이면 다숨터 전체가 소등을 하지만 사실은 따로 그럴 필요도 없는 일처럼 보인다. 전등 몇 개가 켜져 있다 한들 우거진 숲이 불빛을 모두 차단해버리는 바람에 하늘의 별과 달이 가려지는 경우는 거의 없기 때문이다. 하지만 이제 와서 굳이 시비를 걸거나 반대하고 나설 생각은 없다. 오초혜가 처음 제안한 일이라고 하지 않았던가?

"비 좀, 후련하게 퍼부었으면 좋겠어요."

"그랬다가는 비류동이 다 떠내려갈지도 모릅니다."

송이향이 말하고 내가 그녀의 말에 억지 초를 쳤다. 그녀가 한숨을 내쉬는 소리가 들린다. 잊고 있던 향수 냄새가 다시 눅눅한 내기에 퍼진다. 나는 안주에는 손도 내지 않았다.

"저는 매력이 없는 여자인가요?"

"아닙니다. 아직도 젊고 매력이 넘칩니다."

"거짓말하지 마세요. 아니, 죄송해요. 거짓말이 아닐지도 모르겠네요. 다만 선생님께는 소용없는 매력이겠지요. 만약 그게 아니라면 대답조차 필요치 않은 질문이었으니까요. 여자가 비 좀 퍼부으면 좋겠다고 말하거나 매력이 있느냐고 물어볼 때는 그냥 다짜고짜 끌어안아야 마땅하니까 말이에요. 그렇죠?"

"……"

123

송이향이 슬슬 두려워진다. 분명히 매력적인 여성이지만 나하고는 인연이 먼 것도 분명한 사실이다. 만약 다솜터에서 만나지 않았더라면, 혹은 오초혜를 알기 전에 만났더라면 가까운 인연이 됐을지도 모른다. 나는 힘주어 이를 악문다.

"이제 곧 이향씨가 바라는 대로 비가 퍼부을 겁니다. 그러기 전에 내려가서야죠."

"싫어요. 비를 좀 맞으면 어때서요?"

갑자기 송이향이 내 무릎 쪽으로 자기 허리를 꺾었다. 중년의, 하지만 아직 결혼해보지 않았다는 젊은 여인의 물컹한 속살이 내 넓적다리에 닿는다. 나는 황급히 놀라 그녀를 일으켜세웠다.

"이러면 정말이지 곤란합니다. 나는 사랑하는 사람이 있습니다."

"그건 저도 알아요. 하지만 그게 뭐 어때서요? 결혼이라도 하실 건가요?"

"……?"

"그래요?"

"결혼할 수도 있겠지요. 사랑을 하게 되면 이 마을을 벗어날 수도 있을 테니까 말입니다. 제가 알기로 사랑이란 그런 겁니다. 목숨까지도 거는 판에 하물며 이깟 오막살이 한 채에 연연하겠습니까?"

"그 여자도 같은 생각일까요?"

"아직은 모릅니다. 아직 저만큼은 사랑에 빠지지 않았을 수도 있으니까요. 어쨌거나 그걸 이향씨에게 밝힐 필요가 없을 것 같은

데……"

"아직은 모르는 게 아니라, 아직은 선생님께서도 낭만적이시군
요."

그 어느 순간 바람이 멎고 고요해진다. 그러더니 첫 장맛비가
투둑투둑 떨어지기 시작했다. 수천수만의 나뭇잎에 떨어지는 빗
방울 소리가 자진모리, 휘모리로 장구를 몰아치듯 요란스럽다. 산
중에서 빗소리를 듣는 이 호사스런 즐거움을, 불쑥 쳐들어온 객과
더불어 나누어야 한다는 게 억울하다.

"제 차로 모셔다드리죠. 차를 이쪽에 바짝 댈 테니까 조금만 기
다리세요."

송이향은 더이상 고집을 부리지 않았다. 나는 그녀를 차에 태
우고 조심조심 산길을 내려갔다. 와이퍼를 아무리 빨리 돌려도
빗물은 아랑곳하지 않고 시야를 가렸다. 그때 내 휴대폰의 벨이
울었다.

"선생님, 비가 너무 와요. 마중 좀 나오실 수 있겠어요?"

쏟아지는 빗줄기만큼 오초혜의 목소리는 빠르고 높다. 내 가슴
도 덩달아 뛴다. 옆에서 송이향이 엿들을까봐 귀 아래가 근질거린
다. 오초혜는 고속버스 터미널에서 기다리겠다고 한다. 나는 서둘
러 전화를 끊는다. 하지만 소용없다. 송이향이 혼잣말처럼 내뱉는
소리가 내 귀에 고스란히 들려온 것이다.

"기집애……! 혼자 똑똑한 체는 다 하고 다녀도 기껏해야 늙은
이 첩살이 주제에……!"

17

밤사이에 흔히 더 많은 눈이 내리듯, 어둠이 짙어지면서 장맛비도 기세가 더 등등해진다. 터미널로 들어서는 사람들마다 허리 아래는 모두 젖어 있다. 그들이 빗방울을 털어낼 때마다 내 팔뚝까지 빗물이 튀었다.

버스에서 내린 오초혜는 서울에서의 일들에 대해 쉬지 않고 얘기했다. 백화점 측에서는 한 달에 버스 두 대 분량의 관광객들을 보낼 예정이라고 한다, 식사와 숙박을 곁들여 두당 얼마씩 책정하기로 했다, 앞으로는 백화점에 납품하게 될 다솜터 특산물이 더 늘어날 거다, 그런데 약 오르게 서울 여자들이 갈수록 더 세련돼지는 것 같더라…… 나는 건성으로 대답하면서 운전에 집중했다. 눈을 부릅떠봐도 시야가 제대로 확보되지 않았다.

"차라리 여기서 좀 쉬어가요. 빗소리나 들으면서, 응?"

오초혜가 핸들을 쥐고 있는 내 손등에 제 손을 올려놓으며 말했다. 산길이기는 했지만 오가는 차들이 아주 없지는 않다. 그래서 장맛비 속에 차를 세워두는 일이 위험스럽기는 해도 나는 비교적 한갓진 곳에 천천히 차를 댔다. 전조등은 그대로 켜두었으니까 길을 지나는 차들이 알아서 비켜 지나가면 될 일이다. 될 대로 되라는 생각도 아주 없지는 않다. 늙은이 첩살이라니……? 아무리 질투에 눈이 멀었다고 하더라도 송이향이 그런 망발을 입에 담을 수는 없다.

"왜 침울하시죠? ……무슨 일 있었어요? 숨기지 말고 빨리 말하세요."

그녀가 손가락으로 내 옆구리를 찌를 듯한 시늉을 하며 윽박지른다. 그렇지 않아도 세찬 빗줄기가 내 가슴에 못질을 해대고 있는 중이다. 내가 전혀 눈치채지 못했던 일이냐고……? 물론 아니다. 눈칫밥이라면 나도 먹을 만큼은 먹고 살아왔다.

"송이향씨가 술을 들고 저녁에 찾아왔었습니다. 겨우 되돌려 보냈지만……"

"무슨 말을 하려구요?"

"제가 저녁을 굶을까봐서 걱정했답니다."

"그 언니는 걱정도 팔자네요."

차 한 대가 우리 곁을 느릿느릿 지나쳐갔지만 캄캄한 빗속이라 거의 아무것도 보이지 않았다. 내 싸구려 승용차 천장에서는 양철북을 난타하듯 빗소리가 끊이지 않는다.

"몸에 한기가 드나봐요. 절 좀 안아주실 수 있어요?"

"……?"

"어서요."

나는 뒷좌석으로 그녀를 이끌었다. 산허리에 자생하는 뽕나무에서 저절로 익어 떨어지는 이즈음의 오디처럼, 그녀의 몸도 익은 오디 냄새를 풍긴다. 코를 어디로 두어도 차 안의 열기가 온통 달다. 무릎 위로 그녀를 들어올리자 그녀의 몸이 둥근 공처럼 내 품에 안긴다. 그녀가 손을 뻗어 내 허리를 동아줄처럼 꽉 묶는다.

그녀의 입술은 의외로 차가웠다. 하지만 내 입술에 의해 순식간에 따뜻해진다. 그녀의 입술이 차가운 것도, 그리고 다시 데워진 것도 내 입술이 먼저 안다.

입술뿐 아니라 얼굴의 그 모든 기관들에 빼놓지 않고 나는 차례로 혀를 들이댔다. 그것들 모두에게 공평하고도 너그럽지 않으면 안 되는 것처럼…… 귓바퀴든 귓구멍이든, 혹은 콧등이든 콧속이든, 이마든 턱이든, 그리고 눈이든 눈썹이든…… 핍박을 받거나 소외된 부위가 더이상은 없다는 확신이 들고 나서야 나는 그녀의 블라우스 단추를 푼다. 그런데도 오초혜는 말했다.

"서두르지 말아요. 싫어요."

그녀의 가슴은 어둠 속에서도 하얗게 빛난다. 나 아닌 사람들에게는 아무 상관도 없는 일이겠지만, 나는 가슴벽이 칙칙한 여성들을 무조건 기피하는 경향이 있다. 함박눈이 내린 마당에 햇빛이 비치어들듯 밝고 흰 가슴이 아니면 애초부터 내 것이 아니라는 느낌이 든다. 누구든 너그럽게 이해하시기를! ……하여튼 그 점에서는 오초혜뿐 아니라 송이향도 예외가 아니었다는 사실을 나는 기억한다. 깊이 파인 드레스를 잘 챙겨입곤 하던 송이향의 가슴을 내가 어디 한두 번 훔쳐보았던가.

하지만 오초혜의 가슴이 진실로 어떤지 자세히 알 수는 없다. 희끄무레하게 빛나는 모습만 눈에 들어올 뿐 더이상 상세하게 드러나지는 않기 때문이다. 목구멍이 타는 갈증으로 젖가슴 산 정상에 세워진 비석 같은 돌기를 덥석 물고 나서야 그게 우리 오두막

앞에서 봄철 내내 꽃을 피우고 기어코 열매를 매달았던 앵두와 영락없이 닮았을 것이라는 생각이 든다. 깨물면 깨어지는 기색도 없이 단 과즙이 배어나올 것만 같다. 그때 그녀가 낮게 신음을 토해내며 또다시 입을 연다.

"절 갖고 싶었죠? 그렇다고 얘기해주세요."

"그래요. 잠에서 깨어나는 새벽마다, 잠자리에 누울 때마다, 당신을 만날 때마다…… 그리고 당신이 머릿속에 떠오를 때마다……"

"못됐어……!"

"……"

내 승용차는 좁다. 그러니, 그럴수록 바짝 껴안을 수밖에 없다. 폭이 좁은 그녀의 스커트가 저절로 허리춤까지 말려올라갔다.

"우리가 만난 지 백 일은 넘었겠죠?"

"그래…… 아마 그렇겠지."

"그럼 안심이에요. 선생님께서 헤프다고 욕하실까봐 내심 걱정이 됐거든요."

"그렇지 않아. 당신은 내 속을 너무 태웠어."

"미안해요. 아……"

빗줄기는 조금도 수그러들지 않는다. 우리 또한 장맛비에 못지않을 것이다. 부드러우면서도 거친, 달콤하면서도 동시에 갈증나는 순간들이 빗방울처럼 한데 모여 도랑물을 이루며 흘러갔다. 승용차 천장이며 유리창을 마구 두드리는 빗소리가 오히려 편안하게 들렸다. 첫날밤, 뒤울안에서 퇴창 창호지를 뚫는 소리를 대신하듯, 빗소리가 우리 생애의 첫 행사에 자발적으로 참여했다. 우리들 심장의 박동소리도, 그리고 우리 몸도 그 반주에 자연스럽게 맞춰지면서 격렬하게 오르내렸다.

내가 뒷좌석 깊숙이 앉고, 오초혜는 내 넓적다리 위에서 내 몸을 껴안은 자세라서 그녀의 머리는 승용차 천장에 자주 부딪쳤다. 그게 불편했는지 그녀가 앞좌석 상부에 목과 어깨를 대고 눕자 그녀는 영락없이 내 몸에서 뻗어나간 나뭇가지로 보였다. 본체인 내 몸의 밑동은 크고 검은데, 새로 돋아난 가지는 어둠 가운데서 더욱 희고 미끈했다. 나는 그 가지가 비바람 따위에 허무히 잘려 나가지 않도록 젖 먹던 힘을 다 짜내어 그녀를 꽉 붙들었다.

우리는 그 절정의 어느 한 고개를 손을 잡고 나란히 넘었다. 오초혜는 내 어깨에 고개를 떨어뜨린 채 오래 가만히 숨을 골랐다. 나 또한 그렇게 했다. 그런 뒤에 나는 그녀의 목을 끌어안고 다시금 입맞춤을 하기 시작했다. 그녀의 목은 땀으로 미끈거렸고 그녀의 혀는 단내를 뿜어냈다.

그때 갑자기 그럴싸한 생각이 떠올랐다. 나는 오초혜를 뒷좌석에 남겨놓은 채 앞으로 건너와서 차에 시동을 걸었다. 그녀는 움직이지 않는다. 다솜농장 쪽으로 조금 더 가다보면 차를 세울만한 곳이 있다. 그곳이라면 이 밤에 어느 누구도 오지 않을 것이다. 야생화 종자 개량을 위한 목표를 세우고 설립자가 묘목 시험장으로 점찍고 있는 곳……

"이번에는 절 어디로 데려가시려나, 응?"

뒤에서 오초혜가 일어나 내 목을 끌어안는다. 콧소리에도 오디 같은 단내가 묻어난다.

"빗물에 몸을 씻고 싶지 않아? 이제 다 왔어."

"난 씻지 않고 이대로 자고 싶은데요?"

차를 세우고 시동을 모두 끈 다음 나는 거추장스런 옷들을 모두 벗어던졌다. 그리고는 뒷좌석으로 건너가 오초혜 역시 발가벗겼다. 그녀가 거머리마냥 내 몸에 찰싹 달라붙으며 다시금 막 발효되기 시작하는 과실주 같은 향을 퍼뜨렸다. 살냄새가 아찔했다. 계획을 실행할 필요도 없이 그냥 차 안에서 그녀를 안고 싶은 욕망이 거칠게 꿈틀거리며 일어섰다. 하지만 나는 그녀를 번쩍 들고 승용차 밖으로 나왔다.

"어머, 어머……!"

온몸으로 거센 빗방울이 떨어지자 오초혜는 놀라 비명을 지르더니 있는 힘껏 내 품을 파고들었다. 아닌게 아니라 어깨를 때리는 빗줄기는 회초리처럼 맵고 아프게 느껴진다. 나는 그녀를 안은 채 빙글빙글 돌면서 발을 구른다.

"그만 내려주세요. 같이 춤추게, 응? ……나 무겁지 않아?"

내 귓불에 대고 외치는 그녀의 뺨에도 빗물이 흥건해진다. 내 가슴과 그녀의 가슴이 맞닿은 곳으로 골짜기가 생기고, 거기 고이는 빗물이 도랑처럼 흘러내린다.

"무겁지 않아. 한평생 내가 짊어지고 다녀도 좋을 만큼……"

나는 그렇게 말하면서도 그녀를 땅에 내려놓는다. 입속으로 들척지근한 빗물이 흘러든다. 오초혜는 몸을 뒤틀며 아무렇게나 마구 팔다리를 내저으며 춤을 춘다. 무엇이라고 끝없이 외쳐대면서…… 장대비 회초리를 견디느라고 그런 것인지도 모른다.

우리는 거기 끈적끈적 흘러내리는 황토 흙탕물에 잠겨 두번째 섹스를 벌였다. 그것은 모든 현생인류의 섹스들을 거슬러올라 인류 계보로서는 최초였을 것 같은, 아주 원시적인 교접이었다. 그러니까 그 어느 누구도 인간에게 섹스를 가르쳐주지 않았던 시절, 흙탕물에 빠져 서로 몸을 부딪치다가 문득 터득해낸 듯한, 저절로 이루어진 몸짓 같은 그런 섹스……

18

우리는 오초혜의 오두막으로 기어들었다. 46호 오두막을 내 눈으로 지켜보기 시작한 지 백 일이 더 지나서 찾아온 행운이었다. 직접 들어보면 알겠지만 초가지붕에 내리는 빗소리는 더할 나위 없이 운치가 있다. 깊고 묵직하기 때문이다. 그래서 거기 초가에 스민 빗줄기가 모여 낙숫물이 되어 떨어질 때는 산중 옹달샘에서 샘물이 퐁퐁 솟아나는 소리와 흡사하다. 하긴 초가나 기와집 같은 전통 가옥이 아니면 이제 낙숫물 소리도 듣기 어려워지고 말았지만……

"비가 내리면 이제 저만 떠올리셔야 해요. 아니, 언제든 제게로
오셔야 해요."

오초혜는 모로 누운 채 속삭였다. 그녀의 머리칼은 아직도 축축
했다.

"내년 봄에는 여기 앞마당에 오동나무를 심어줄게."

"응? ……웬 오동나무를요?"

"선비들은 빗소리를 듣기 위해 뜰 앞에 오동나무를 심었다고
해. 문득 그런 생각이 들어. 가랑비만 내리는 날에도 당신이 빗소
리를 들을 수 있도록 해주고 싶어."

가지 하나를 꺾어다가 그냥 꽂아놓기만 해도 죽지 않고 잘 자
라는 게 오동나무다. 그래서 옛사람들은 딸을 낳게 되면 얼른 바
깥에 나가 오동나무 가지 하나를 담벼락에 꽂고 돌아왔다고 한다.
딸아이가 시집갈 수 있는 나이인 열다섯 살쯤이 되면 오동나무는
거목으로 자라나고, 그걸 베어 장롱을 만든다고 한다. 그런데 오
동잎은 잎이 크고 넓어서 빗소리를 듣는 데는 제격일망정 낙엽은
덧없다. 칠석이 되면 다른 나무에 앞서서 벌써 첫 나뭇잎 하나가
뚝 떨어진다. 그러니 칠석 이후로는 허무와 무상의 그림자만 나무
에 매달려 있게 된다.

"아까 그 산기슭에서 춤췄던 일은 죽을 때까지도 잊지 못할 것
같아요."

"나중에 또 출 수 있을 거야."

"싫어요. 반복은 오히려 첫 기억을 목 조르는 법이에요."

오초혜가 내 품을 더욱 파고든다. 우리는 손깍지를 끼듯 서로의 몸을 깊이, 그리고 견고하게 엮는다. 몸에 조금이라도 빈틈 같은 게 생기지 않도록…… 그녀가 머리를 조금 돌려 내 목에 입술을 댄다.

"저는 거기 흙바닥에 새겨졌을 우리 발자국이 수억 년 동안 보존되다가 나중에 화석으로 발견됐으면 해요. 공룡 발자국 화석처럼 말이에요. 그때쯤 지구를 지배하게 될 종족들은 우리 발자국 화석을 보면서 뭐라고 쑤군거릴까요? ……누군가 눈치 빠른 사람은 혹시 우리가 치렀던 일을 제대로 추정해낼 수 있을까요?"

"그럴지도 모르지. 발자국을 따라서 몸을 움직이다보면 춤을 추었다는 사실을 알게 될 테니까. 큰 발자국은 수컷, 작은 발자국은 암컷이 남겼다는 사실도 어렵지 않게 밝혀낼 거야. 그리고 또 있어. 어떤 자리는 수컷의 발자국이 다른 곳보다 더 깊이 패어 있을 것이거든. 그걸 보고는 말하겠지. 바로 여기다. 여기 서서 수컷이 암컷을 번쩍 들어올려 섹스를 했을 것이다, 라고……"

"큭큭……!"

그녀가 터뜨린 웃음이 내 목을 간지럽게 만든다. 그녀가 공룡발자국 유적을 떠올리고 있다면 내가 생각하는 건 로마 근교의 고대도시였다던 폼페이의 베수비오 화산이다. 모악산母岳山에서 갑자기 화산 폭발이 일어나 뜨거운 화산재가 일거에 비류동을 덮어버린다면 우리 또한 이 모습 그대로 화석으로 남게 될 것이다. 거기 유적지에도 같은 자세를 취하고 있는 남녀의 화석들이 남아 있는 것처럼.

그녀와 더불어 섹스에 대한 얘기를 나누는 일 자체가 기쁘기 그지없다. 섹스라는 말을 입에 올리는 일조차도…… 그리고 언어라는 것은 이윽고 몸까지 움직이게 만든다. 몸이 언어를 낳고, 그 언어가 다시 몸을 움직이는 것이다. 나도, 그리고 그녀도 마찬가지다. 그래서 우리는 누가 먼저랄 것도 없이 서로의 입술을 찾는다. 언어의 일이 곧 몸의 일이기도 하니까.

보름밤의 등화관제로 인해 오초혜의 벗은 몸을 샅샅이 살펴볼 수 없는 게 안타깝기만 하다. 섹스를 할 때는 소등하고자 하는 게 여자들의 일반적인 속성인 것처럼, 이때를 위해 그녀가 보름밤의 풍습을 미리 제정해두지나 않았을까 하는 생각이 든다.

"내 가슴, 예뻐요?"

"아마도 그럴 거야. 세상 그 어느 것보다…… 다른 여자들 가슴보다 예쁘다는 게 아니라 꽃이나 나무, 흰 구름, 가을하늘 같은, 그것들이 다 모인 자리에서도 으뜸일 거야."

"그런데, 그런데 당신은 어떻게 참았어요?"

"할 수 없었어. 그래서 끈질기게 기다렸을 뿐이지."

"가엾은 사람…… 아!"

이 순간만은 나는 결코 가엾지 않은 사람이지만, 그녀가 그렇게 말하자 멀리서 아득하게 다가오는 비구름처럼 문득 서러운 심사 같은 게 밀려온다. 아니, 어쩌면 그녀의 말은, 그 가엾음을 지금

이 자리에서 어서 보상받으라는 착하디착한 마음의 표출인지도 모른다. 그래서 나는 악착같이 그녀의 몸속으로 파고든다. 오초혜는 이미 자신의 몸을 열어두고 있다.

봄밤은 짧다. 봄의 생명들은 모두가 짧다. 봄에 피어나는 모든 꽃들이 짧고 허무하게 지상에 머물다 가는 것처럼…… 여름꽃의 일종인 백일홍이나 무궁화, 그리고 가을국화가 계절 하나를 온통 다 살고 가는 데 비한다면 더욱 그렇다. 세상에 희소稀少한 것들, 곱고 아름다운 것들은 아마도 그래서 생명이 짧을 것이다. 영웅이, 미인이 박명薄命한 이치가 또한 이와 같으리라.

오초혜와 내 생애 첫 봄밤이, 이상스럽게도, 물에 젖은 흙더미가 한꺼번에 무너지듯 그렇게 가고 있는 게 보인다. 어느 사이엔가 장맛비는 그쳐 있다. 가만히 귀를 기울여보면 내가 누워 있는 46호 그녀의 방과 내 오두막 사이를 흐르는 계곡물 소리가 쏴아 하고 들려온다. 밤의 일도, 사랑의 기억도 그렇게 흘러갈 것이다. 그래서 그녀의 몸을 악착스레 파고들수록 봄밤은 더욱 아쉽고 덧없게만 느껴진다. 본시 섹스의 일이 그러했던가……? 부질없이 나는 그 덧없음에 자꾸 빠져든다.

"발자국이 남아 있을까요?"

그녀도 어쩌면 덧없음의 늪에 잠겼는지 모른다. 나는 대꾸하지 않았다. 그 대신 그녀 앞에 무릎을 꿇고 앉았다. 발자국이 아닌, 보다 가슴속 깊이 남을 어떤 흔적 하나를 새기고 싶다. 그래서 나는 우뚝하게 발기한 내 몸의 남근을 붓으로 삼아 누워 있는 그녀의 오른쪽 넓적다리 안쪽에서부터 중앙부의 계곡을 지나 왼쪽 넓적다리 쪽으로 글자 하나씩을 또박또박 쓰기 시작했다. 바위에 정으로 찍어가며 글씨를 새기듯…… 바로 내 이름, 구문보, 세 글자.

"내가 지금 뭐라고 썼는지 알겠어?"

전기 자극이라도 받은 것처럼, 오초혜가 날개를 가진 짐승마냥 파닥거리며 흠칫 몸을 떤다. 그 짜릿함은 내게도 고스란히 전해진다. 입술이나 혀에 경련이 오는지 그녀가 조금 딱딱한 어조로 말한다.

"알아요. 그러니 염려하지 마세요. 결코 지워지는 일은 없을 테니까…… 깊이, 아주 깊이 새겨졌어요."

"고마워."

"저도 고마워요. 까마득한 절벽에 올라가 자기 이름자를 새겨놓는 사람들을 이해할 것도 같아요."

그녀가 다시 공처럼 동그렇게 몸을 웅크렸다. 감정이 이상스럽게 북받쳐올랐다. 자랑스럽기도 하고 고맙기도 하다. 나는 한껏 느꺼워진 마음으로 축구 골키퍼가 공을 안아올리듯 그녀를 그러안았다.

"당신은 고마워하지 마."

"고맙다고 실토하지 않으면 가슴이 터질지도 몰라요."

방문 창호지의 흰빛이 밝아지는데 격자格子 문살은 검은 빛을 되찾으면서 창호와 문살의 경계가 조금씩 드러나기 시작한다. 동이 트고 있는 증거다. 황지동 저 아래 다솜농장 쪽에서는 수탉들이 서로 경쟁하듯 울어대는 소리가 들려온다. 이제 아무리 덧없고 아쉽기로서니 자리를 박차고 일어서야 한다. 그렇지 않으면 새벽 운동을 나선 이들에게 꼬리를 밟힐 수도 있다. 하지만 나는 계속 해서 미적거렸다. 다시 빗줄기가 거세져서 길을 오가는 이들의 발 길이 모두 끊어지기를! ……하지만 밤새 내린 폭우에 다솜교가 무사한지 걱정이 앞선다.

나는 결국 주섬주섬 옷을 챙겨입고는 그녀에게 작별인사를 하 기 위해 다가갔다. 오초혜는 잠든 척 아무런 움직임도 보이지 않 는다. 반듯하게 그녀를 눕히고 나서 이불을 덮어주려는데, 아까 그 절벽 같은 곳에 매달려 하나하나 새긴 글자들이 떠오른다. 새 벽이라고 해도 아직은 어둡다. 그래서 그녀의 넓적다리 안쪽을 가 로질러, 먹물도 묻히지 않고 써놓은 글자들은 보이지 않는다. 하 지만 나는 그 흔적들이 눈에 보이기라도 하는 것처럼 손가락을 뻗어 내 이름을 다시 찬찬히 덧칠해서 썼다.

다솜교는 멀쩡하다. 계곡 상류에서 떠내려온 나뭇가지며 풀 더 미가 어지럽게 교각에 걸렸을 뿐 누렇게 흘러가는 황톳물은 다리 상판에 미치지 못한다. 부지런한 비류동의 주민들 몇몇은 벌써 몰 려나와 계곡물이 쏟아지는 광경을 구경하고 있다.

"다리는 문제가 없는 것 같소이다."

도편수 교수가 희붐한 새벽빛을 가르며 내게 다가와 말했다. 그 역시 다리가 걱정이 돼서 새벽잠을 아끼고 달려나온 것이리라.

"다행입니다. 이 정도 폭우를 견딜 수 있다면 나중에도 문제가 없겠지요?"

"그렇습니다."

도편수 교수는 사뭇 밝은 표정이다. 맹렬한 기세로 교각을 향해 달려드는 황톳물은 연신 그 두 개의 다리 기둥에 무슨 글자인가를 새기려고 안간힘을 쓰는 것처럼 보인다. 그게 내 이름자일 리는 없다. 그렇다고 '다솜교'라고 쓰는 것도 아닐 것이다. 다솜교는 어떤 이름인가가 새겨져야 하는 절벽일 테니까 말이다. 말하자면 오초혜의 넓적다리 안쪽처럼…… 그렇다면 아마도 '황톳물', 그 석 자가 아닐까? 내가 그랬던 것처럼, 황톳물은 교각 좌우에 자기 이름을 쓰고 있는 게 틀림없다.

19

꼬박꼬박 끼니를 챙겨야 하는 일은 경제적인 여유와는 상관없이 고달프다. 하긴 뭐, '꼬박꼬박'이라는 말이 붙는 일은 뭐든 마찬가지지만…… '얘기꽃'으로 걸어가면서 나는 먹고사는 일이 실은 얼마나 그악한 짓인가 하는 것에 생각이 미친다. 하늘을 날아다니는 새들은, 우리에게는 더러 낭만적으로 비칠지 몰라도, 거의 매순간 끼니 걱정을 하고 살 것이다.

오천규 촌장은 옛 고조선사회의 법률을 언급하면서 우리 다솜터가 필요 이상 시끄럽고 어지럽게 변해가는 것 같다고 불만을 터뜨렸다. 물론 나에 대한 경계심을 에둘러서 표현한 얘기지만 나는 촌장의 염려가 충분히 타당했다고 믿는다. 그는 혹시, 그답지 않게, '자연 상태'를 언급하고 싶었을까? 로크John Locke는 말했다. 이 지상에서 인간을 재판할 권리를 가진 사람이 아무도 없는 상태가 자연 상태라고, 그리고 그게 가장 문화적인 상태라고…… 하지만 인간이 만드는 사회 구성체는 날이 갈수록 저절로 몸체가 커지기 마련이고 몸체가 커지면 커지는 만큼 그에 걸맞은 이념과 제도가 필요해지는 법이다. 나이가 들면서 매번 바뀌어야 하는 아이들의 옷처럼…… 그래서 로크 역시 자연 상태의 전제조건으로 이성理性이라는 걸 내세운다.

남을 죽인 자는 죽인다. 남에게 상처를 입힌 자는 곡물로 배상케 한다. 남의 물건을 훔친 자는 그 집의 노비로 삼는다…… 그게 여덟 개의 금법 가운데 오늘날까지 전해지는 법률이다. 이른바 함무라비법전처럼 '이에는 이'로 되갚아주는 잔인한 법이다. 그런데 아무리 형벌이 무시무시하다고 하더라도 불과 그 여덟 개의 법 조항으로 다스려지던 고조선사회는 도대체 어떤 곳이었을까?

'얘기꽃'에서 외국인들을 만나기로 전부터 약속이 돼 있었다. 비류동의 주민이 되겠다고 자청한 사람들이다. 전에도 지원자들이 아주 없지는 않았다고 하는데 그때마다 비류동의 정체성 문제를 이유로 받아들이지 않았다고 했다. 하지만 이번에는 달랐다. 함께 살게 해달라고 간청을 하면서 다솜터를 떠나지 않는데다가 이제는 나름대로 외국인들을 수용할 만한 자신감이 생긴 탓이다.

갈아입을 옷 한두 벌쯤은 다솜터도 이제 더 장만해야 한다.

생각이 옷에 이르렀지만, 나는 다솜터 주민들에게 흰 한복을 입게 하면 어떨까 싶다. 내가 획일성 따위를 선호하는 사람이어서 그런 건 결코 아니다. 체구는 작고 얼굴은 큰 편인 우리 한국인의 체형에 한복보다 더 잘 어울리는 옷은 없다고 믿는다. 전통은 그냥 우연히 확립된 게 아니다. 묵자와 그의 학문을 이은 묵가는 먹물로 염색한 검은 옷을 입고 다녔다. 그래서 묵자였고, 묵가였다.

외국인은 육십대 미국인 남자 하나와 젊은 캐나다 여자 둘, 일본인 중년 부인, 그리고 프랑스 여대생을 합쳐 모두 다섯이었다. 다솜터를 떠나지 않고 버티면서 농성을 하다시피 했던 사람들이다. 자신들을 받아주지 않으면 장기 투숙이라도 하겠다고 고집을 부렸다. 그런데 희망자 다섯 명 중 넷이 여성이라는 사실이 더 놀라웠다.

입주 결정은 주민 자치위원회나 설립자가 해야 했지만 사전에 그들을 만나 면담자료를 작성하는 일은 내 몫이다. 그래서 '애기꽃'에서 만나자고 약속한 것이다.

'애기꽃'에도 이미 여름은 와 있다. 송이향은 가게 앞길에 물을 뿌리고 있다가 내가 다가가자 인사를 받는 둥 마는 둥 하더니 가게 안으로 부리나케 들어가고 만다. 그녀가 미처 물을 뿌리지 못한 시멘트 포장도로 위로 여름햇살이 작열하는 게 보인다. 그곳에 분수광장을 조성하고 주변에 벽오동나무를 심으면 좋겠다. 봄에는 미처 몰랐는데 여름이 되자 뙤약볕이 내리쬐는 넓은 공터가 숨을 막는 것 같은 느낌이 든다. 촌장에게 찾아가 내가 직접 건의를 한다면 그런 일쯤은 쉽게 성사될 수도 있을까?

"하워드 해밀턴입니다. 만나서 반갑습니다."

미국인 남자가 자리에서 벌떡 일어나 익숙지 않은 한국말로 자신을 소개했다. 한국식 예절에 대해서도 누군가에게 귀띔을 받은 게 틀림없다. 사쓰루라는 일본 여자, 애니 맥그로와 허드슨 로즈라는 캐나다 여자 둘, 그리고 샤를 파라디라는 프랑스 학생도 자리에서 일어나 나에게 인사했다.

"파라디, 당신은 왜 다솜터에서 살기를 희망합니까?"

나는 프랑스 여학생에게 먼저 질문했다. 얼굴이며 피부가 약간 가무잡잡한 걸로 봐서 조상 중에 흑인 혈연이 있는 모양이다. 아주 매혹적인 아가씨였다.

"과거에 유럽에서는 적지 않은 공동체실험이 있었어요. 제가 대학원에서 전공하고 있는 과목도 바로 그것이죠. 지금은 박사과정이구요. 제 이름 파라디는 영어로 파라다이스랍니다. 동양적인 운명관으로 보면 저는 이곳으로 오지 않으면 안 되는 숙명을 타고났다고 할 수 있어요. 제발 여기서 살게 해주세요."

파라디가 영어로 대답한다. 그녀의 눈빛이 아주 진지해 보인다. 박사 논문을 작성하기 위해서 왔을 수도 있다. 그런데 과거 유럽에서 벌어진 공동체실험이라는 말에 나는 귀가 번쩍 열리는 듯했다. 우리 다솜터가 오히려 그녀에게 배워야 할 게 적지 않을 것 같다. 자신의 이름 풀이와 동양적 운명을 결부시킨 얘기도 재치가 넘친다.

"사쓰루, 당신은 쉽지 않은 결정을 하신 것처럼 보이는군요. 한국과 일본의 관계를 고려하면 말입니다."

"그래요. 힘든 일이었죠."

사쓰루가 공손하게 허리를 숙이며 대답했다. 희끗희끗 물들기 시작하는 머리칼이 보기 좋다.

"남편은 한국에 대해서 어떤 죄의식을 지니고 있다고 늘 얘기했어요. 그 남편과 재작년에 사별했죠. 그리고 지난해에는 하나뿐인 딸을 교통사고로 잃었고요. 남편의 죄의식이 무엇 때문이었는지는 지금도 알 수 없지만 저는 그 일들을 겪은 후에 한국에 가서 살겠다고 다짐했어요. 다솜터 얘기는 신문을 읽고 알았는데 여기라면 저를 받아줄 수 있겠구나 하고 믿었어요. 그래요. 만약 여기서 살도록 허락하신다면 길거리 청소든 식당 잡일이든 마다하지 않을게요. 여기 와서 보니까 죽은 제 남편도 이미 이곳으로 와 있다는 느낌이 들어요."

사쓰루가 얘기 중간에 눈물방울을 주르륵 떨어뜨렸다. 파라디나 사쓰루 두 사람 다 사정이 절박해서 받아들이지 않으면 안 될 것 같다.

"해밀턴, 인생에서 지금쯤은 모험보다는 안정을 추구하실 때가 아닌가 싶은데…… 어떻습니까?"

"미스터 구, 그렇게 말씀하시면 안 됩니다. 여기 설립자께서는 칠십 가까운 나이에 모든 재산을 정리해서 다솜터를 세웠습니다.

그리고 지금도 토종닭 농장에 이어 새로운 육종사업에 매진한다고 들었습니다. 세계는 지금 이른바 종자전쟁을 벌이고 있습니다. 그 전쟁은 모든 민족과 지구를 동시에 살리는 전쟁이기도 하지요. 나는 미국의 중학교 농업 선생으로 작년에 정년퇴직을 했어요. 이제 흙으로 돌아가야 하는데, 서평재 선생의 얘기를 듣게 된 후 여기 한국의 흙을 찾아오게 된 겁니다. 그 흙이 나를 부른 셈이니 사람들이 나를 내치지 않았으면 합니다.”

해밀턴의 협박 아닌 협박에 나는 미소로 응대해준다. 설립자의 종묘장 황토 부지가 떠오른다. 그곳에는, 어떤 의미에서는, 오초혜와 내가 먼저 씨앗을 뿌려놓고 왔다. 발자국들이 지워지지 않았는지 나는 확인해보지 않았다. 그뒤로도 비가 계속해서 내렸기 때문에 이미 지워지고 없을 게 뻔하다. 하지만 지워지지 않기를 희망했던 오초혜 그녀의 염원 속 계곡 벽면에 남긴 내 이름 세 글자는 남아 있으리라. 문득 견딜 수 없을 만큼 그녀가 보고 싶어진다.

“맥그로와 로즈는 아직 젊군요. 이곳 한국행은 개인들의 삶에서 무엇인가를 버려야 하는 일인가요?”

“우리는 새로운 모험을 받아들이기로 결정했어요. 우리 두 사람의 뜻이었죠. 무엇을 버려야 했느냐고요? ……과거에 해오던 모든 일들과 관습, 그리고 안정된 생활을 버려야 가능하죠. 우리는 직장을 휴직하기도 했으니까요.”

“그만한 가치가 있다고 생각하셨나요?”

"물론이죠. 우리는 전에도 직장을 쉬고 인도의 '오로빌^{auroville}'과 '레^{leh}' 지방에서 살았던 적이 있어요. 레를 아세요? 그리고 다시 직장에 복귀했다가 이번에는 이곳 다솜터를 찾아온 거죠."

맥그로가 자랑스럽게 대답한다. '레'라면 나도 들어서 아는 곳이다. 하늘호수의 도시, 이른바 히말라야의 신들이 만들었다는 낙원! ······하지만 나는 그곳에 가본 적이 없다. 어쩌면 이들 캐나다 여성들은 세계의 낙원을 찾아 옮겨다니는 현대적 의미의 집시, 혹은 유목민일지도 모른다. 그렇다면 다솜터도 그 낙원의 반열에 드는 곳으로 알려지기 시작한 걸까?

"파라디, 그리고 맥그로와 로즈에게 묻고 싶습니다. 당신들은 다솜터를 위해서 무슨 일을 해주실 수 있죠?"

"우리가 무슨 일인가를 꼭 해야만 하나요?"

깡마른 체형의 로즈가 반문했다. 그녀의 말에는 불만이 섞여 있다.

"그렇지는 않습니다. 다만, 우리는 서로가 서로에게 도움이 되고 따뜻한 위안이 되는 사회야말로 가장 바람직한 이상세계라고 정의하고 있거든요. 저희도 아직은 많이 부족하지만 말입니다."

"저희는 정당하게 돈을 지불할 생각이거든요."

로즈의 대답은 나를 좀 짜증나게 만들었지만 나는 내색하지 않는다. 필요한 사람이 있다면 기꺼이 급료까지 지급해주며 함께 더불어 살자고 초청하는 곳이 다솜터다. 여관이나 호텔이 아닌 것이다. 물론 비류동이 아닌 황지동의 방갈로에 전세를 얻어 살 수는 있겠지만.

"저는 역사상 존재했었던 다양한 공동체운동에 대한 자료를 제공해드릴 수도 있겠네요."

대화가 잠시 끊어진 틈새를 놓치지 않고 파라디가 나선다. 그건 내가 원하는 일이다. 그 순간 캐나다 여성들을 제외한 나머지 세 사람을 추천해야겠다는 결정이 선다. 오두막이 얼마나 여유 있을지는 알 수 없지만 어려운 일은 아닐 듯싶다.

외국인들이 돌아가고 난 뒤, 나도 머뭇거리지 않고 바로 일어서고 만다. 거기 앉아서 면담자료를 정리할까 했지만 송이향이 내 쪽을 향해서는 여전히 눈길조차 주지 않는 바람에 그대로는 뒤통수가 간지러워 아무래도 버틸 재간이 없다.

밖은 팽팽한 현악기를 연주하듯 햇볕이 이글거리고 있다. 장마 뒤끝의 날씨라 후텁지근하고 불쾌하다. 지구가 해마다 더워지고 이제 한국도 바야흐로 아열대 기후를 보이기 시작했다고 탄식하는 목소리들이 높다. 하지만 아열대 기후가 닥치더라도 스콜^{squall}만 동반한다면 그럭저럭 괜찮을 것도 같다. 오후가 되면 한차례씩 어김없이 소나기가 내리는 현상, 그게 없는 아열대 기후는 지옥일 것 같다. 그런 억울한 일도 없을 것이다. 스콜이 온다면, 매일 스콜이 와서 비가 내린다면, 나에게는 어떤 일들이 생길까?

'동그라미 그리려다 무심코 그린 얼굴······'

오초혜의 얼굴은 동그란 게 아니라 갸름하다. 그래도 이 휴대폰 벨소리가 들리면 그녀의 얼굴이 먼저 떠오르지 않을 수 없다. 이런 게 상사병인 줄을 나는 안다. 하지만 오초혜가 아니다. 전화한 사람은 송이향의 언니라고 했다. 송일향朱一香……!

20

송이향의 언니라고……?

처음에 나는 전화를 받으면서 송이향이 거짓말을 하는 줄 알았다. 두 자매의 목소리가 너무 닮았기 때문이기도 하고, 그녀의 언니라는 사람이 내게 전화할 일이 있을 것 같지도 않았기 때문이다. 나는 미심쩍은 마음으로 '애기꽃' 쪽을 힐끔거리며 전화를 받았다.

"이향이에게서 말씀 많이 들었어요. 꼭 해야 할 얘기가 있어서 이렇게 불쑥 전화를 드리게 됐네요. 반드시 신생님께서 들으셔야 할 얘기랍니다."

"그럼, 지금 말씀하시지요."

"아뇨, 직접 뵙고 말씀드려야 해요. 전주로 한번 나와주시겠어요? 그쪽에서는 아무래도 곤란한 일이니까요."

무슨 일인지는 몰라도 송이향의 언니까지 만나고 싶은 마음은 추호도 없다. 가족이 개입하게 되면 어느 경우든지 일이 꼬이기 마련이다. 하지만 내가 반드시 들어야만 한다는 말이 휴대폰을 대고 있던 오른쪽 관자놀이를 서늘하게 만들었다. 할 수 없이 나는 그녀와 만날 약속을 하고 말았다.

여름에는 흰색 꽃들이 주로 피어난다. 짙은 녹음 속에서는 하얀색이 눈에 잘 띄기 때문이라고 한다. 인간의 눈이 아니라 곤충들의 눈 말이다. 길가에 서 있는 자작나무를 올려다보면서 나는 여름꽃들과 오초혜를 동시에 떠올린다. 그러자 캄캄한 보름밤에 억수로 퍼붓던 그 장맛비처럼, 내 안에서도 그녀를 향한 어떤 욕망이 막무가내로 콸콸 흘러내리는 느낌이 든다. 오초혜가 만약 한 그루 나무라면, 어둠 속에서 하얗게 빛이 나던 걸로 봐서, 그녀는 흰 수피를 가진 나무다.

송일향은 동생과는 분위기가 사뭇 다른 여성처럼 보였다. 목소리가 너무 닮은 데 대한 내 선입견 때문인지도 모른다. 옷차림이며 장신구로 미루어볼 때 조금쯤은 사치를 부릴 줄 아는 것처럼 여겨지고, 그 사치를 바탕으로 여성 특유의 도도함에 차 있는 듯했다. 무엇보다 나를 대하는 눈빛이 그러했다.

"나오시라고 해서 죄송합니다. 이향이에게서 얘기를 들으셨는지 모르겠지만 저도 다솜터 출신이거든요. 그래서 제가 거기로 갈수는 없었어요."

"괜찮습니다."

"제가 왜 거기서 나와야 했는지 궁금하지 않으세요?"

"그게 제가 반드시 들어야 한다는 얘기는 아닌 것 같군요."

"알아요. 제 사적인 대화로 선생님의 시간을 축낼 생각은 없어요. 하지만 그게 바로 그 얘기이기도 해요."

"……"

우리가 앉은 지하 찻집은 덥고 음습했다. 에어컨은 트럭 엔진 소리를 내며 힘차게 돌고 있지만 그 요란한 소리만큼 제 구실을 하지 못하는 게 분명하다. 나는 비류동 골짜기 내 오두막 위쪽에 있는 참나무 그늘을 떠올리며 버텼다. 쓰르라미 몇 마리가 달라붙어서 서로 영역 다툼을 자주 하는 나무다. 그놈들도 참 이상했다. 고즈넉한 숲속에 깃드는 게 아니라 하필 사람들이 들끓는 곳에 잔뜩 난전을 펼치고 서로 시합이라도 벌이듯 늦은 밤까지 왁왁 함성을 질러댄다.

"저는 다솜온천에 근무했었어요. 11호 오두막이 저의 집이었구요. 그게 불과 이 년 전의 일이죠. 이향이를 거기 끌어들인 것도 저였으니까 나름대로 영향력이 좀 있었다고 할 수 있죠. 저는 그 전에도 서회장님의 비서로 근무하다가 다솜터까지 수행했어요. 이시겠지만, 회장님께서는 하루아침에 그전 회사를 청산히고 다솜터를 새로 설립하면서 자신이 믿는 극소수의 직원만을 데려갔어요. 오천규 촌장도 그중의 한 사람이고, 저도 그중의 하나였죠. 촌장의 딸은 다솜터 초창기에 어디선가 굴러들어온 돌에 지나지 않았구요."

"……"

물어보나 마나 송일향과 오초혜는 다솜터에서 서로 겉돌았을 것이다. 굴러들어온 돌이라고 표현하는 것만 봐도 알 수 있다. 어쨌거나 송일향이 말하려는 건 오초혜에 대한 비밀일까……? 나는 그게 궁금했지만 조금도 내색하지 않는다.

"서평재 회장님은 가정적으로는 아주 불우한 분이라고 할 수 있죠. 회사를 정리한 뒤에 재산 분배과정에서 사모님을 비롯한 가족분들과 극심한 갈등을 겪고, 뒤이어 비극적인 사고까지 당했으니까요. 기혼자들은, 유일하게 촌장만 빼고, 다솜터에 절대 받아들이지 않겠다고 한 것도 그 영향이 컸다고 할 수 있겠죠. 본래는 다정다감한 분인데…… 제가 그분을 모셨어요. 모셨다는 뜻을 짐작하시겠어요?"

"알 것 같습니다."

"다정다감한 사람들은 혼자서는 살 수 없는 사람들이에요."

"그럴 수도 있겠지요."

"제가 알기로는 틀림없이 그래요. 비류동에 거주하고 있는 많은 사람들이 그랬어요."

구문보 당신도 그런 속성을 지니고 있지 않으냐고 그녀가 추궁하고 있는 듯하다. 그건 그럴지도 모른다. 산간벽지로, 혹은 머나먼 낙도 끝으로 파고들어가는 사람들이 본래 마음에 따뜻함이 없거나 사람이 싫어서 그렇게 하는 건 아니다. 내가 오지 곳곳을 떠돌며 만났던 사람들 가운데 많은 이들이 실제 그랬다. 오히려 그들은 마치 젖이 넘쳐나는 산모들 같다고 해야 옳다. 그래서 어쩌면 그들은 스스로 젖이 고프기보다는 자나깨나 샘솟는 자기 젖을 사방 어디를 둘러봐도 나눠줄 데 없다고 절망하던 사람들일지도 모른다는 생각을 나 역시 한 적이 있었으니까.

150

나는 담배 하나를 피워물면서 송일향에게도 권한다. 그녀가 아무 거리낌 없이 그걸 받는다. 남 얘기는 할 필요도 없는 일이다. 모르긴 몰라도 그녀 역시 정에 굶주렸으며, 그리고 틀림없이 외롭기도 했을 것이다.

"촌장의 딸이 다솜터로 굴러들어온 뒤부터 제 위치는 그만 바뀌고 말았죠. 회장님을 모시던 자리에서 쫓겨나 온천으로 좌천이 되고, 11호 오두막에서 92호로 밀려나야 했으니까요. 그런데도 저는 이를 악물고 버텼죠. 심지어는 온천 입구에 있는 매장 근무에서 지하 세탁소로 발령이 났을 때도 견뎌냈으니까요. 물론 회장님을 모시는 일은 촌장의 딸에게 주어졌죠. 모시는 일, 바로 그거…… 아시겠어요?"

"얘기하고 싶은 게 그것인가요?"

"듣기 거북살스러우실 거라는 건 이해해요. 저도 들어서 아는 게 있으니까요. 하지만 그것만은 아니에요."

송일향이 신경질적으로 담배연기를 뿜어낸다. 나는 그새 담배한 개비를 다 피웠다. 그녀가 손버릇처럼 담뱃재를 털어내는 바람에 불이 환한 담배 끝은 빨간 매니큐어를 바른 손톱처럼 보인다.

"오초혜 얘기는 더이상 하지 않을게요. 그럼 됐나요?"

"……"

이제 오초혜에 대해서는 할 만한 얘기도 더이상 남아 있을 것 같지 않다. 내가 캄캄하게 모르는 얘기도 아니다. 그녀는 잠자코 담뱃재를 털어낸다. 톡톡 톡 톡톡…… 그때마다 그녀가 차고 있는 금속제 팔찌도 따라 흔들린다.

"그 모든 일은 회장님이 결정하시는 게 아니에요. 모르죠. 회장님이 원하는 걸 미리 간파하고 아랫사람들이 그렇게 만들어 바치는지…… 그게 누군지 아시겠어요? 바로 오천규 촌장이에요."

"짐작은 하고 있었으니 새삼스러울 것도 없습니다."

"자신의 안위를 위해서 자기 딸을 손수 희생양으로 삼은 사실을 다 짐작하고 계셨다는 말인가요?"

"이보세요……!"

나는 버럭 소리를 질렀다. 하지만 그녀는 딱히 놀라는 기색을 보이지도 않는다. 나는 그만 자리에서 일어서려고 작정했다. 그때 그녀가 내 오금에 못을 박는 소리를 하고 만다.

"그럼, 그 작자가 우리 이향이를 선생님께 보내고 있다는 사실도 알고 계신가요?"

"그게 무슨 말입니까?"

이번에는 그녀가 대꾸하지 않는다. 나는 독기 품은 살쾡이처럼 그녀를 잔뜩 노려본다. 하지만 그녀는 고개를 숙인 채 애써 내 눈길을 피할 뿐이다. 그녀의 목소리가 갑자기 가라앉았다.

"선생님을 유혹하도록 이향이에게 끝없이 닦달을 해댄 사람이 바로 촌장이란 말이에요. 물론 이향이도 선생님께 빠져 있는 건 사실이라고 말씀드릴 수 있죠. 그애가 그렇게 실토했으니까요. 하지만 우리 이향이는 누군가의 사주를 받고 선생님께 접근해야 한다는 사실 때문에 몹시 괴로워하고 있어요. 선생님께는 아무런 상

관도 없는 일일는지 몰라도…… 촌장의 의도가 무엇인지 짐작이
나 되세요?"

어지럽게 얽혀버린 실타래처럼 어수선해진 머릿속을 헤집고 나
는 송이향이 나에게 접근하던 순간들을 떠올려본다. 장맛비가 쏟
아지기 직전에 그녀가 나를 찾은 게 그런 경우였을까?

"선생님께서 우리 이향이의 유혹을 뿌리치신 일을 섭섭하게 받
아들여야 할지 다행으로 여겨야 할지 모르겠어요. 섭섭하다면 제
동생의 진심도 나 몰라라 할 수는 없으니까 섭섭하고, 다행이라면
그 너구리 같은 작자의 술책에 말려들지 않았으니 다행이라고 해
야겠죠. 제가 당했던 전철을 그대로 밟으셨다면 저 역시 유쾌한
기분은 들지 않았을 테니까요."

"나에게는 당신 얘기 자체가 전혀 유쾌하지 않군요."

"그러시겠죠. 처음부터 내켜하지 않으셨으니까…… 어쨌거나
명심하셔야 할 거예요. 촌장의 깊고도 음흉한 꿍꿍이속을 헤아릴
수 있는 사람은 없어요. 그냥 만만한 홍어좆으로 대할 인물이 아
니거든요. 그 사람은 벌써 보름날 밤에 있었던 일들을 다 파악하
고 있다고 들었어요."

"……?"

"선생님과 오초혜를, 미행을 시켰다고 하더군요."

"당신은 그 모든 일을 어떻게 그렇게 잘 알고 있는 거요?"

"말씀드렸잖아요. 한때는 저도 거기서 행세깨나 했었다고……"

그 밤의 거센 장맛비가 다시금 내게 쏟아지는 듯 갑자기 팔뚝에

소름이 돋아난다. 그날의 장맛비가 주던 쓰라리고 아픈 쾌감 같은 것은 이미 사라지고 없다. 입안에는 오히려 쓴침이 고인다.

그 결정이야 누가 내렸든, 다솜터에 처음 나를 부른 건 촌장이다. 그래서 한때는 그에게 의지하고 싶었던 게 사실이다. 그런 게 인연이란 것이 주는 힘이다. 하지만 가장 먼저 멀어지는 것도 그 첫 사람인 경우가 많다. 촌장과 나는 이미 멀어진 듯하다. 내 의지와는 무관한 일이다. 시멘트 반죽처럼 오초혜가 그 중간에 존재하고 있어도 소용이 없다. 아니, 보다 면밀히 궁리해보면 오초혜 때문에 그렇게 된 것이라고 할 수도 있다. 그건 딸에 대한 세상 아버지들의 전통적인 콤플렉스 때문은 아닌 게 분명하다. 촌장은 무엇 때문에 나를 경계하는 걸까?

21

"선생님께서도 잘 아시겠지만, 파라다이스paradeisos는 페르시아에서 유래한 말이지요. 페르시아 황후와 귀족들의 정원을 지칭하던 용어였으니까요."

샤를 파라디가 입을 열었다. '얘기꽃'은 낮은 단층집 건물 안에 있어서 무엇보다 공기가 쾌적한 게 좋다. 실내에서는 에어컨이 돌고 있지만 건물 지붕은 여전히 햇볕이 달구고 있다. 그래서 밝고 환하며 쾌적한 느낌을 준다. 나는 송이향의 언니를 만난 이후에도 변함없이 '얘기꽃'을 드나들었다.

"그곳을 그리스의 한 작가가 널리 알리고 소개하기 시작했어요. 그리스인들은 그게 과연 어떤 곳일까 하고 마냥 호기심을 느꼈죠. 그러다가 죽은 사람들이 삶의 고통에서 해방되어 행복하게 지낸다는 그리스 서쪽의 어느 한 섬을 가리키는 용어로 탈바꿈이 됐던 거죠. 마치 한국의 제주도 어민들이 '이어도'라는 섬을 이상향으로 여기고 있는 것처럼 말입니다. 그리고 초기 성서 번역가들이 파라다이스를 다시 에덴동산의 역어譯語로 사용했어요. 그게 오늘날에는 지옥에 대비되는 천국이란 뜻으로 쓰이고 있는 게 아니겠어요?"

파라디는 매력적인 학생이다. 나이가 스물아홉이라고 했던가? 까무잡잡한 얼굴색으로 인해 아주 건강해 보였고 항상 자신감에 넘치는 것 같기도 하다. 그녀는 한국의 제주도와 이어도를 예로 들 정도로 해박했다. 다솜터 지도부는 내가 신사한 대로 파라디를 포함한 외국인 세 사람을 입주시켰다. 그녀와 미국인 하워드 해밀턴과 일본인 부인 사쓰루, 그렇게 셋이다. 파라디의 오두막이 32호라던가? 해밀턴은 온돌생활이 아무래도 불편할 것 같다면서 방에 침대를 들여놓았다고 했다.

"유토피아utopia는 그리스어에서 유래했어요. 이 말은 원래 '세상 어느 곳에도 없는 나라'란 뜻인데요. 토머스 모어가 그런 익살스런 소설 제목을 붙인 거죠."

나는 파라디의 말을 들으며 잠자코 고개만 끄덕인다. 카페의 입구 쪽 카운터에 앉은 송이향은 그저 무심한 낯빛으로 창밖을 응시한다. 무슨 얘기든 한 번쯤 꺼낼 만도 한데 아직 아무런 말이 없다. 내가 자기 언니를 만나고 왔다고 전했을 때도 그랬다. 하긴 여성의 처지로서는 쉽게 언급할 수 있는 성질의 일이 못 되기는 할 테지만……

모두 십만 명이 살고 있는 섬 유토피아는 땅 주인이 없다. 이른바 경자유전耕者有田의 법칙이다. 모든 국민은 이 년씩 교대로 농사를 지어야 한다. 그곳엔 귀족이나 하인, 그리고 거지가 없다. 종교에 종사하는 사제도 없고, 일하지 않으면서 무위도식하는 사람도 없다. 물론 짐승처럼 일만 하는 건 아니다. 오전과 오후에 각각 세 시간씩 열심히 일할 뿐 남는 시간은 교양을 쌓기도 하고 자신의 취미를 즐긴다. 화폐는 없고, 자신에게 필요한 물건이 있으면 시장 창고에서 자유롭게 꺼내 생활한다. 집들은 모두 똑같은데 자물쇠로 채우면 안 된다. 누구나 한곳에 눌러살지 않고 십 년에 한 번씩은 이사를 하게 되어 있다. 그게 토머스 모어가 그린 유토피아의 모습이다. 영주들에게 쫓겨나 실의에 빠져 있었던 당시 영국 농민들을 위무하던 꿈의 이상향은 그렇게 설정되어 있다.

토머스 모어 자신의 생애는 어떠했던가? 정작 그 자신은 국가 반역죄로 기소되어 단두대의 이슬로 사라져야 했다. "내 수염은 반역을 저지른 일이 없다네. 그러니 내 수염을 한쪽으로 옮길 수 있도록 잠깐만 기다려줄 수 있겠는가? ……그래, 이제 됐네. 내 목은 짧으니 조심해서 자르게." 그런 일화와 더불어…… 하지만 토머스 모어의 선구적인 저작이 있었기에 캄파넬라의 『태양의 도시』나 프랜시스 베이컨의 『노바 아틀란티스』, 그리고 새뮤얼 버틀러의 『에레혼』, 제임스 힐턴의 『잃어버린 지평선』에 등장하는 '샹그리라' 등의 탄생이 가능했다.

"유토피아처럼 '에레혼'도 세상에는 없는 곳이죠. '어디에도 없다nowhere'는 말을 거꾸로 써놓은 용어니까요. 물론 '재너두上都'도 지상에 존재하지 않는 곳이겠죠. 영화 〈시민 케인〉의 주인공 저택 이름으로 널리 알려져 있지만 사실은 새뮤얼 콜리지의 시에서 비롯된, 몽고의 여름궁전이었다는 그 재너두 말이에요. 물론, 콜리지는 마르코 폴로의 『동방견문록』에서 힌트를 얻었죠…… '쿠빌라이 칸은 재너두에 웅장한 환락의 궁전을 지었네. 그곳엔 거룩한 강 알프가 헤아릴 수 없이 깊은 동굴을 통하여 태양이 비치지 않는 바다로 흘러갔지. 그리하여 오 마일의 두 배에 이르는 기름진 땅에는 성벽과 탑이 허리띠처럼 둘러싸였다네. 굽이쳐 흐르는 시냇물에 비쳐 반짝이는 정원은 아름다웠고, 향긋한 과일나무는 늘 꽃을 피우고 있었지……'"

콜리지의 시 「쿠빌라이 칸」을 파라디가 원작 그대로 낭송했다. 듣기 좋은 목소리에 운율까지 곁들여져 마치 노래를 듣는 듯했다. 사실 소설작품과 시에 등장하는 이상향은 헤아릴 수 없이 많다. 유대족의 '가나안canaan'과 플라톤이 썼던 『국가론』의 '이상국가' 역시 그것이다. 말할 나위도 없이 동양에는 더 많은 전설적인 이상향이 있다. '귀허歸墟'나 '화서국華胥國' '부상지처扶桑之處' '무릉도원

武陵桃源', 불교의 '샴발라shamballah'나 '아가르타agharta' 등등……!

"파라디, 유럽에서 실제 벌어졌던 이상향 건설 실험들에 대해서 얘기해봐."

그녀가 한순간 혀를 내밀어 자기 아랫입술을 핥았다. 침이 묻은 입술에 윤기가 흐른다. 나는 오초혜의 입술을 떠올린다. 파라디의 입술이 잘 익은 오디처럼 까매서 안으로 숨어드는 느낌이라면 오초혜 쪽은 밝은 선홍빛에 가까워서 앵두처럼 도톰하게 솟아 있는 모양이다.

파라디의 입술이 자꾸 어른거린다. 오초혜의 입술인지도 모르겠다. 나는 고개를 돌려 카운터의 송이향을 흘깃 바라본다. 만약 그녀가 나를 살피고 있었다면 내 음흉함을 훤히 읽고도 남을 것 같다. 하지만 그녀는 다행스럽게도 내 쪽을 보고 있지는 않다.

"베르베르가 쓴 『상대적이며 절대적인 지식의 백과사전』이라는 책에도 나와 있지만, 먼저 '아담파 신자들adamites'에 대한 얘기예요. 1400년대 초반에 교회 개혁을 촉구하는 얀 후스Jan hus라는 인물이 있었어요. 체코 프라하와 보헤미아 지방을 중심으로 큰 세력을 떨친 사람이었죠. 후스에 동조하던 사람들을 일컬어 '후스파Hussites'라고 불렸는데 아담파는 그 후스파에서 떨어져나온 급진주의자들이었어요. 아담파 신자들은 신에게 다가가는 가장 훌륭한 방법은 아담과 똑같은 방식으로 사는 것이라고 믿었죠. 옷을 홀랑 벗고 사는 것 말입니다. 실제로 그들은 프라하 시내를 관통하는 블타바 강 한복판의 섬을 택해서 나체공동체를 세웠죠. 이 공동체는 기존의 사회제도에 반하여 화폐나 계급, 정부, 군대 등을 인정하지 않았어요. 뿐만 아니라 추방당하기 이전의 아담처럼 농사를 짓지 않았으며 야생 열매와 채소만을 먹고 살았죠. 이들은 신에게 직접 예배를 드리기 때문에 교회도 필요치 않았고 성직자도 두지 않았어요. 급진적인 아담파 신자들의 공동체를 파괴한 건 온건 노선의 후스파 신자들이었습니다. 그들이 아담파의 섬을 포위한 채 마지막 신자 한 사람까지 전부 학살해버렸던 거죠."

"아담이 죄를 짓기 이전의 삶, 그게 이상향의 목표였겠군."

"그래요. 그런데 이 아담파의 사상은 근대 독일에서도 부활된 적이 있고, 20세기 러시아에서도 선을 보인 적이 있어요. 그런가 하면 지난 1925년 애나 로즈라는 여성과 그녀 남편의 지도 아래 미국 캘리포니아에서 이런 나체공동체가 등장하기도 했죠."

"나체공동체는 지금도 지구 곳곳에서 버섯처럼 피어나고 있어."

"얀 후스도 나중에는 화형을 당했어요. 토머스 모어처럼 죽어야 했던 것이죠. 후스는 체코 말로 '거위'를 뜻하는데 후스의 적대자들은 후스를 말 그대로 거위라고 불렀어요. 장작불 위에서 후스는 이런 말을 남겼다고 해요…… '오늘 너희가 거위 한 마리를 불에 굽고 있지만 앞으로 백 년 후에는 결코 불사를 수 없는 백조가 나타날 것이다' 하고 말입니다. 그게 1415년의 일인데, 종교개혁자들은 후스의 예언에 적중하는 그 백조가 바로 '마르틴 루터'라고 주장하죠."

오초혜는 왜 갑자기 연락을 끊은 걸까? 오초혜가 없는 이상향은 내게 아무런 의미도 없는데…… 파라디의 얘기를 듣고 있을수록 오초혜가 그립다. 그래서 파라디의 얘기가 따분하게만 느껴진다. 밤에 오초혜의 오두막으로 잠입해볼 수도 있겠지만 그녀의 방은 거의 언제나 불이 켜 있지 않았다. 아무래도 오두막을 옮긴 게 분명했다.

"인도의 실험도시인 '오로빌auroville'에 대해서는 선생님께서도 알고 계시죠?"

아직 가보지는 않았지만 나는 다솜터에 입주한 이후로 그곳에 대해 알아본 적이 있다. 오로빌에서 유명하다는 그 갈대로 지어진 '헛hut'은 우리 다솜터의 초가 오두막과 닮아 있다고 한다. 오로빌 헌장이라는 것도 나는 기억한다. '첫째, 오로빌은 어느 누구의 것도 아니다. 다만 오로빌에 거주하려면 어느 누구나 신성에 헌신해야만 한다. 둘째, 오로빌은 끝없는 교육과 진보, 그리고 영원히 늙지 않는 젊음의 장소가 될 것이다' 어쩌고 하는……

"지난 1968년 설립된 이후 지금도 오로빌에는 이천 명이 넘는 세계 곳곳의 인종들이 모여 살고 있어요. 그래서 얘기하기가 조심스럽죠. 하지만 초창기에는 우스꽝스런 비극이 발생하기도 했던 곳이랍니다. 뱅골 철학자 스리 오로빈드의 사상을 이어받은 프랑스 여류철학자 미라 알파사가 설립했는데요. 주민들은 미라 알파사를 '어머니'라고 불렀어요. 그런데 스리 오로빈드가 죽은 뒤, 추종자들은 알파사에게 강요했죠. 살아서 여신이 되든지 아니면 죽은 여신이라도 되어야 한다고요. 할 수 없이 '어머니'는 추종자들의 요구에 따를 수밖에 없었고, 그 길로 감금되다시피 했던 거예요. 그 불우했던 여신은 1973년에 죽었는데, 그녀가 사라지자 오로빌에서는 한동안 분열과 대립이 난무했답니다. 오늘날에도 미라 알파사는 여전히 여신으로, 그리고 어머니로 불리고 있고요."

설립자는 혹시 자신 스스로 다솜터의 신이 되려는 것은 아닐까……? 문득 그런 의문이 든다. 세상의 모든 독재는 신을 지향하는, 신전으로 가기 위한 지름길과 출발점을 같이한다고 나는 믿고 있다.

그때, 내 휴대폰에서 물방울이 떨어지는 소리 하나가 새어나온다. 문자메시지 수신음이다. 그 바람에 독재와 신전 지름길에 대한 내 의문은 중단되었다. 폴더를 열자 '서시西施'라는 이름이 뜬다. 내 간절한 욕구가 오초혜를 불러낸 것이다.

22

─어디 계세요? 어서 전화해줘요.

오초혜의 문자메시지는 그게 전부였다. 불과 열네 글자에 지나지 않는 그 메시지가 낮게 가라앉아 있던 내 정신의 함지박을 온통 뒤흔들었다. 신발이라도 잃어버린 사람처럼 허둥대다가 나는 '얘기꽃'의 문을 열고 밖으로 나와 그녀에게 전화했다.

"당신, 어디야? 어디 있어?"

"보고 싶어요. 당신, 보고 싶어…… 우리가 맨 처음 만났던 그 산책로 바위를 기억하세요?"

내가 비류동 279호 오두막을 배당받은 직후 혼자 산에 올랐다가 등산복 차림의 그녀를 만났던 곳, 바로 그 바위였다. 오초혜는 그때 자기 이름을 밝히는 대신 46호라고 했었다. 그리고 이웃이라고, 이웃에 누가 오게 될는지 호기심을 억누를 수가 없어 산에 올랐노라고…… 나는 다시 '얘기꽃'으로 돌아와 파라디 앞에 섰다. 그리고는 낮고 빠르게 말했다.

"파라디, 남은 얘기는 다음에 나누기로 하지. 지금은 아주 급한 일이 생겼어."

"알았어요. 선생님께서 불러주셔서 고마워요."

"그래, 미안해. 오두막까지 태워다줄까?"

"아뇨, 전 학교에 가려구요."

나는 밖으로 나와 승용차에 시동을 건다. 차 안은 찜질방처럼 달구어져 있지만 아무래도 괜찮다. 그녀를 조금이라도 기다리게 할 수는 없다. 작고 가녀린 새처럼, 그녀는 오래 한자리에 진득하게 머물지 않고 쉬이 날아가버릴 것만 같다. 나는 다솜교 누각 공사현장을 요리조리 빠져나가며 비류동으로 들어섰다. 탑의 뼈대는 이미 거의 다 세워졌다. 누군가가 내 승용차 옆에서 고개를 숙여 인사했지만 나는 답례도 하지 못하고 말았다.

8월로 접어들면서 장마도 소나기도 다 그쳐버린 산간의 숲은

데친 시금치처럼 풀이 죽었다. 나뭇잎들은 그런 상황에서도 그늘을 만들고 끊임없이 바람을 일구어 숲에 들면 언제나 시원했다. 무더위가 기승을 부리기 시작하면서 비류동의 삶이 고맙게 여겨지기 시작했던 건 그 숲그늘 때문이다.

내 오두막 앞에 차를 세우고 나는 거의 뛰다시피 산을 올랐다. 그렇게 뛰는 데야 숲그늘도 아무런 소용이 없다. 순식간에 이마며 목덜미, 등줄기를 가릴 것 없이 땀이 쏟아져내린다. 그렇게 땀범벅이 된 채 오초혜를 어떻게 만날 것인가 하는 걱정 따위도 하지 못했다. 분명히 실재하는 모습으로 그녀가 잠시라도 빨리 내 눈에 비치기만을 바랄 뿐.

오초혜는 거기 그 바위 위에 오도카니 앉아 있다. 그녀를 거기서 처음 만나던 때 내 자세처럼…… 그녀는 여윈 듯 보였고, 인도 오로빌의 '미라 알파사' 그 '어머니'라는 여자처럼 오래 유폐되어 지내기라도 한 듯 얼굴색이 하얗다. 나와 눈이 마주치자 그 흰 얼굴에는 밝고 환하면서도 짙은 숲그늘 같은 미소가 가득 번져났다. 나는 그 미소 때문에 거의 눈물을 쏟아낼 지경이 되어 그녀를 와락 껴안았다.

"보고 싶었어. 보고 싶어서 사람이 죽을 수도 있겠구나 하는 생각을 다 했어."

"말하지 마세요. 말하지 말고……"

말하지 말라면서도 말을 하는 그녀의 입술을 나는 깨물다시피 덮쳤다. 내가 셀 수도 없이 보고 싶어했던 입술을, 그냥 이렇게 무작정 덮쳐버리고 말아야 하는가 하는 자문 따위는 거추장스러웠다. 눈 부릅뜨고 입술을 오래 바라봐둬야 나중에라도 그 입술에 입맞춤하던 순간들을 제대로 떠올릴 수 있을 텐데 하고 애태우는 일은 사치였다. 그 입술이 어떻게 생겼던들 지금 무슨 상관인가!

그녀를 껴안고 있는 순간에도 땀은 비 오듯 쏟아져내렸다. 내 이마에서 흐르는 땀이 그녀의 감은 눈과 콧등에 떨어졌고 우리가 마주한 입술을 비집고 내 입까지 흘러든다. 아니, 그건 어쩌면 내 땀뿐만 아니라 그녀가 흘리는 눈물일 수도 있다.

"여긴 길가라서 사람들이 지나칠 수도 있어요. 숲 안쪽으로 데려다주세요."

오초혜가 나를 밀쳐내며 말했다. 눈가에 눈물이 그렁그렁한 채로…… 그래서 그녀가 눈물을 흘리는 진짜 이유는 자신을 얼른 숲속으로 데려가지 않기 때문인 것처럼 여겨진다.

"그래, 내가 당신을 업고 갈게. 나에게 업힌다면 안으로 갈 수 있어."

"당신, 땀을 너무 흘리고 있어요."

"괜찮아. 뛰어오느라고 그랬을 뿐이니까."

"눈 감으세요. 땀을 좀 닦아드릴게."

"……?"

나는 영문도 모른 채 가만히 눈을 감는다. 그러자 시각 기능은 일순 사라지고 청각과 후각이 더욱 예민해진다. 내 심장의 박동소리가 들리고, 그녀의 옷자락 펼쳐지는 소리가 나뭇잎이 서로 몸을 뒤섞는 소리처럼 다가온다. 그녀가 자리에서 일어나 자기 몸을 내 얼굴에 밀착시킨다. 그리고는 치마폭을 들춰 내 이마와 아래턱을 거쳐 목덜미까지 닦는다. 나는 그녀가 시킨 대로 눈을 뜨지 않았다. 딱 한 번, 그녀가 내 목덜미의 땀을 닦아주고 있을 때 슬그머니 실눈을 떴을 뿐이다. 그리고 사진을 찍듯 거기 치마폭 안의 풍경을 재빨리 내 기억의 필름에 담는다. 매끈하게 윤기가 흐르는, 내가 내 이름의 첫 글자와 끝 글자를 새긴 적이 있는, 마치 은사시나무 연리지連理枝처럼 두 개의 넓적다리가 가늘게 떨고 있는 풍경을……

"이제 됐어요?"

물었어도 대답할 수 없다. 땀을 닦으니 이제는 갈증이 새롭게 솟는 듯하다. 나는 자리에서 엉거주춤 일어나 그녀에게 등을 내민다. 하지만 그녀를 업고 걸을 수 있을지 자신이 서지 않는다. 바지춤을 뚫을 듯이 솟아오른 내 그것 때문이다.

오초혜는 몇 번이나 망설인 끝에 결국 내 등에 업혔다. 그녀가 망설이면 망설일수록 나는 업게 해달라고 조르고 또 졸랐다. 그녀는 기껏 마른 풀 한 짐에 지나지 않을 만큼 가볍다. 그녀가 내 목덜미로 흐르는 땀을 날름날름 핥았다.

"이상해요. 당신 땀냄새가 오금을 못 쓰게 만들어요."

"핥지 마. 민망해서 싫어."

"아니에요. 최음제라는 게 있다던데, 당신 혹시 그런 약을 먹었어요?"

"약은 무슨…… 당신을 볼 수 없는 동안에는 밥조차 제대로 먹지 못했어."

"가엾은 사람…… 미안해요."

나는 거기서 그녀를 내려놓는다. 숲이 우거져 있고 사람들이 오간 흔적이 없다. 그녀가 가엾은 사람이라고 말하는 소리를 듣는 순간 더이상 걸음을 옮길 수 없다. 그녀를 그리워했던 기나긴 날들의 간절함이 그 말 한마디에 환약처럼 농축되어 목울대를 꿀걱 넘는다.

"가지 말아요. 제 곁에서 한 발짝도 벗어나지 마세요."

땀을 훔치려고 한쪽으로 몸을 돌리자 그녀가 내 팔을 붙든다. 나도 그럴 의도는 없다. 나는 그녀의 눈을 물끄러미 바라본다. 햇빛이 들지 않는 깊은 늪지대에서 작은 새 한 마리가 날아오르듯 그녀의 눈동자가 반짝 빛을 발한다.

"걱정하지 마. 가지 않을게."

"당신 땀냄새가 좋아요. 땀이 더 나도록 저랑 몸을 바짝 붙이세요, 응?"

나는 그녀를 안아올려 나무에 기대게 하고 가슴을 더욱 밀착시킨다. 마땅한 풀밭도 눈에 띄지 않지만 그녀의 옷에 풀물이 들게 할 수는 없는 일이다. 그녀는 눈을 감았다. 그러면서도 내가 어딘가로 사라지기라도 할까봐 겁을 내듯 내 셔츠자락을 꽉 움켜쥔다.

"이상해, 아주 이상해요. 당신이 정작 내 앞에 있을 때는 눈을 감고 싶어."

"내가 못생겼으니까 그렇겠지."

"그런 말로 절 슬프게 만들지 말아요. 당신을 볼 수 없을 때는 혹시 어디 먼 곳에서라도 눈에 띌까 하고 불을 켜다시피 하고 다녔다구요. 눈이 아플 정도로 말이에요."

"그래, 알았어."

"말하지 마세요. 그 어떤 말도 진심을 다 담아내지는 못해요."

그녀가 두 손으로 더듬더듬 내 뺨을 어루만졌다. 나는 그 손을 잡아보고 나서야 그녀가 더듬거리는 이유가 다름아니라 떨고 있기 때문임을 알아차렸다. 그래서 나는 부축이라도 하듯 그녀의 허리를 꽉 껴안은 채 입을 맞추기 시작했다. 그녀의 감은 눈으로는 다시 눈물이 새어나온다. 나는 그녀의 긴 속눈썹 사이를 혀로 핥으며 눈물이 밖으로 새어나오는 걸 차단한다.

아주 천천히 숫자까지 세어가면서, 나는 그녀의 블라우스 단추를 열었고 등뒤로 손을 넣어 브래지어 호크를 풀었다. 그리고 아주 오랜 세월 호기심을 품은 채 뚜껑을 열어보기를 갈망해왔던 어떤 상자 속을 이윽고 들여다보듯 그녀의 가슴을 보았다. 그러자 전에도 느꼈던, 그 앵두 두 알이 내 눈을 빤히 응시하면서 탱탱하게 일어선다. 푸른 잎사귀들 사이에 감춰진 6월의 붉은 앵두가 거기 그녀의 가슴에서는, 이미 8월인데도 불구하고 여전히 붉다.

그 철없는 앵두를 입안에 넣는 순간, 나는 그녀가 흘리곤 하는 눈물의 의미를 거의 완전히 이해했다. 어쩌면 늙은 설립자는 지금의 나처럼 입으로, 입으로만 그녀를 탐할 것이다. 그래서 그녀 가

슴의 앵두는 늙은 설립자가 날마다 침을 발라가면서 키우고 있을
게 틀림없다.

밑도 끝도 없이, 이제 내 눈에서 눈물이 쏟아질 것만 같다. 그
래서 나는 무릎을 꿇고 앉는다. 그리고는 좀 전에 그녀가 내 목덜
미의 땀을 닦아주었을 때처럼 다짜고짜 치마폭 안으로 머리를 들
이민다. 지진이라도 일어난 숲처럼 그녀의 두 무릎이 덜덜 떨리고
있다. 눈부신 두 다리가 만나는 지점을 감싸고 있는 그녀의 속옷
자락은 왕궁 성벽에 걸린 깃발처럼 보인다.

23

오초혜는 계속해서 두 다리를 떨었다. 그녀의 넓적다리 안쪽 진
동은 내 양쪽 귓불에도 고스란히 전해졌다. 그럴수록 나는 그녀의
맨 엉덩잇살을 꽉 움켜쥐어야만 했다. 내가 이름 붙인 그 궁의 안
뜰은 의외로 웅숭깊고 또한 적막하다. 나는 그곳에 이마를 갖다대
고 한동안 숨을 참았다. 한 나라의 왕이 다른 나라를 찾아가 땅에
내리는 순간이면 그 땅에 입을 맞추어 지극한 예를 다하듯…… 그
녀는 왕궁 군악대처럼 신음소리를 토했다.

이윽고 치마 밖으로 머리를 빼내는 순간 갑자기 매미떼 우는
소리가 귓청을 찢듯 파고든다. 내가 치마폭과 두 허벅지로 귀를
막고 있는 동안에 그녀는 그 시끄럽기 그지없는 소리들을 다 참

아내고 있었을까? 나는 그녀의 얼굴을 올려다보며 겸연쩍게 미소를 지어 보였다.

"당신도, 저를, 느끼나요?"

말이 될 수 없는 말이 내 귀에 들려온다. 시끄러운 매미 탓이거나 그런 게 아니라면 그녀가, 비록 눈을 떴다고는 하지만 아직은 잠에서 다 깨어나지 않았을 때처럼, 이를테면 어떤 잠꼬대 같은 말을 하는 것인지도 모른다. 하지만 나는 그녀가 묻는 말의 의미를 다 헤아리고도 남는다.

"그래…… 내가 당신을 이렇게 움직이게 할 수 있다는 사실이 자랑스러워. 그리고 너무 놀랍고 고마워서 어떻게 해야 할지 모르겠어."

"저는 오히려 제 몸을, 선생님을 통해서 배우고 있어요. 온몸 하나하나……"

우리가 나누어 가지는 감정은 서로를 고무시키는 가운데 계속 상승하면서 이어졌다. 내가 아 하면 그녀가 어 했고, 나는 그 소리를 다시 받아 흐음이라거나 꺼엉 하는 화음을 완성시킨다. 그래서 우리의 행위는 아주 원시적인 상태에서 무엇인가 새로운 창조를 하는 일처럼 여겨진다. 나는 그 때문에 그녀와 벌일 수 있는 그 어떤 몸짓도 아무 거리낄 게 없다는 생각을 하게 되었다.

이제 더이상 서로를 확인할 필요도 없다. 아니, 서로가 서로의 의식 밖에 존재하는 것도 아니다. 그때 비로소 우리는 한 몸이 되었다. 나는 오초혜의 등을 나무둥치에 바짝 밀어붙였다. 그리고 그녀의 다리를 들어올려 내 허리를 감게 했다. 몹시 불편한 자세였고, 그녀는 여전히 몸을 떨었다. 하지만 이 새로운 시도, 혹은 창조행위는 달콤하고도 아찔했다. 어깨에 따갑도록 내리퍼붓던 캄캄한 장맛비 속에서 어지럽게 맴돌던 우리 둘만의 섹스를 넘어서는 또하나의 축제였다.

'지금 이 사랑은 왜 황홀한가? ……왜 치사량의 수면제처럼 아득한 것인가?'

나는 나 자신에게 묻고 또 묻는다. 그녀의 몸속 깊은 곳을 꿈꾸고 있으면서도 머리 한구석만큼은 의식이 명료하게 열려 있는 기분이 든다. 나는 그 밝은 빛 가운데로 영사되고 있는 나 자신의 모습을 보았다. 그것은 작은 벌새 한 마리가 향기로운 어떤 꽃에 바짝 붙어서 꿀을 빨고 있는 모습이다. 그런데 그 이상한 꿀의 정체가 내 눈에는 보이는 반면 벌새에게는 보이지 않는 듯하다. 그것은 끈끈이주걱 같은 식물의 위험하기 짝이 없는, 맹독을 함유하고 있는 꿀이다. 나비든 새든, 혹은 곤충이든, 맛을 아는 존재들이라면 누구나 한 번쯤은 죽음을 무릅쓰고서라도 탐닉해볼 만한……

"나도, 괜찮은 여자인가요?"

어디쯤인가, 우리가 한 몸이 되어 새벽 미명처럼 희붐한 터널 같은 곳을 지날·즈음에 그녀가 뜬금없이 묻는다. 그 물음은 멀고 아득하다.

"나는 이대로 죽을지도 몰라."

"……?"

170

내 대답도 멀고 아득했으며 뜬금없이 흔들렸다. 그녀가 잠시 실눈을 뜨고 내 표정을 살핀다.

"정말이지 죽을지도 몰라……"

"싫어요."

오초혜가 내 오른쪽 어깨에 연결된 목을 물었다. 알몸으로 장맛비를 맞고 있을 때 가장 따갑게 느껴지던 바로 그 부위다. 그녀는 장맛비 속의 정사를 떠올리고 있을 것이다. 그래서 나 역시 그녀의 목을 소나기처럼 잘근거렸고, 그때처럼 그녀의 양쪽 오금에 손을 감아 번쩍 들어올린다.

"아, 이런……!"

오초혜가 비명을 토한다. 그때 문득 수풀 아래쪽으로 불어오던 바람이 오초혜의 다리 안쪽을 거쳐 내 넓적다리에도 닿았다. 그녀가 자기 몸에 키우고 있는 작은 한 무더기의 수풀이 바람에 흔들리면서 내 다리 어디를 간질였는지도 모를 일이다. 어쨌거나 그 느낌은 그럴 수도 있을까 하는 상상만으로도 몹시 자극적이고, 한편으로는 날카로운 칼질처럼 여겨진다. 그래서 그것은 시작이었으며 어떤 신호이기도 했고, 그리고 끝이었다. 우리는 그렇게 사소한 바람 한 줄기를 통해서 한 몸으로, 하나의 눈으로 그 끝을 보았다.

나는 오초혜를 내려놓고는 그녀의 어깨에 가만히 머리를 얹는다. 그녀는 제 혀를 내 귀에 대고 날름거린다. 그러고 있는 중에도 그녀는 깊고 가는 한숨을 가만가만 내뱉는다. 이제 막 경주를 마친 육상선수들이 고요히 숨을 골라내듯……

"고마워요."

"내가 오히려 하고 싶은 말인데……"

"다시 말하고 싶어요. 고마워요."

그녀가 자기 눈빛으로 내 눈을 찔렀다. 그 눈빛에 진심이 담겨 있는 것처럼 보인다. 그것은 나도 마찬가지다. 서로가 만족스럽게 섹스를 끝낼 경우에는 고맙다는 감정을 유발시키는 어떤 호르몬을 동시에 뿜어내는 것인지도 모른다. 그런데도 나는 말했다.

"오래전의 어떤 영화에서는 이렇게 말해. 사랑한다면 결코 미안하다고 말하지 않는 법이라고…… 하지만 나는 이렇게 생각해. 사랑한다면 고맙다고 말하지 않는 거라고 말이야. 고마운 일을 끝없이 해야 하는 게 사랑하는 사람들끼리의 일이거든."

"또 말할래. 고마워요."

나는 그 말에 웃을 수밖에 없다. 그녀도 깔깔거리며 웃는다. 다시금 매미떼가 울었다. 매미 울음이 암컷을 부르는 행위가 틀림없다면, 그 큰 눈으로 우리를 다 지켜봐야 했던 놈들의 울음은 그야말로 발악이 될 수밖에 없었으리라. 녀석들의 울음소리가 귀청을 찢어놓을 만도 했다.

"고개 좀 저쪽으로 돌리고 계세요. 옷을 입을 동안만……"

시키는 대로 잠자코 고개를 돌리고 나는 우리가 지나온 숲길을 바라본다. 8월의 나무들이 수천, 수만의 잎사귀들을 모아 박수를 치며 열광하듯 끝없이 살랑거렸다. 부스럭거리면서 그녀가 속옷

172

을 추슬러 입는 소리도 들려왔다. 오늘 이 자리까지도 누군가가 미행을 했을까? ……그럴 리가 없다고, 나는 애써 고개를 젓는다. 설사 그런 일이 생긴다고 하더라도 더이상 걱정은 하지 않으리라. 오히려 이제는 부러 드러낼 때가 다가왔는지도 모른다.

"이제 고개를 돌려도 돼요. 시간이 많지는 않아요. 곧 가봐야 해요."

오초혜는 그렇게 말하면서도 나무 밑둥치에 등을 기대고 앉는다. 언젠가 보았던, 그 공처럼 둥근 자세다. 나는 그녀의 조붓한 어깨에 팔을 두르고 감싸안는다. 그러자 기분좋은 머릿결 냄새가 바람을 타고 은근히 풍겨나왔다. 나는 그녀의 귀 아래 뒷머리 속으로 코를 밀어넣고 킁킁거린다.

"지금까지 그러셨던 것처럼, 앞으로도 저한테 전화를 하시면 안 돼요, 응?"

"전화를 할 수 없으니까 내 손발이 모두 잘린 느낌이 들어. 눈이 있어도 볼 수 없으니까, 두 눈을 뽑힌 느낌이 들 때도 있고……"

"그런 말은 싫어요. 그냥 사랑한다고 얘기해줘요. 그 말에 모든 게 다 담겨 있을 테니까요."

"그래, 사랑해."

"고마워요."

나는 그녀에게 조금 더 다가가서 얼굴을 바짝 끌어당긴다. 그녀의 혀는 다시금 다디단 침을 뿜어내지만 나는 어느 때 그랬던 것처럼 서러운 심사로 인해 또다시 목이 멘다.

"방법이 아주 없지는 않아요."

오초혜가 나를 밀쳐낸다. 내 혀가 그녀의 입속을 헤적이며 끌어다가 묻혀놓은 침이, 물론 내 침도 섞였겠지만, 그녀의 입술에서 번들거리는 게 눈에 들어온다.

"당신과 처음 함께 보냈던 보름날 밤, 내 오두막에 참석했던 이화연을 기억하세요? ……그애는 내가 여기서 믿을 수 있는 동생이에요. 제가 당신을 부를 때는 그애 휴대폰을 빌릴게요. 제가 번호를 알려드릴 테니까, 급히 소식을 전할 일이 있거든 화연이를 통해 연락하세요."

오초혜의 맑은 눈이 그때 그 밤하늘의 별처럼 반짝거린다. 내 머릿속으로는 온천 세탁일인가를 한다던 여자의 얼굴이 가물거렸다. 내가 이름을 구태여 기억하지 않으려고 했던……

"다른 사람은 상관없어. 어쩌면 설립자 어르신도 휴대폰에 대해서는 눈이 어두울지도 모르지. 문제는 정작 당신 아버지야. 알아?"

"알아요. 저도 잘 알고 있어요. 그러니 제발, 더이상 말씀하지 마세요."

그녀가 자리에서 일어선다. 더는 어찌할 수 없이, 가서 그녀 얼굴에 붙들려 돌아오지 못하는 내 시선이 내 눈을 따갑게 만든다. 그녀가 애써 고개를 돌렸다. 그러고는 천천히 걸음을 옮기기 시작했다. 숲 사이로 비쳐드는 햇빛이 그녀의 등뒤에서 먼 파도처럼 출렁거렸다.

24

불교에서 말하는 미륵彌勒, 그가 정녕 오게 될 세상의 모습은 어떠할까? 도대체 어떻기에 줄잡아 오십육억 년 후에나 온다는 미래의 부처를 하염없이 믿고 기다리겠다는 걸까? 배고픈 이들이 염원하는 쌀과 돈, 그리고 나처럼 사랑을 갈구하는 이들의 바람이 과연 그의 하생下生과 더불어 일순간에 해소될 수 있다는 것인가?

다솜교와 그 위에 들어앉힌 거대한 목탑 준공식장에 앉아서 나는 미륵을 떠올린다. 기념사를 낭독하는 설립자가 때마침 미륵에 대해 언급하는 대목에 이르렀기 때문이다.

사실 그 기념사는 내가 작성했다. 설립자 어르신이 오초혜를 통해 나에게 대필을 맡긴 것이다. 내 제안으로 공사를 벌이게 됐기 때문인지도 모른다. 어쨌거나 대필을 부탁하던 오초혜의 목소리는 몹시 메마르고 딱딱했다. 그리고 그녀는 식장에 나타나지 않았다. 날이 무더웠기 때문에 준공식은 해가 지고 난 뒤 열렸다. 행사가 끝날 즈음, 그러니까 어둠이 완전히 내리게 되면 별도의 불꽃놀이 이벤트가 개최될 예정이다. 그건 내게 아무 상관이 없다. 오초혜만 보인다면 그게 나한테는 축제다.

마이트레야Maitreya, 즉 미륵은 '친구'를 뜻하는 '미트라Mitra'로부터 파생된 말이라고 한다. 그래서 미륵이 '자비'라는 뜻을 내포하게 됐는데, 이 때문에 미륵보살을 일러 '자씨보살慈氏菩薩'이라고도 부른다. 그는 인도의 바라나시 왕국 출생으로 석가모니 부처로부터 미래불로 점지받았다고 한다. 미륵은 훗날 석가가 구제하지 못한 중생들을 구해야 하는 사명을 받았다. 도솔천에서 지금 마지막 수행을 거듭하고 있다는 미륵은 인간의 수명이 점차 늘어나 팔만 세가 될 때쯤 올 예정이라고 한다. 사람들은 그를 기다려 나무가 썩지 않는 해안가에 거대한 향나무들을 잘라 묻었다. 그게 가야금의 명인 황병기의 '침향무沈香舞'의 소재가 되기도 했다. 강원도 고성이나 경남 사천 해변에서 발견된 대량의 침목들은 나중에 미륵이 하생하면 향을 공양하려고 묻어둔 것들이다.

"이제 우리가 더이상 미륵을 기다리지는 맙시다. 여기 이 김제 금산사 일대는 미륵 신앙의 본거지였던 터라 우리 다솜터 역시 그저 까마득하고 먼 미륵불 신앙공동체의 한 갈래로 오해받는 경우가 적지 않았어요. 우리는 감나무 아래에 누워 감이 떨어지기를 기다리는 사람들이 아닙니다. 우리는 이제 앞으로 모든 이들이 다 누릴 수 있도록 미륵 하생의 세상을 직접 만들어야 할 사람들입니다. 그러자면……"

설립자의 기념사는 계속된다. 미륵이 오게 될 세계의 구체적인 풍경은 어떤 모습일지, 그는 내가 써준 대로 읽을 것이다. 불교를 전공한 학자들에 의하면 그 용화龍華세계는 무엇보다 환경이 청정한 곳이라고 한다. 하늘에서 향기로운 비가 내려 세상이 맑고, 나찰들이 밤마다 거리를 청소한다. 땅에는 깨끗하고 맑은 물이 사시사철 흐르며 바닷물도 거울처럼 맑고 투명하다. 이처럼 청정한 대지에서는 한 해에 몇 번씩이라도 농작물을 수확할 수 있다. 용화세계의 두번째 특징은 문명이 고도로 발달한 사회라는 점이다. 거리에는 빛을 내는 기둥이 있어 밤을 대낮처럼 환하게 밝혀준다. 화장실은 저절로 열리고 닫히는 완전한 자동식인데, 그 안에서는 향기가 퍼질 것이라고 한다. 세번째 특징은 어리석음이나 분노, 탐욕의 삼독三毒이 없다는 점이다. 거리에 금은보화가 널려 있어도 욕심을 내지 않는 사람들끼리 진리의 기쁨을 알고 보리심을 갖는다고 한다. 네번째는 천재지변이나 굶주림, 전쟁이 없는 평화로움이다. 그리고 마지막으로는 인류 모두가 소통이 가능하다는 것이다. 모두가 온통 한 가족처럼 지내며, 멀리 떨어져 있는 사람도 마치 가까이 있는 듯 맘만 먹으면 언제든지 볼 수 있다고 한다.

나는 오초혜를 보고 싶은 마음 때문에 설립자가 읽게 될 기념사에 그 얘기를 인용했다. 그게 오로지 내 관심이었다. 그녀가 어쩌면 설립자보다 앞서서 내가 대필한 글을 읽어볼지도 모른다는 생각 때문에 일부러 썼다. 쌀과 돈이 넘쳐나지 않는 세상도 용화龍華세계가 아니지만, 보고 싶은 사람을 볼 수 없는 세상 또한 미륵하생의 세계는 될 수 없다. 쌀과 돈은, 아무래도 내 관심사가 아니지만……

설립자의 기념사가 끝나고, 촌장의 경과보고도 끝이 났다. 그 와중에도 관광객들은 탑 내부로 들어와 여기저기 기웃거리고 다닌다. 밖은 점차 어두워지기 시작했지만 아무도 불을 밝히지 않는다. 이제 탑의 입구에 현판을 걸 차례다. 주민들이 웅성거리며 밖으로 나와 옹기종기 둘러섰다. 아는 얼굴 몇몇이 내게 눈인사를 건네기도 하고 공치사를 늘어놓는다.

　다솜교의 목탑은, 원형극장이 아니라 '현자賢者의 탑'으로 명명한다고 설립자가 선언했지만, 웅장하고도 아름다웠다. 도편수 교수는 말했었다. 세상의 모든 탑들은 남성이라는 상징성을 지니고 있지만 이 탑만은 양성이 될 것이라고…… 아닌게 아니라 외형은 어쩔 수 없이 남성을 모방했을지 몰라도 내부에 일단 들어와보면 여성에게 담겨 있는, 혹은 안겨 있는 느낌을 받게 된다. 안이 전체적으로 둥글고, 밖으로 뼁 뚫린 창이 유난히 많기 때문이리라. 그래서 동쪽의 창으로 날아들어온 새들은 그냥 거리낌없이 서쪽 창으로 빠져나가곤 했다.

　현자의 탑! ……그건 설립자가 직접 지은 이름이라고 한다. 물론, 기념사도 그가 직접 작성한 것으로 이미 발표되었다. 그걸 따지고 싶은 건 아니다. 현자는 누구인가? 원래 현자란 사물 혹은 타인과 자신의 관계를 바로 아는 이들을 지칭하는 표현이다. 내 것과 내 것이 아닌 것을 구별할 줄 알고, 자신이 물러설 때와 나아갈 때를 명확하게 지킬 줄 알아야 한다. 무엇보다 그들은 분수를 아는 사람들이다. 그렇다면, 설립자를 현자라고 할 수 있을까? ……그리고 나는?

　이윽고 설립자를 비롯한 다솜터 지도부가 탑 앞에 나란히 섰다. 거기 끝자리 하나쯤에 설 수도 있지만 나는 일부러 뒷전을 서성거린다. 이번에는 이벤트 순서다. 사회자가 목청을 높여 주민들과 카운트다운을 하기 시작한다. 그리고 그게 끝나자마자 모든 이들이 지켜보는 가운데 '현자의 탑' 주위로 설치된 모든 전등이 일시에 불을 밝힌다. 그러자 불빛이 비치는 처마 끝의 선과 불빛이 비치지 않는 어두운 부분의 실루엣이 입체적으로 서로 교차되어 탑은 실제보다 훨씬 크고 장엄해 보인다. 사람들은 마냥 지루하게 기다려야 했던 시간들을 그 한순간에 충분히 보상받은 듯 너나없이 함성을 질러댄다. 나도 예외는 아니다. 아니, 스스로 대견했으며 자랑스러웠다.

내 주머니 속의 휴대폰이 차르르 떨며 진동을 한 건 바로 그때였다. 문자메시지 한 줄이 수면 위를 일렬로 헤엄쳐가는 물오리떼처럼 휴대폰 창에 떠올랐다. '이화연'이라는 이름이 찍혀 있었지만 그 이름은 상관없다.

—온천 가족탕 31호

열광하는 사람들을 뒤로하고 나는 온천으로 내달렸다. 가족탕은 삼층이다. 아미도 31호리면 왼쪽 첫 방일 것이다. 키운터 반대편, 별도의 통로가 있는……

오초혜는 문을 빼꼼 열고 나를 맞았다. 아니, 맞이한 것이 아니라 솔개가 병아리라도 낚아채듯 내 목덜미를 확 끌어당겼을 것이다. 그 바람에 그녀가 입고 있던 목욕가운이 헤쳐지고 가슴이 훤하게 드러나고 만다. 허리끈을 헐겁게 묶었던 모양이다. 덕분에 우리는 번거로운 어떤 절차들도, 굳이 희떠운 수작 같은 것도 나눌 필요가 없어졌다. 나는 양손으로 그녀의 두 쪽 가슴을 움켜쥔 채 고개를 모로 돌려 그녀와 입을 맞추었다. 당신, 잘 지냈어?

……이 입술도, 이 가슴도 다 잘 있었어? ……혹시 당신의 이 젖가슴 꼭지들이 나를 보고 싶다고 목메어 찾지는 않았어? ……하고 안부를 묻기라도 하듯.

"등 좀, 등 좀 밀어달라고 전화했어요."

입술이 잠시 열린 틈을 타서 그녀가 거짓말을 한다. 하지만 거짓말이어서 더욱 달콤하다. 그녀가 내 옷을 벗기고 있기 때문인지도 모른다. 나는 그녀가 내 옷의 껍질들을 홀랑 다 벗겨내기를, 인내하면서 잠자코 기다린다. 온천 가족탕이라는 낯선 밀회장소와 연방 뜨거운 김을 뿜어내면서 물이 찰랑거리는 욕조가 전에 없던 흥분을 자아낸다.

아주 잠깐 그런 느낌이 들지 않은 건 아니다. 무엇이냐면, 우리는 이처럼 집 없는 야생동물들처럼 어둔 숲이나 길가 공터, 아니면 승용차 안이나 온천 가족탕을 은밀하게 떠돌 수밖에 없는가 하는 한스럽고도 서러운 무슨 집시gipsy 콤플렉스 같은 것…… 그래서 눈물방울 하나가 돌연 내 눈에서 느닷없이 떨어져내려 그녀의 등에서 부서졌지만 그건 어디까지나 아주 값싼 것에 지나지 않으리라.

"그래, 탕 안으로 들어가. 내가 등을 밀어줄게."

"그럼, 때가 나오지 않게 비누칠만 해야 돼요, 응?"

욕조 안으로 들어가라고 말했으면서도 나는 그녀를 안아들고 직접 옮긴다. 그녀의 알몸은, 다솜온천 측에서 언제나 자랑스럽게 홍보하는 문구처럼 윤기가 흐르고 또한 미끈거린다. 온천 효과가 벌써부터 나타나기라도 하는 듯.

나는 그녀의 등과 어깨에 비누칠을 하고 고루 문지른다. 겨드랑이에도 손을 넣어 거품을 일으키고, 손을 더 깊이 찔러넣어서는 양쪽 가슴을 만지작거린다. 그녀는 그때마다 간지럽다고 깔깔거린다. 집 없이 떠도는 일의 고단함이 때로는 이렇듯 햇볕에 바싹 마른 듯 밝은 웃음을 선사하기도 하는 것인가 싶다.

"가만있어봐."

비누칠 장난을 하다 말고 전의 기억 하나가 떠올라서 나는 그녀의 등뒤에 선다. 그리고 그녀의 어깨를 가로질러 내 이름을 또 거기에 쓴다. 구, 문, 보……! 빳빳하고 우뚝한 육필이 지나가는 자리마다 비누거품이 지워지면서 어렴풋하게 실제로 내 이름이 나타난다. 바보처럼 나는 그게 다 신기하게 여겨진다. 그녀의 몸에 진짜로 내 이름이 새겨지기라도 하는 듯…… 그래서 나는 그때부디 그녀의 온몸 어디에니 내 이름을 써넣는 재미에 빠져든다. 그녀의 양 볼과 콧등과 이마까지도……

"그날 새벽에 당신 오두막에서처럼, 내가 시방 무슨 글자를 쓰고 있는지 느낄 수 있어?"

나는 고개를 돌려 비누거품 글씨가 말라가고 있는 그녀의 볼에 키스하면서 묻는다. 비누는 고급제품이 아니지만 향은 그럴싸하다. 그녀의 볼을 거쳤기 때문일 수도 있다.

"당신 이름이, 내 살에 깊이 파여…… 어린 시절, 내 책가방이나 필통, 실내화에 온통…… 내가 썼던 내 이름처럼……"

그녀가 숨을 가르릉거리며 가까스로 말했다. 대장간 화덕에 놓인 숯처럼, 내 몸은 자연발화가 되고도 남을 만큼 뜨겁게 달아오른다. 그래서 한껏 달아오른 그 육필로 화인을 남기듯, 심지어 그녀의 양쪽 발바닥에도, 치마를 입으면 항상 드러나기 마련인 종아리에도, 손바닥과 손등에도, 그리고 엉덩이에도 마구 내 이름을 판다. 분실할 것을 미리 염려하고 예감하는 똑똑한 바보천치들처럼……

25

칠석의 밤은 어둡다. 어두운 밤을 혼자 지새우기 위해서 나는 새로이 낙성한 '사당'을 찾아갔다. 아무도 없는 칠석날 밤의 사당은 괴괴했다. 서쪽 낭떠러지 아래 '오리알터'에서 이따금 새들이 수면을 차고 오르는 소리가 들릴 뿐이다. 이제 여름도 차츰 끝나고 있을 터였다. 칠석이라면 천지 기운의 음양이 서로 바뀌는 시점이어서 오동나무가 첫 잎사귀 하나를 떨어뜨린다고 하지 않던가!

견우와 직녀가 만나서 흘린다는 눈물, 이른바 '칠석물'은 내리지 않았지만 하늘은 낮부터 잔뜩 흐리고 어두웠었다. 나는 동서양의 모든 신화와 설화를 통틀어 견우와 직녀 얘기만큼 잘 짜여진, 천문학적으로 그럴싸하게 신빙성이 있는 얘기가 또 없다고 믿는다. 하늘에는 실제로 견우성牽牛星과 직녀성織女星이 떠 있다. 남쪽에 있는 견우성은 독수리자리의 머리 별, 북쪽 직녀성은 거문고자리의 가장 밝은 별이라고 한다. 우리나라 하늘에서는 머리 바로 위쪽에서 남북으로 서로 어깨너비만큼 떨어진 채 두 별은 마주보고 있다. 그리고 그 사이를 은하수가 동서로 가로질러 흐른다. 이 두 개의 일등성은 칠석날이 다가올수록 점차 가까워지는데, 칠석날 밤이 되면 둘 사이의 거리가 연중 가장 근접해 있다. 그리고 칠석 이후로는 다시 조금씩 멀어지는 것이다. 이건 틀림없는 천문학적 진실이다. 견우직녀의 설화는 이러한 명백한 사실에서 출발했다.

모기에 피를 빨리면서도 나는 사당 앞뜰에 앉아서 하늘을 바라본다. 어둔 하늘이라 확인할 수는 없지만 어딘가에는 견우와 직녀가 존재하고 있을 것이고, 그리고 은하수도 흐를 것이다. 다만 그들을 서로 만나도록 돕는다는 까치와 까마귀, 그리고 오작교烏鵲橋는 설화를 설화답게 만들기 위한 허구적인 장치에 지나지 않는다. 그건 우리에게도 마찬가지다. 견우인 내가 있고, 직녀인 오초혜가 엄연히 존재하고 있으며, 서로 만나고 싶어도 만날 수 없는 가슴 아픈 사연도 분명 지니고 있지만 우리에게는 안타깝게도 까치와 까마귀가 없다.

─오초혜, 씨팔! ……보고 싶다.

그녀가 그리워서 나는 혼잣말을 했다. 아니, 쌍욕을 했다. 교수라는 작자가 칠석날이어서 욕까지 한 셈이다. 그러다가 나는 칠석날 밤에 하늘을 향해 소원을 비는 풍습을 용케 떠올린다. 원래 그것은 아낙네들이 바느질과 길쌈을 잘하게 해달라고 빌던 것에서부터 유래했다고 한다. 하지만 나한테는 아무래도 좋았다.

'만약 저 어둔 가운데 하늘이 있다면, 하늘에 진정한 하느님이 거처하고 계신다면, 하느님이 삼라만상의 모든 일거수일투족을 주재하는 게 분명하다면, 지금 바로, 오초혜를 내게 보내줘!'

그건 비손이랄 수도 없는, 그냥 미치광이 발악 같은 것에 지나지 않지만 나는 나름대로 진지하게 빈다. 말 그대로 일편단심이다. 그 맹목적인 믿음 속에는 무슨 일이든 진실로 간절하게 빌면 끝내 이루어진다는, 그게 사실이거나 말거나, 세상의 그런저런 속설들을 믿고 싶어하는 마음도 한 자락 숨어 있다. 하지만 아무리 생각해봐도 소원이 이루어질 것 같지는 않다. 밤에 그녀가 사당에 올라올 일은 없다.

사당은 적막했다. 아니, 쓸쓸해 보였다. 교회든 혹은 절이든, 사원은 사람 사는 곳에 있어야 한다. 누가 시키지 않아도 스스로 겸손해지는 일, 그리고 누가 강요하지 않아도 스스로 지은 죄를 인정하고 의식하는 일, 그게 사원이라는 공간이 담당하는 역할이다. 그래서 사원에 들어서면 누구든지 고개를 숙이고 용서를 빌게 된다. 각자 지은 죄들을 머릿속에 떠올리면서…… 다솜터에도 그게 필요할 것 같아서 사당을 짓자고 했다. 자기의 부족함에 대한 인식, 혹은 자기 죄악에 대한 신실한 반성이 있을 때 인간의 정신은 비로소 한 단계 더 고양될 수 있다. 그래서 원죄原罪라는 개념으로

부터 출발하는 기독교 신앙은 아주 세련됐을뿐더러 설득력을 지 닐 수 있었다는 생각이 든다. 그런데, 어쩐 일인지 우리 주민들은 애써 지어놓은 사당을 막상 즐겨 찾지 않는 눈치다. 아마도 그들 에게는 죄가 없거나 아니면 너무 많거나 둘 중에 하나일 것이다.

풀벌레 소리가 문득 귓속을 파고든다. 여치며 귀뚜라미는 진작 부터 울고 있었겠지만 내가 의식하지 못했던 모양이다. 나는 죄 따위를 자복하려고 사당을 찾은 건 아니다. 박박 긁어서 누룽지 훑듯, 일부러 들춰내기로 한다면 아주 없지는 않겠지만 내게는 양 심적으로 자복할 만한 죄 같은 건 없다. 물론 어쩌면, 오초혜라는 큰 존재에 가려 내 죄의식도 저 풀벌레들처럼 어딘가에 숨어 지 내는지도 모른다. 어쨌거나 오초혜와 관련되어서 나는 죄지은 게 아무것도 없다. 그녀 역시 마찬가지고……

다시금 풀벌레 소리가 그쳤다. 그건 내 의식과는 상관없이 실제 로 그랬다. 누군가가 두런거리면서 사당 쪽으로 다가오는 소리가 들렸다.

"진작 이리로 와서 하늘을 볼걸 그랬구나."

"오길 잘했죠? 하늘이 보다 더 가까울 테니까 말이에요."

방금 전에 하늘에 대고 빌었던 소원이 떠올랐다. 두 사람 중에 하나는 분명 오초혜였다. 그리고 또 한 사람이 설립자이긴 했지 만…… 조금 뒤틀려지기는 했어도 내 소망은 틀림없이 이루어진 것이다.

풀숲에 몸을 숨겨야 할까 하고 나는 잠시 망설였다. 그 짧은 순간에도 오만 가지 상상이 재빠르게 머릿속을 맴돈다. 그들이 이 캄캄한 밤중에 사당에 와서 도대체 무슨 일을 벌이려는 것인지 궁금했고, 차마 눈뜨고 볼 수 없는 그 어떤 일들을 미연에 막아야 하지 않을까 하는 조바심도 인다. 구경거리라면 그게 우선은 남의 일이어야만 한다. 사랑하는 사람의 일을 편안한 마음으로 몰래 구경할 수는 없는 법이다.

에헴! ……나는 결국 과장되게 헛기침 소리를 낸다. 발소리가 뚝 그친다. 그들 발소리에 풀벌레 소리가 밟혀 지워지듯.

"거기, 뉘시오?"

"저, 구문보입니다."

"구선생……?"

그들이 다가왔다. 오초혜가 그때까지 설립자와 끼고 있던 팔짱을 푸는 모습이 보였다. 어둠 속이라서 그런지 몰라도, 그녀 몸 어디에서도 내가 육필로 힘주어 써놓았던 내 이름자 글씨들은 찾아볼 수 없다. 이마에도, 두 볼에도, 그리고 종아리에도…… 나는 허리를 숙여 설립자에게 절한다.

"야심한 시각에 어쩐 일이오?"

"조용히 사색이나 좀 하려고 찾았습니다만……"

"허허, 사색이라…… 철학자에게 더없이 어울리는 말이구려. 그런데 우리가 방해되지 않았는지 모르겠소."

"아닙니다. 너무 적적하여 생각에 오히려 병이 들 것 같아서 그만 내려갈까 하고 있었습니다."

나는 거짓말로 얼버무린다. 사실은 밤이 샐 때까지 사당에서 죽자사자 버틸 작정이었다. 심지에 오초혜라는 화두話頭만을 굳게 붙든 채로……

"그럼, 잘됐소. 우리도 선악과 선생을 따라 모처럼 사색이라는 것에 한번 잠겨봅시다. 사당 안으로 들어갈까요?"

설립자가 앞장을 서서 가더니 사당 문을 열었다. 내가 그 뒤를 따르고, 오초혜도 말없이 따라왔다. 오작교를 설립자가 놓아주는 것인가? ……나는 그 경황중에도 얼토당토않은 상상을 한다. 오초혜와 내가 만난 것이 분명하다면, 오작교 역시 어딘가에는 분명 존재하는 셈이다. 그리고 실제로 설립자가 놓아주는 것일 수도 있다. 의도하든 의도하지 않든 간에.

"자, 이렇게 띄엄띄엄 앉으면 되겠소?"

불을 밝히지 않은 채 서쪽 창문을 향해 설립자가 가부좌를 틀고 앉았다. 나는 거기서 서너 걸음 떨어진 곳에 오초혜가 앉을 수 있도록 자리를 비워두고 멀찌감치 자리를 잡는다. 그녀가 잠시 머뭇거리다가 방바닥에 앉는 모습이 눈에 들어왔다.

나는 가만히 앉아서 숨을 고르기 시작했다. 생각해보면 우습기 짝이 없는 풍경이다. 나로서는 사색을 제안한 입장이라고 할 수 있지만 도대체 무엇을 사색하고 있어야 할지 판단이 서지 않는다. 아니, 판단은커녕 호흡조차 고르게 잡히지 않아서 숨이 가쁘다.

이제 천지의 음양이 바뀌고 있다! ……나하고는 별 상관도 없는 화두 하나가 불쑥 내 머릿속을 헤집고 들어왔다. 그래서 어떻다는 말인가? ……나는 그 돌연한 화두에게 묻는다. 노인에게도 음의 기운이 돌겠지! ……그 어떤 존재가 나에게 말을 건넨다. 그럼, 죽기라도 한단 말인가? ……나는 억하심정으로 대꾸한다. 철학자의 사색치고는 꼴을 봐줄 수 없을 만큼 유치하군. 대비하지 않으면 낭패를 볼 거란 말일세. 그 무엇이 비아냥거린다. 무엇을, 어떻게 말인가? ……나는 속이 타서 다시 반문한다. 하지만 그 어떤 존재는 처음 내 머릿속으로 스밀 때처럼 온다간다 기별도 없이 그냥 한순간에 사라져버리고 만다.

눈이 밝아지면서 창이 조금씩 모습을 드러냈다. 사위는 고요했다. 적막은 적막으로 흐르고, 어둠은 그 무게로 또다른 어둠을 짓누르고 있다. 나란 존재는 어두운 사당 한 귀퉁이에서 하릴없고 보잘것없다. 수없이 이름을 파놓긴 했지만 오초혜는 명백하게 내 것이 아니다. 나는 꿔다놓은 보릿자루처럼 묵묵히 앉아서 그렇고 그런 상념과 씨름했다.

"부족함이라는 것은 현실적으로 존재하는 거요, 아니면 심리적인 결핍감이나 박탈감에 불과하오? ……철학에서는 그걸 어떻게 설명합니까?"

오랜 침묵, 아니 사색을 깨고 설립자가 낮은 목소리로 불쑥 물었다. 나는 대답할 수 없다. 말은 그럴싸하게 포장했지만 그건 차원이 아주 낮은 형태의 질문이다. 질문을 단순화하면 상대성과 절대성에 대한 어의적 차이를 나에게 묻고 있는 것이나 다름없기 때문이다. 하지만 내가 답할 수 없는 건 그 때문이 아니다. 그가 내 내부를 들여다보고 있을지도 모른다는 생각이 드는 것이다. 오로지 오초혜만을 염두에 두고 있는……

"질문을 이렇게 바꿀 수 있을지도 모르겠소. 어떤 특정한 부분에 부족함이 있다면 말이오. 다른 부분을 충족시켜주는 것으로 인간들의 결핍감이 해소될 수도 있을까 하는 것이오."

"그건, 제가 공부한 분야가 아닙니다. 어르신처럼 경험이 많고 현명하신 분들이 풀어주셔야 할 문제입니다."

설립자는 더이상 묻지 않는다. 당신이 던진 난제에 내가 말려들지 않으려고 한다는 사실을 알아챈 듯하다. 그건 난제랄 것도 없다. 대답하기가 곤란할 뿐이다. 보라. 골짜기는 골짜기고 봉우리는 봉우리다. 봉우리를 깎아서 메우기로 한다면 골짜기는 사라질지도 모르지만 그럴 수 없는 바에야 봉우리가 높으면 높을수록 오히려 골짜기가 더 깊어 보이지 않던가? ……그가 그걸 모를 리 없다. 그건 나도 알고 그도 잘 알고 있는 사실이다. 오초혜라고 그걸 모를까? ……그래서 내 대답도 애초부터 필요한 게 아니다.

"돌이켜보니, 내 구선생과 왜 이렇게 적적했는지 알 수 없구려. 구선생은 그런 생각이 안 드오?"

한참의 시간이 흐른 뒤에 무거운 침묵을 깨며 설립자가 입을 연다. 하늘에서는 견우와 직녀가 만나고 있을 시각이라서 지상의 침묵은 무겁고도 깊다. 그와 만나지 못한 날들도 많았고 또한 무거웠다. 하지만 나는 그렇게 말할 수는 없다.

"송구합니다. 지척이 천 리^里였던 것 같습니다."

따지고 보면 내 지척에는 오천규 촌장이 있고 오초혜도 있다. 그리고 그 건너에 설립자가 있다. 그래서 그렇게 멀고 아득했을 것이다. 아무리 가까운 간극이라고 하더라도 그 사이에 담이 쌓이는 순간 서로 까마득하게 멀어지는 법이니까.

"이젠 아예 내 오두막 옆으로 이사를 오면 어떻겠소? ……내가 마을에 청을 해놓으리다."

"……?"

서너 걸음 떨어져 앉은 오초혜는 아무런 기척도 보이지 않는다. 숨소리도 들리지 않는 거리다. 하지만 나는 그 순간 그녀가 눈에 보이지 않는 어떤 미세한 반응을 하고 있다는 걸 안다. 설립자의 말을 반기고 있는 것인지 아니면 그 반대인지는 헤아릴 수 없지만……

"내가 구선생을 믿고, 또한 매양 가까이하고 싶어서 이러는 걸 알지요?"

"이웃으로서 오히려 폐가 되지 않을지 모르겠습니다."

"아니오. 다솜터에 더 채워야 할 것들이 무엇인지 자주 일러주시오. 나는 철학이라는 게 무엇인지, 그게 왜 세상에 필요한 것인지를 전에는 느끼지 못했소. 아직도 여전히 잘은 모르지만, 그게 바로 이 사당과 같은 것을 실제로 건립하게 만드는 어떤 긴요한 힘 같은 것일 수도 있다는 사실을 최근에야 어렴풋이 깨닫게 되었어요."

"그렇게 말씀해주시니 고맙습니다."

"초혜야, 이제 그만 일어서자. 우리 사색은 이 정도도 길뿐더러 선악과 선생을 방해하지는 말아야지."

설립자를 따라 그녀도 부스럭거리며 일어선다. 용기는 없는 채로 그녀를 붙잡고 싶은 마음이 간절하다. 그 굴뚝 같은 마음속에서 서럽고도 모질게 한숨이 솟아오른다.

오초혜와 설립자가 나란히 걸어가는 어둔 길 위의 하늘에 뜬 아주 희미한 별 하나가 나를 바라본다. 흐린 하늘의 구름을 가까스로 헤치고 드러난 별은 그 가상한 노력에도 불구하고 내 눈에는 초라하고도 값싸게 비친다. 아마도 그게 천상의 내 별이리라. 나는 거울에 비친 나 자신을 들여다보듯 그 별을 마르고 닳도록 쳐다본다.

26

칠석이 지나고 열흘, 비류동에 9월이 왔다. 그리고 9월과 함께 나는 오두막을 옮겼다. 다솜터 1번지인 '서편재西便齋' 아래 초가집으로. 그게 다솜터 6번지다. 이곳에서는 전에 셔틀버스 운전기사가 살았다고 한다. 뜰 안에는 두 평 남짓한 텃밭이 있는데 오이와 고추, 당근 등의 채소가 우북했다. 마루는 반들반들 윤이 났고 어디서 구해왔는지 다듬잇돌 하나를 섬돌로 앉혀놓기도 했다. 전에 살던 내 오두막을 그렇게까지 꾸며놓지는 못했기 때문에 나는 염치가 좀 없었던 게 사실이다. 그래도 새집은 마음에 들었다.

이사하던 날 저녁에는 이웃들이 마실왔다. 설립자와 오천규 촌장, 샤를 파라디, 해밀턴, 말총머리 정오환이라는 사내가 이웃 자격으로 오고 그 누구보다 오초혜가 설립자를 수행했다. 말총머리는 오초혜와 마찬가지로 전에도 내 이웃이었는데 다시 또 이웃이 된 것이다. 언감생심, 무슨 뚱딴지같지도 않은 인연 때문은 아니라는 사실을 나는 즉각 알아차렸다. 그는 다솜터 지도부의 신임을 받고 있는 게 분명했고, 누군가가 일부러 내 이웃으로 정한 게 틀림없었다.

"이사 선물이라오."

설립자가 오초혜를 통해 무슨 술병 같은 걸 나에게 선물했다. 그걸 건네받는 아주 짧은 순간에 나는 일부러 그녀의 손끝을 살짝 스쳤다. 누구도 눈치채지는 못했을 것이다. 의례적으로 그녀가 방긋 웃었다. 나는 그녀의 이마와 볼에 썼던 내 이름자들이 남아 있는지 살폈지만 어디에도 그런 글자는 보이지 않았다. 내 이름이 살 속에 깊이 파인다고 했던 그녀의 말은 거짓이었던 셈이다.

"자, 마루가 좁지만 좀 둘러앉읍시다. 이 집 풍경도 감상할 겸⋯⋯"

설립자의 제안에 따라 몇몇이 마루 위에 오르고 일부는 걸터앉는다. 하루 일을 다 마쳐가면서 해는 서편 산자락을 넘는 중이었다. 산등성이에 서 있는 삐쭉삐쭉한 나무들 사이로 석양빛이 새어 들어 나뭇잎들은 단풍이 든 것처럼 보인다. 그 나뭇잎들의 마음은 벌써 물들었을지도 모른다. 정작 오초혜 쪽으로는 눈길을 주지도 못할망정 내 마음에 홀로 붉은 물이 들기 시작한 것처럼……

"정력에 좋은 삼정三精이 천하에 있단 말을 내가 했던가요? ……천정天精과 지정地精, 인정人精을 일러 삼정이라 하는데 지정은 구기자枸杞子요, 인정은 인삼을 지칭한다고 했소이다. 그리고 나머지가 세상 최고의 천정, 그게 바로 뽕나무 열매인 오디지요. 이쪽 지역에서는 오도개라고 부릅디다만, 마누라를 내줄망정 오도개는 남에게 주지 말라는 속설이 있어요. 선악과 선생, 저 술병에 든 게 뭔지 아시오? ……바로 오디 원액이라오."

얘기 끝에 설립자는 크게 소리내어 웃는다. 다른 이들이 따라서 웃고 나도 웃음으로 보답한다. 오초혜는 얼굴을 조금 붉히는 듯 마는 듯하고, 그게 무슨 뜻인지를 알 리 없는 파라디는 눈을 동그랗게 치뜬다. 설립자는 나에게 이른바 강정식품을 선물하고 있다. 나는 웃고 있으면서도 그 해괴한 신물의 의미를 파악해보려고 한다. 병 주고 약 준다더니 이게 그런 것일까? ……아니 이건 설상가상이라는 표현에 가까운, 병중에 질환을 더 얹어주는 일이라고 해야 옳다. 다솜터에 정력제라니? ……설립자의 선물에 진정성이 담보되려면 다솜터 안에서의 내 모든 여성관계에 정당성이 부여되어야 마땅하다. 굳이 덧붙이자면 나와 오초혜의 관계가 공식적으로 인정되어야 하는…… 물론 나는 그렇게 따지지 못한다.

"내년에 나는 다솜농장 일대에 뽕나무를 대량으로 식재해볼 생각이오. 오디가 익어 저절로 떨어지면 닭들이 그걸 쪼아 먹도록 말이오. 물론 주민들이 먹을 건 따로 심어야겠지요. 아 참, 해밀턴 양반, 서양 사람들은 정력제로 뭘 즐겨먹소?"

설립자가 그렇게 말할망정 닭이 오디를 즐겨먹을지는 알 수 없다. 어쨌거나 나는 해밀턴이 알아듣도록 통역을 해준다. 그가 서투르게나마 우리말을 구사하기는 해도 정력제 같은 말은 이해하지 못하기 때문이다. 해밀턴은 기다렸다는 듯이 서양 정력제를 소개하기 시작한다.

"그 으뜸 식품은 역시 굴입니다. 'Eat oysters, love longer', '굴을 먹어라, 그리하면 사랑을 오래 할 수 있을 것이다'라는 말까지 있을 정도랍니다. 시저와 나폴레옹, 카사노바, 비스마르크, 발자크 같은 사람들이 굴을 즐겨먹었다는 것은 잘 알려진 사실입니다. 오죽했으면 시저 같은 사람이 대군을 이끌고 도버 해협을 건너 영국을 침공했던 게 굴 때문이었다는 소문이 있겠어요. 카사노바는 끼니마다 생굴을 오십 개씩 먹었고, 발자크는 한자리에서 무려 천사백사십사 개의 굴을 먹었다는 기록도 있습니다. 그런데 굴은 여성에게도 좋은 음식으로 알려져 있어요. 이 때문에 고기 잡는 어부의 딸은 얼굴이 까맣고, 굴 따는 어부의 딸은 얼굴이 하얗다는 속담까지 생겨났지요. 최근에 호주에서는 비아그라를 먹여 키운 굴을 생산하기 시작했다는 보도도 있습니다. 서양인들이 굴을 어떻게 인식하고 있는지 엿볼 수 있는 일화겠지요. 파라디, 프랑스에서도 굴은 최고의 식품이죠?"

해밀턴이 파라디의 동의를 구한다. 그녀가 검은 눈망울을 굴리면서 미소를 짓는다. 떠나온 자신의 고향을 떠올리는지도 모른다.

"파리의 샹젤리제 노천카페에서 일반적으로 가장 인기 있는 요리가 '데쥐트르', 즉 굴요리예요. 프랑스 남자들이 여자들을 은근히 유혹할 때, 데쥐트르를 함께 먹지 않겠느냐고 말할 정도죠. 그리고 서양인들은 해물을 날것으로는 먹지 않는데 생굴만은 예외랍니다."

"그 밖에도 많습니다. 해산물 중에서는 참치나 새우를 꼽기도 하고, 농산물로는 아몬드나 바나나, 무화과, 버섯, 올리브유, 계란 등도 유명하지요. 초콜릿도 물론 누구나 인정하는 정력제 가운데 하납니다."

"계란이야 뭐 내게 얘기할 것도 없고, 헌데 굴이라……!"

해밀턴의 얘기 끝에 설립자가 굴이라는 말을 입에 되뇐다. 그는 지금 산과 바다, 들과 하천에서 나는 모든 강정식품들을 입에 달고 살아야 하는 나이가 됐는지도 모른다. 오초혜는 고개를 들지 않는다. 그녀가 이제는 식사 때마다 토종닭 계란과 더불어 오십 개의 생굴, 그리고 오디차를 설립자의 식탁에 올려야 하는 것인가? ……나는 질투심이 불같이 치밀어올라 얼굴이 뜨거울 지경이다.

"구선생께선 시방 어찌하야 암 말도 않으요이?"

잠자코 웃음을 띠고 앉아 있던 오천규 촌장이 급기야 불을 지른다. 나는 그에게 말려들지 않기 위해서 입을 다문 채 혀끝을 깨문다. 그럼에도 불구하고 오랫동안 잊고 지냈던 내 버릇 하나가 불쑥 나타나고 만다. 나도 모르게 머리를 긁적거린 것이다.

"신간이 암만혀도 영 편털 안 헝 거맹키로 보잉만그려요. 얼씬 네께서도 우정 참석허신다다가, 많은 이들이 부러 찾아왔는디 말여요이?"

"그럴 리가 있겠습니까? 다만 제가 잘 알고 있지 못한 일들이라서 주제넘게 나서지 못하고 있을 뿐이지요."

"암먼, 그럴 리가 있을랍디여? 헌디, 나이를 쪼깨 자신 냥반덜 관심사가 높고 고상헌 철학 같은 거이 아니라고 혀서 혹시 우멍헌 맴속 어딘가로다가 깔보고 있는 건 아니겄지롸우, 시방?"

"……"

세상의 모든 아버지들은 자기 딸의 연인을 칼만 들지 않았을 뿐 순 날강도라고 여기는 감정에서 조금도 나아질 수 없다. 아버지에게 딸은 자기 아내의 젊은 축소판이며 작은 닮은꼴이다. 프로이트나 융의 학설을 굳이 차용하지 않더라도 이건 어느 정도 사실인 것처럼 보인다. 태어나고 자라고 배우고 커가는 과정에서 땡전 한 푼 투자한 적이 없는 놈팡이가 어느 날 홀연히 나타나서 자기 딸을 데려가려고 엿보고 있다. 그런데도 유괴나 다름없는 이 원시적인 납치행위의 피랍자인 딸 자신은 마냥 행복해 보인다. 부친은 결코 용납될 수 없는 이 패러독스와 갈등 사이에서 헤어나지 못한 채 도덕적인 결단을 내려야만 한다. 딸을 나무랄 수는 없다는 부친으로서의 한계를 인정해야 하는 것이다. 그래서 딸의 연인을 낙인찍으며 동시에 자위를 하게 된다. 저 놈은 강도라고, 아버지인 나는 할 수 없이 일방적으로 강탈을 당할 뿐이라고…… 촌장을 설득할 수도, 강제할 수도, 변명할 수도 없다. 나는 꿀 먹은 벙어리가 된다.

담배라도 한 대 피워물고 싶은 심정이 간절해진다. 프로이트는 말한 적이 있다. 키스할 대상이 없는 자들은 흡연을 피할 도리가 없다고…… 그는 이른바 구순기口脣期로부터 비롯된 치유될 수 없는, 무엇이든 입에 가져가려는 습관과 욕구가 자라서 흡연을 하게 만든다고 주장했다. 그래서 흡연을 키스의 대리행위로 본 것이다. 하지만 내 생각은 조금 다르다. 입술과 혀로, 그리고 목구멍으로 차마 발설할 수 없는 무수한 말들이 어떤 식으로든 차단당하고 있을 때, 그때도 인간에게는 거의 본능적으로 흡연 욕구가 치밀게 된다.

"하이카나, 시방 다슴터서 머리 까만 즘생덜이 사램 노릇 헐 수 있게 된 거이 우리 얼씬네 각별허신 배려 땜인 걸 잊음사 고걸 사람이라고 허덜 못헝게. 모다들 가슴속 지피 아금박시럽게 명토를 박어놓아야 헐 말이 바로 충성, 그 한마디뿐일 것잉만. 앙 그려들?"

촌장은 정작 나에게 하고 싶은 말을 모든 이들의 오금에 대신 박아놓는다. 그래봤자 내게 요구하는 뜻이 달라질 일은 없다.

"그만, 됐어요. 엉덩이가 너무 무겁다보면 쓸데없는 것들이 간혹 치미는 수도 있어요."

"아, 예. 지당허신 말씸이지롸우."

무엇인가 비릿하고 역겹기 짝이 없는 말들을 더 늘어놓으려는 촌장을 제지하고 나선 건 설립자다. 그가 먼저 자리에서 일어선다. 충성이나 복종, 그런 표현들이 아직도 살아남아서 사람 입에 회자되고 있다는 사실이 신기할 정도다. 조그만 지방 사립대학에 머슴 같은 계약조건으로 시간강사를 하고 있을 때나 더러 농담삼아 입에 올리곤 하던 말들이었다. 무슨 인연인지 몰라도 그게 질기고 끈덕진 파리떼처럼 이곳 다솜터까지 따라온 것이다.

각자 자신의 오두막으로 돌아가는 사람들을 배웅하면서 나는 어둠이 내리고 있는 길들을 물끄러미 바라본다. 황지동은 낮보다 휘황찬란하게 빛나고, 비류동의 계곡은 캄캄한 어둠에 잠겨 있다.

달은 아직 떠오를 기색이 없다. 달은 오늘 상현인가, 하현인가? 만약 하현이라면 자정까지 기다려야만 진정한 새 달을 볼 수 있다. 한번 기다려볼까? ……나는 아무런 의지도 없이 그렇게 중얼거린다. 그 순간 나는 내 발에, 내 오두막에 무거운 족쇄 하나가 채워지고 말았다는 아픈 현실을 절감한다. 오두막 1번지와 6번지의 상거는, 오초혜와 내가 키스를 하다가 어느 한쪽이 낮게 신음을 내도 족히 들릴 만한 거리다.

27

"선악과 선생이 집 안에서 어쩐 일이오?"

혼자 마실나온 설립자가 다소곳한 소년처럼 내 오두막 섬돌 앞에 서서 말했다. 나는 모깃불 연기에 부르튼 눈을 비비며 그를 맞이했다. 9월 중순으로 접어드는데도 밤낮을 가리지 않고 산중 모기가 극성이다. 그 때문에 나는 오두막에서 저녁시간을 보내야 할 때는 길가에 우북하게 자란 쑥대를 잘라다가 모깃불을 피워야만 했다.

"어르신께서 오실지도 모른다고 생각했습니다. 지난번에는 모기가 너무 많아서 민망했습니다."

"저런! ……그게 선악과 선생께서 민망해할 일이오? 사실 우리 같은 늙은이들에게 모기 따위는 그렇게 문제가 되지 않는다오. 면역력이 생겼을 수도 있지만 살갗이 나무껍질처럼 굳어진 탓이 아닌가 싶어 더러는 모기를 타지 않는다는 사실까지도 좀 서러워질 때가 있지요."

자욱하게 피어오르는 모깃불 건너편을 무의식적으로 바라보지만 설립자는 여전히 혼자다. 눈을 회번덕거리며 둘러보다가 괘한 연기만 쏘일 뿐이다.

"초혜가 모깃독에 워낙 약해서 저녁외출을 꺼리는 통에 나 혼자 나다녀야 하는 일도 물론 서럽지만, 허허!"

"……"

설립자가 내 마음속을 다 읽고 있는 모양이다. 나는 마른 쑥대 한 줌을 잠자코 불 속에 던져넣고 아무런 내색도 하지 않는다. 모깃불 연기는 바람 한 점 없는 공중으로 똑바로 솟아올라 하늘 한가운데 직녀성 쪽으로 퍼져나간다. 견우와 직녀는 서로 어깨에 손을 얹은 것처럼 보이던 칠석 무렵보다는 확실히 더 멀리 떨어져 있다. 그건 오초혜와 나도 마찬가지인 것 같다.

"내가 젊은 날 가까이 지내던 어떤 스님 얘기 하나 들려드릴까? ……그는 오백 년 전에 이미 열반하고 없는 진묵 스님을 극진히 섬겼는데, 더러 간절히 발원하면 진묵 스님이 그 앞에 현신現身하는 경우도 있답디다. 한번은 자기 절에 들끓는 모기들이 하도 그악스러워서 그것들을 좀 없애달라고 진묵 스님에게 빌며 사정을 했지요. 그러자 진묵 스님이 껄껄 웃더랍니다. '스님, 그 모기들은 스님께서 졸지 말라고 제가 보낸 죽비랍니다' 하면서요."

"진묵 스님만큼이나 대단한 스님이었겠네요."

"그래요. 그 스님이 부르면 진묵 스님이 몸소 나타날뿐더러 서로 공대할 정도였다고 하니까요."

내가 물론 그런 점을 염두에 두고 말한 건 아니다. 그건 일방적인 자기암시에 지나지 않는 경우가 많다. 끊임없는 자기 성찰의 수단으로 모기를 대하고 있다는 점이 남달랐을 뿐이다. 진묵의 일화 가운데 그 비슷한 얘기가 전해지는 걸 나도 안다. 효심 지극한 진묵 스님은 자신의 생모가 모기 때문에 고통을 겪는다는 소식을 듣고 산신령을 불러 근방의 모기들을 모두 사라지게 했다는 일화가 있다. 설립자와 가까이 지냈다는 그 스님은 진묵의 일화를 이미 알고 있었을 테고, 나아가 속세의 대중이라면 몰라도 산중 행자들에게는 모기조차도 엄연히 존중받아야 마땅한 한 생명체임을 더불어 갈파하고자 했을 것이다.

설립자가 마루 쪽으로 가서 가부좌를 틀고 허리를 꼿꼿이 세운다. 나도 거기 한 귀퉁이에 말없이 걸터앉는다. 깊고도 맑은 밤하늘에 떠오른 수많은 별들이 눈을 반짝거리고 있다. 별은 뭇 생명들의 눈빛이, 혹은 영혼이 하늘에 반사된 잔상일지도 모른다는 생각이 든다. 그만큼 많은 지상의 눈들이 지금 이 순간 하늘을 뚫어져라 쳐다보고 있을 것 같다. 나도, 그리고 오초혜도……

"우리도 이 산꼭대기 어디쯤에 사찰이나 한 채 지으면 어떨까?"

설립자가 문득 혼잣말처럼 중얼거린다. 한때 알고 지냈었다는 스님을 떠올리고 있는 것인지, 아니면 불교의 어떤 매력적인 부분에 생각이 미친 것인지 헤아릴 길이 없다. 잘은 알 수 없지만 우리나라 사람들은 종교에 관한 한 선입견의 영향을 받는 경우가 많다. 부활절이나 크리스마스 하면 떠오르는 흰 색깔의 추억으로 기독교를 받아들이는가 하면 형형색색의 만다라를 통해 불교를 이해하기도 한다. 어린 시절에 한번 찾아가봤을 뿐인 친구네 집 안 정경을 통해서만 친구의 얼굴이 기억나기도 하듯이……

"어르신께서는 불교를 믿고 계신가요?"

"아니, 그렇지는 않지만…… 때로는 우리 다솜터가 너무 헛헛해 보이는 것 같단 말이야. 왠지 붙들고 의지할 대상도 없는 듯하고……"

"열반을 앞두고 있던 석가모니는 의지가지 할 데 없다고 불안해하는 제자들에게 이런 말을 남겼다고 합니다. 나에게 의지하지 말

라. 오직 너희 자신과 진리를 붙들어라! ……그게 유언이었지요. 홋날에 이르러 불상이 조성되기도 하고, 보살을 비롯한 숱한 섬김의 대상이 생겨나기는 했지만 그건 원래 석가의 뜻과는 완전히 상반되는 것이지요. 그러니 어르신, 우리도 저 뜨거운 여름에 지어놓은 사당이나 '현자의 탑'으로 충분하지 않을까 여겨집니다."

"그런가?"

"많으면 분명 넘칩니다. 외국의 사원들과는 달리 우리나라의 절들은 대웅전 앞마당을 지나칠 때까지만 하더라도 참으로 고요하고 또한 비어 있습니다. 고즈넉한 풍경 사이로 바람만 적막하게 오가고 있지요. 그 점에서만은 세계 최고라고 할 수 있을 겁니다. 그런데 막상 그 안으로 들어가보면 너무 어지럽게 채워져 있습니다. 우리 다솜터도 그런 점을 경계해야 할 것 같습니다."

나는 마당으로 내려가 다시 쑥대 한 아름을 집어다가 모깃불 위에 얹는다. 둘러보니 비류동의 여기저기 오두막에서도 모깃불 연기가 피어오르고 있다. 오초혜만 올 수 있다면 손가락이 곱을 만큼 쑥대를 장만해둘 자신이 있다. 그리하여 매일 밤 오두막보다 더 높이 모깃불을 피워놓고 기다릴 수 있다.

"구선생은 인도에 다녀온 적이 있소?"

"아뇨, 아직 가보지 못했습니다."

"거기 공동체라는 곳들은 헛헛하지 않을까?"

나는 그 순간 설립자가 아닌 한 노인의 쇠약한 목소리가 전하는 메시지를 들었다. 왠지 마른 수수깡처럼 비어버린 뼛속에서 울려나오는 듯한 그런 음성이었다. 그도 나처럼 외로운 존재에 지나지 않는다는 사실을 말하고 있는 듯했다. 적어도 나는 그렇게 받아들였다.

"제가 어르신을 모시고 인도 공동체마을에 한번 다녀올까요?"

나는 마음에서 우러나는 대로 제안했다. 그게 내 진심이었다. 늙은 부모님의 앙상한 뼈마디를 지켜보다가 더 늦기 전에 효도여행이라도 한 번쯤 다녀와야겠구나 하는 반성처럼……

"허허허……! 뜻은 고맙소만 난 비행기를 타지 못한다오."

"인천에서 비행기를 타고 불과 대여섯 시간이면 갈 수 있는 곳인데요, 뭐."

"제주도도 못 가봤어요, 나는…… 어려서는 늘 비행기로, 혹은 뭉게구름에 올라타서 하늘 높이 나는 꿈을 꾸곤 했는데 그놈의 고소공포증인가 뭔가가 언제나 나를 끌어내렸어요. 그래서 시도 때도 없이 불쑥불쑥 신세한탄을 한다오. 이제 내 꿈은 더이상 높이 날 수 없구나, 꿈에서나마 하늘로 날아오를 수도 없구나 하는 탄식 말이오. 날개는 내가 오래전에 버린, 잃어버린 꿈 가운데 하나지요."

모깃불 때문인지 노인의 눈자위가 난데없이 젖어드는 것처럼 보인다. 하지만 이 순간만은 그가 하늘을 나는 꿈을 꾸고 있을지도 모른다는 느낌이 든다.

"어르신께 그런 사정이 있는 줄은 몰랐습니다."

"거기엔 더 끔찍한 내력이 숨어 있지요. 아는 사람들이 많지 않지만, 나는 오래전에 가족들을 모두 비행기 사고로 잃은 사람이라오."

"아……!"

나는 말문이 막히고 만다. 그가 잠자코 산 아래 황지동 쪽으로 고개를 돌린다. 어두운 쪽에서 휘황하게 빛나는 황지동을 바라보니 그곳은 비행기를 타고 이제 막 이륙한 뒤에 내려다보는 지상의 모습 같다. 그의 비극이 모두 내 책임이라도 되는 것처럼 죄스러워진다. 그래서 나는 감히 입을 열지 못한다.

"이제 다 잊은 일이라오. 나는 그 일을 잊기 위하여, 그리고 한편으로는 그 일들이 내 뇌리에서 사라지기 이전에 하늘이 아닌 땅 위에 낙원을 세우고 싶었지요. 내 가족들의 영혼이 언제든 다시 돌아와서 묵을 수 있는 그런 천국 같은 곳 말이오."

오두막에 방화하고 스스로 목숨을 끊은 노인의 장례식 때, 설립자가 카메라 앞에 서서 자신 있게 설명하던 모습이 문득 떠올랐다. 상여에 붙이는 글자 '운雲'과 '아亞'의 뜻을 멋지게 풀어내던……

"죄송합니다."

"아니오. 그게 무슨 말이오? ……구선생은 이곳에 오자마자 비류동이 '에덴동산'을 닮았다고 얘기했어요. 그리고 사당을 짓자고 제안하는가 하면 다솜교를 확장하여 거기에 '현자의 탑'을 세우게 했던 당사자요. 그 모든 일들에 대해서 내가 얼마나 감사하고 또한 반겼는지 아마 모를 거외다."

불 위에 쑥대를 얹으면 그 잎들은 열기만으로도 금방 도르르 말린다. 회초리처럼 남은 쑥대가 마지막으로 타닥타닥 소리를 내며 타오른다. 가만히 그 모깃불 속을 들여다보면 붉고 긴 혀가 끝없이 날름거리는 게 보인다. 모깃불 연기는 그 불길이 내뿜는 입김일 것이다.

"남들에게는 내 과거에 대해서 발설하지 말구려. 동정의 대상이 되는 게 싫어서가 아니라 오늘날의 이 다솜터가 내 개인적인 과거 때문에 쓸데없이 오해를 받게 되지나 않을까 염려되기 때문이오."

"명심하겠습니다."

"그래요. 참, 아까 인도 얘기를 했지요? ……거기 공동체마을을 우리 다솜터 주민들이 모두 차례로 다녀왔으면 좋겠어요. 가서 구경도 하고, 우리가 배워야 할 것들을 얻어오기도 하고…… 우리 구선생이 그 일을 초혜와 함께 좀 준비하도록 하시오. 초혜가 전에 없이 적적해하는 것 같으니까 필요하면 둘이든 셋이든 사전답사를 다녀와도 좋을 것 같고, 어떻소?"

28

"아따, 비행기가 기연시 이 먼 곳까장 데리다주긴 허능고마닝. 암소 젖퉁이맹키로 생겨먹은 나라로이……?"

공항을 빠져나오면서 촌장이 내게만 들릴 정도로 중얼거린다.

지도를 보면 그의 말마따나 인도 영토는 아시아 전체 대지의 젖가슴처럼 보인다. 땅도 그만큼 비옥하고 자원도 풍부할까? …… 그건 아마 틀림없을 것이다. 만약 암소 젖이 거짓말을 하지 않는다면.

"어머, 저기 소떼를 좀 봐! 큰길에서 진짜로 소가 다니네?"

차를 타고 가면서 오초혜는 연방 소리를 질러댄다. 파라디가 그때마다 박수를 치며 장단을 맞춘다.

"어머, 염소도 있어. 어머, 저건 야자나무 아니야? ……저거, 저거 '릭샤'도 지나간다!"

웅크리고 앉은 소 옆으로 느릿느릿 걸어가는 소도 있고, 염소가 있고, 어슬렁거리는 개가 있고, 돼지도 그냥 길가에 방목되고 있고, 원숭이와 까마귀가 우글거린다. 그 시끄럽고 어수선한 가운데서도 땅바닥에 누워 태평스럽게 잠자는 이들, 식사를 하거나 일하거나 장사하는 사람들이 넘쳐난다. 그 어지러운 속을 릭샤가 곡예를 하듯 속도를 내고 택시가 인파를 헤집고 버스와 트럭이 시끄럽게 경적을 울리며 달려간다. 지상의 모든 존재들을 길이 불러 모으고, 또 먹여살리기도 하는 것 같다.

'목욕탕이 로마의 산실이라더니, 인도를 낳은 건 바로 저 길이겠구나. 간디를 비롯한 수많은 선지자들이 맨발로 즐겨 걸었던……!'

내 첫인상은 그랬다. 인도의 길은 지상의 모든 걸 불러 담아놓은 거대한 그릇이었다. 신이 만약 세상을 창조한 게 사실이라면,

그건 분명 이 인도의 길 위에서 벌인 역사이리라. 나는 신앙심이라고 불러도 좋을 만한 어떤 충일한 감정에 사로잡히기조차 했다. 하지만 거의 모든 길은 혼잡하고, 발을 딛기가 어려울 정도로 더럽고 악취가 풍겼으며, 소음으로 가득 차 있기도 한 게 사실이다. 눈에 직접 보이는 현상은 분명 그랬다. 그게 인도의 틀림없는 현실이었다.

물론 오초혜만 신명을 내는 건 아니다. 택시가 흔들릴 때마다 그녀 쪽으로 은근히 몸을 기울이곤 하면서 나도 닥치는 대로 손가락으로 무엇인가를 가리켜 보였다. 길 위에는 사진으로만 대했던 '반얀나무'가 서 있고, 나는 그런 나무 한 그루에도 반색을 했다.

"저기 저 나무를 보세요. 저게 반얀나무예요."

"반얀?"

"그래요. 흔히 '보리수'라고 알려져 있는데, 부처가 저 나무 아래서 깨달음을 얻었죠. 그래서 아프리카 대륙을 대표하는 게 '바오밥나무'라면 인도 혹은 불교를 상징하는 나무가 바로 저 나무라고 할 수 있습니다."

"참, 기괴스럽네요. 그쵸?"

"저게 세상에서 가장 큰 나무라고 하는데, 씨앗을 퍼뜨리는 게 아니라 새끼를 낳는 나무라고 봐야 합니다. 큰 나무 옆에 자라는 작은 나무들이 다 자식 나무들인데요. 어미 나무가 실뿌리 같은 걸 아래로 내려뜨리면 그게 땅에 닿은 뒤 점차 굵어진다고 합니다. 그런데 자식들이 다 자란 뒤에도 저렇게 대가족처럼 한데 엉켜서 살아가죠. 어딘가에는 굵은 어른 나무만 삼백 그루에 손자 증손자 나무가 삼천 그루쯤 되는 나무도 있다는 얘기를 들었어요."

"어머머……!"

"그러니 나무 한 그루가 자식을 퍼뜨려서 산 하나를 덮는 건 예사죠. 우리가 가게 될 '오로빌'은 원래 인도 정부가 무상으로 내준 황무지였답니다. 오직 반얀나무 한 그루만 덩그러니 서 있었을 뿐인데요. 거기 가면 그때의 나무를 볼 수 있다고 하는군요."

"가까이 다가가면 무서울 것 같아요."

"무서운 건 저 나무의 성질이죠. 저 세력범위 안에서는 그 어떤 나무도 자랄 수 없다고 합니다. 그리고 저 나무가 사라진 뒤에도 한동안 다른 나무들이 뿌리를 내리지 못하고요. 군대가 주둔했던 곳에는 가시나무만 우북해진다고 노자老子가 말했는데……"

"대처나, 다솜터 구선생이 인도서는 신선생일 리 없지봐우? 여그서나 거그서나 머깐에 낭구뿐인디 말요이?"

촌장의 유머 아닌 유머가 내 말의 중동을 자르자 오초혜가 키득거린다. 옛일을 떠올렸는지도 모른다. 느티나무를 사러 가던 길에 우리가 처음으로 입맞춤을 했던…… 키스라는 게 이토록 달콤한 것인 줄 몰랐다고, 그때 오초혜는 말했다. 그녀의 얘기를 듣는 순간 나도 비로소 그 맛을 깨쳤다고 말할 수 있다. 그녀에게 달콤하다면, 내게도 물론 달다. 그녀가 좋다면, 나는, 더 좋다.

한데 촌장이 한 말을 곰곰이 되새기자니 내가 관심을 가져야 할 것들은 비단 나무뿐만은 아니라는 생각이 드는 게 사실이다.

나무가 분명 인도에서도 신성神性이며 사상을 잉태하는 필수불가
결한 존재라고 해도, 나는 그것보다는 여행 코스며 숙박, 음식 등
에 더 신경을 써야만 한다. 우리 넷이 선발대로 밟게 되는 길 그
대로 다솜터 주민들의 여정도 정해질 것이기 때문이다. 촌장은 아
마도 그 점을 지적했으리라.

"인도에서 우리가 배워야 할 게 무엇일까요?"

오초혜도 생각난 듯 묻는다. 이국적인 풍경들에 둘러싸여 잠시
어리둥절하긴 했어도 책임감은 서로 나누고 싶어도 나누어질 수
없는 모양이다.

"우선은 보이는 대로 두 눈에 부지런히 담아야겠지요. 이 사람
들은 불교를 만들어 우리에게 전파한 사람들입니다. 그게 거의 이
천 년 가까이 우리 의식을 지배했지요. 지금 이 나라는 불교가 아
니라 힌두교를 숭상하고 있지만, 힌두교의 다신多神 숭배방식은
불교를 통해서 우리에게도 영향을 남겼어요. 그리고 인도인들은
숫자 0을 발명한 사람들이기도 하죠. 그건 어쩌면 불교보다도 더
뛰어난 깨침이었다고 할 수 있어요."

"그런데 왜 앞선 문명의 발상지들은 오랫동안 못살았던 걸까
요? 이집트나 인도, 중국, 메소포타미아 지역까지 다……"

"세계 문명사에 기록된 혁명들, 굳이 다른 표현을 쓰자면, 그
쿠데타에 밀렸다고 할 수 있겠죠. 청동기혁명, 산업혁명, 뭐 그런
것들 말입니다. 하지만 못산다는 말은 틀렸을 수도 있어요. 인도
인들은 오랫동안 운명에 순응하는 삶을 최고 경지로 여겨왔거든

요. 그리고 미국 하버드 대학 교수 가운데 칠십 퍼센트는 어떤 식으로든 인도와 연관된 사람들이라는 얘기를 들었어요. 거기 출신이거나 적어도 거기 있었던 어떤 것으로 박사학위를 받았거나…… 그러니 인도는 지금 이 순간에도 인류 문명의 교편教鞭 같은 게 되고 있는지도 모르죠."

오초혜는 불교 유적지를 한 군데만이라도 찾아보고 싶다고 떠나오기 전에 말했다. 어디를 어떻게 갈 것인지, 여행 계획을 짜는 일은 신나고 흥분되는 일이었다. 우리는 마치 우리 둘이서만 신혼여행이라도 떠나듯 내내 몸이 달아올랐었다. 비록 낮 시간뿐이지만 함께 있어도 좋다고 허락을 받은 것이나 다름없었다. 그래서 우리는 내 연구실에서 자주 만났고, 거기서 인도를 꿈꾸었다. 새들의 아주 짧은 섹스, '새호루기' 같은 걸 즐기면서……

우리 이동로에서 가볼 수 있는 불교 유적지라면 바라나시 인근의 '녹야원鹿野苑'이 있을 터다. 부처가 성도한 뒤 처음 설법을 열었다는 곳, 그리고 바라나시는 오래전 미륵의 탄생지라고 한다. 하지만 오초혜는 번갯불에 콩을 튀겨먹듯 짧은 새호루기 끝에 굳이 녹야원에 가지 않아도 상관없다고 했다. 그 섹스는 일종의 깨달음이었을까?

호텔에 도착하자마자 촌장은 침대에 몸을 부리고 만다. 머리가 지끈거린다고 했다. 거친 풍랑에 시달린 뱃사람처럼 그는 어지러운 도로 가운데서 이미 녹초가 되고 말았다.

"나는 여그서 죽은드끼 자빠져서 쉬고 있을 판잉게, 서니서 후

딱덜 댕겨오드라고! ……저기헝게 여그저그 아문 디나 불쑥불쑥
지웃거려쌌던 말고이?"

산책을 나가기로 해놓고 판을 깨는가 싶어서 조바심을 치는데
그는 의외로 선선하게 말한다. 할 수 없이, 이게 웬 떡이냐 싶은
마음으로, 나는 오초혜와 파라디를 대동하고 호텔을 나선다. 그런
데 기다렸다는 듯이 구걸하는 이들이 우리를 에워싼다. 인형 같은
아이를 품에 안고 있는 젊은 여자와 어린이 들이다.

"모두 여섯이네요. 십 '루피' 열 장만 줘요."

오초혜가 나에게 손을 내민다. 돈은 모두 내가 간수하고 있기
때문이다.

"저들을 다 먹여살리려고?"

"시끄러워요, 선생님."

오초혜가 나에게 눈을 흘긴다. 나는 할 수 없이 그녀에게 지폐
열 장을 건네준다. 그래봤자 백 루피, 우리 돈으로 이천오백원이
조금 넘는 돈이다. 오초혜는 그걸 한 장씩 고루 나누어주었다. 그
모습을 보고 멀리서 또다른 아이들이 우르르 몰려왔다. 그녀가 그
들에게도 나머지 돈을 쥐여주었다.

"우리는 십 루피로 아무 일도 할 수 없지만, 저들은 한 끼 식사
를 훌륭하게 해결할 수도 있어요. 잘하면 가족이 모두 배를 불릴
수 있고……"

"그걸 여기서는 '박시시Baksheesh'라고 한다고 들었어. 그 말은 흔
히 이중적으로 쓰여서 받는 쪽에서는 구걸이고, 주는 쪽에서는 자

선이랄 수 있지. 아니, 그 반대일지도 모르겠어. '보시布施'가 그렇듯이…… 그런데 박시시에 대해서는 여기서도 논란이 끊이지 않는다고 해. 물론 거지 쪽에서 즐겨 쓰는 말이겠지만, 스스로 선을 쌓을 수 있는 기회를 제공했으니까 거지들에게 감사해야 한다고 말하는 사람들이 있는가 하면, 지성인 가운데는 그게 오히려 거지를 거지로 키우도록 장려하는 길이라고……"

"오빠! ……시끄러워요."

오초혜가 단 하나의 빛나는 호칭으로 내 말문을 막아버렸다. 그리고 앞서 걷고 있던 파라디 쪽으로 성큼성큼 걸음을 옮겨갔다. 나는 자리에 멈춰 선 채로 그녀가 발음한 '오빠'라는 호칭에 사로잡혔다. 어떤 막강한 자기장 속에 들어선 듯, 온몸이 어질어질했다. 다분히 장난스럽던 그 말을 내뱉는 순간의 입 모양이며 악센트, 묘한 성조聲調 같은 것들이 번갯불처럼 내 가슴을 치고 간 것이다. 언젠가 '당신'이라고 나를 불렀을 때처럼……

29

서른 시간 가까이 야간 침대열차를 타고 우리는 이윽고 인도 동남쪽에 위치해 있는 '오로빌'에 닿았다. 우리나라로 보면 서울에서 이천, 용인을 들러 상주 어디쯤을 거쳐 포항 정도에 닿은 셈이다. 지형으로 볼 때 그렇다는 것이지 거리로 셈을 하면 그곳들보다 무려 이삼십 배가 넘는 먼 길이었다.

오는 길 내내 촌장은 불평이 아주 많았다. 음식이 맞지 않는데다가 가도 가도 똑같은 풍경뿐이어서 질린다고 했다. 거기다가 역에서 잠깐 내리기라도 할라치면 거지들이 우르르 몰려들고 어디서나 악취가 풍긴다고 했다. 음식이 맞지 않는다는 말은 사실 그의 편식 때문이다. 그들이 요리할 때 가미하는 향초香草만 제거한다면 음식은 정말이지 풍부하고 또 다양했다. 과일만 해도 얼마나 풍성한가? 사탕수수며 망고, 구아바, 리쯔, 파파야, 라임, 파인애플, 람부탄 등, 우리는 기회가 있을 때마다 그것들로 만든 주스를 사서 마시거나 날로 먹었지만 촌장은 당뇨를 걱정해서 아예 손도 대지 않으려고 했던 것이다. 어디를 가나 풍경이 똑같다고 했지만 그것 역시 제대로 보지 못해서 생긴 오해에 지나지 않는다. 창가에 서서 밖을 바라보면 소나 개, 돼지 등의 가축뿐만 아니라 어디서나 야생동물이 눈에 띈다. 낡은 지붕 위에는 원숭이가 무리지어 있고 들판을 지날 때에는 재두루미나 공작새, 뜸부기 등 책에서나 볼 수 있는 새들이 지천에 가득했다.

"야덜은 대처 왜 이렇게 산다냐, 시방?"

열차 침대에 누운 채 촌장은 간간이 이를 악물었다. 특히 씹는 담배를 즐기는 서민들이 불그죽죽한 침을 찍찍 뱉어댈 때는 어김없이 불평하곤 했다. 나이가 들고 난 뒤의 여행은 의미가 없는가……? 어떤 일에도 적응을 거부하려는 촌장을 보며 나는 그런 의구심을 품었다. 사람들은 나이가 들면서 편안함을 추구하기 마련이다. 오랫동안 길들여진 편리성의 기준이 확고해서 여간해서는 바꾸려고 하지 않는다. 양말이 한번 발가락양말이어야 한다면, 그리고 셔츠가 한번 T자형이어야 한다면 언제까지나 그래야만 한다. 그게 바로 보수다. 입맛은 언제나 그 입맛이어야 하듯, 가치관은 좀체 변하지 않는 법이다. 그래서 이질적일 수밖에 없는 인도의 풍습과 제도는 불편해진다. 그 불편이 불만을 낳는 것이다.

기차를 함께 탄 우리 주변의 인도인들은 대개 정중하고 친절했으며 예의바른 사람들처럼 보였다. 촌장은 곳곳에서 맞닥뜨리는 걸인들이나 불가촉천민들의 비참한 처지를 목격한 이후로 어떤 선입견에 사로잡혀 있는 게 분명했다. 물론 나도 예외라고는 할 수 없다. 이를테면 바라나시 갠지스 강변의 '가트Ghat'라고 불리는 화장터에서 일하던 인부들, 죽음을 기다리며 아무렇게나 누워 있던 노인이며 행려병자, 우리가 내려다보는 가운데 불타던 시체, 시체가 타는 냄새, 시커멓게 그을린 돌계단, 죽은 이를 장식했던 꽃다발을 먹기 위해 몰려드는 소와 염소 들, 다 타지 않은 채로 강물에 버려지던 뼛조각, 거기 코앞에 앉아 물고기를 낚던 낚시꾼…… 나도 그런 모습들에 초연할 수는 없었던 것이다. 오초혜는 통곡을 했고, 비교적 감정표현이 무딘 편인 파라디도 그녀를 따라서 끝내 눈시울을 적셨을 정도니까……

"여그넌 천국이고마닝?"

촌장의 표현이 그랬다. 바라나시에서 고생하면서 왔기 때문이리라. 내게 오로빌은 기묘하면서도 사치스러웠다. 굳이 비유하면,

밤송이를 닮았다고 할 수 있다. 날카로운 가시가 외부를 방어하고 있는데 그걸 제거하면 강한 껍질로 둘러싸인 밤톨이 나타난다. 하지만 그걸로 끝이 아니다. 그 내부는 다시 떫고도 쓴 막이 가로막고 있다. 단 과육은 거기 온전하게 보존돼 있는 것이다. 사실 이 느낌은 인도 곳곳에서 받은 것이기도 했다. 이를테면 곳곳의 상류층 거주 지역, 저명한 선각자들의 '아쉬람Ashram' 공동체들, 호화스런 옛 왕궁이나 신전들은 똑같이 인도 안에 자리잡고 있으면서도 전혀 다른 차원의 공간이었다. 카스트제도로 나뉜 브라만과 불가촉천민이 서로 비교할 수 없는 존재들이듯……

오로빌에서 내가 부러워했던 게 포장되지 않은 붉은 황톳길과 울창한 나무숲 정도라면 너무 인색한 평가일까? 그 숲길이 너무 강렬했기 때문일 수도 있다. 사실은 오로빌의 그 많은 장점들을 어떻게 모두 다솜터에 전할 수 있을까 걱정했을 정도니까…… 그러다가 나는 문득 좀 엉뚱한 아이디어 하나를 얻기도 했다. 다솜터로 돌아가 자체적으로 라디오방송을 해보자는 게 바로 그것이다. 오초혜와 나란히 앉아 인도 음악을 곁들이면서 여행담을 들려줄 수 있는 일을 맡게 된다면 얼마나 좋을까?

오로빌에도 빈부 격차는 눈으로 확인이 된다. 마을 안팎의 주민들은 서로 화합하고 있는 듯 보이지만 그것은 일종의 '박시시' 같은 것으로 조율되는 듯하다. 구걸이면서 동시에 적선이 되는, 어떤 편리한 형태의 공생관계 같은 것 말이다. 이상스럽게도 늘 미소를 잃지 않는 쪽은 오로빌에 고용된 마을 밖 원주민들이고, 그에 비하면 성 안의 귀족들은 뭔가 못마땅한 표정이 얼굴에서 늘 떠나지 않는 듯하다. 이 느낌은 부러 나 스스로 강요한 건지도 모른다. 정작 그들은 아니라고 할망정, 나로서는 오로빌과 경쟁관계에 있는 다솜터 지도자 가운데 한 사람의 안목으로 그들을 관찰했으니까.

나머지는 우리 다솜터와 근본적으로 다를 게 없다. 맨발로 걷는 황톳길과 울창한 나무숲을 제외하면 말이다. 이곳이나 저곳이나 닭 농장은 있다. 여기도 거기도 유기농은 절대적이다. 굳이 차이점을 더 찾기로 한다면 양쪽의 체제를 들 수도 있다. 그리고 우리는 우리만의 화폐를 쓰는 데 비해서 오로빌에는 고유 화폐가 없다. 자신들이 부여받은 고유한 비밀번호로 결제하는 방식이 이채로웠다. 그건, 맨발로 걸을 수 있는 흙길 조성과 더불어 우리 다솜터가 본받아 도입할 수도 있으리라. 물론 그건 어느 한쪽이 잘못되거나 틀린 게 아니다. 다만 다를 뿐이다.

아니, 반드시 언급하고 싶은 차이점은 따로 있다. 오로빌에서는 가족들이 입주해서 살거나 거기서 새로운 연인을 만나 가정을 꾸린다. 그리고 이세와 삼세 들이 자라나서 마을의 새로운 주민이 된다. 그 점 하나만은 오로빌이 우리 다솜터와 명백하게 다르다.

"우리, 이곳에 와서 살까? 저 한국인들처럼……?"

사흘을 지낸 뒤, 오초혜를 넌지시 떠본다. 우리 머리 위로 펼쳐진, 오로빌의 그 유명한 반얀나무 그늘은 하늘의 비구름만큼이나 넓고 크다. 조상이 되는 나무가 자식을 낳고, 그들이 다시 자손을 낳아서 모두 떠나지 않은 채 한자리에서 대를 이어가는 이 나무의 무한한 대가족의식은 부럽고도 황홀하기만 하다.

오초혜는 대꾸하지 않는다. 허공에 드리워진 나무의 실뿌리 하나를 잡아당기더니 그걸 제 손목에 돌돌 말고 있을 뿐이다. 다람쥐 서너 마리가 부지런히 나무를 오르내린다.

"이걸 다솜터로 옮겨도 살 수 있을까요?"

그녀가 손목에 감았던 실뿌리를 풀어낸다. 우리는 서로 동문서문東問西問할 뿐이다. 이번에는 내가 대꾸하지 않는다. 우리가 이 머나먼 인도 땅까지 와서 과연 제대로 뿌리를 내리고 살 수 있겠느냐고 묻는 것일까? ……그렇다면 나는 우선 반얀나무 뿌리를 한국으로 옮겨서 살게 할 수 있는지 대답해야만 할 것 같다.

"엊그제 '아그라'에서 이제 하나도 겁나지 않는다고 하신 말씀은 무엇이었어요?"

오초혜가 다시 묻는다. 그녀가 인형공장으로 일하러 가야 할 시각이어서 나는 천천히 그쪽으로 발걸음을 옮기기 시작한다. 그녀와 파라디는 인형 만드는 일을 얻었고 나는 벽돌공장, 그리고 촌장은 '게스트하우스' 농장에서 일을 거들면서 우리 모두 숙박비를 아끼고 있다. 그건 장차 이곳을 찾게 될 다솜터 주민들이 의무적으로 해야 할 일들이기도 하다.

"당신 아버지에게 부탁해볼 거야. 어떤 예감이 있어."

"……?"

"거래를 하자고 제안하려고 해. 당신 아버지는 경제를 잘 아는 분이니까 거래라고 한다면 관심을 보이실 거야."

"그게 뭐든 그분을 과소평가하지 마세요."

"알아. 내 안에 존재하는 당신의 질량만큼 무겁고 큰 것을 제시할 거야."

"전 한없이 가벼운걸요?"

그녀가 희미하게 웃는다. 그 표현 때문인지, 아니면 희미한 미소 때문인지 갑자기 내 가슴속이 서늘해진다. 그래서 그녀를 똑바로 쳐다볼 수 없다. 스스로도 한없이 가볍다고 말하는 그녀를 나는 아직도 들어 옮기지 못하고 있는 것이다.

"선생님을 알게 된 이후로 전 바보가 된 것 같아요. 왜 그런지 아세요? ……오해는 하지 마세요. 모든 걸 선생님께 의지해왔기 때문이에요."

인형공장으로 들어서면서 그녀가 말했다. 나는 터덜터덜 벽돌 공장으로 향한다. 쇠공을 양쪽 발목에 매단 듯 발걸음이 무겁다. 나무 그늘에서 사지를 벌리고 태평스럽게 졸고 있던 개 한 마리가 나를 힐끔 바라본 뒤에 도로 눈을 감는다. 소도 소지만 인도는 개의 천국이기도 하다. 특히 오로빌 일대는 더욱 심하다. 그 수많은 개들이 자주 짖지 않는다는 사실이 그나마 다행스럽다. 개조차 이곳의 생활철학을 다 숙지하고 있는지 다른 사람들의 일에는 아예 관여하지 않는 것 같다.

218

30

"염천 뙤약뙤약헌 햇볕에 나앉은 개 부랄맹키로 자꼬 뽀작뽀작 앵겨붙는 거를 카만히 봉게로, 나헌티 시방 풀어야 헐 야그가 분명히 있긴 있는게빈디, 그러지롸우?"

잠자코 밭둑길을 걸어가던 촌장이 의아스런 눈초리로 나를 돌아본다. 얘기를 어떻게 꺼내야 할지 아직 정해지지 않았는데 그가 앞질러 선수를 쳐버린 것이다. 나는 마을 중앙에 높이 솟은 명상센터 쪽을 잠시 멀거니 바라보았다. 촌장과 담판을 지을 속셈으로 벽돌공장 대신 그를 따라나선 길이었다.

"기요 앙 기요? ……우리 둘 중서 말 못 허고 뛰다 죽을 구신鬼神은 엘라 내 쪽일 턴디, 먼 일이간디 아까부텀 말을 자꼬 애껴 쌓는 것이랍뎌, 시방?"

"아닙니다. 여행도 다 끝나가는데 그동안 촌장님과 대화 한번 제대로 나누지 못한 것 같아서……"

"거짐 막판인디 인자사 대화라고롸우? ……그면 막판이등 첫판이등 얼릉 보따리 풀어보드라고이?"

콩밭에서는 기름진 흙이 발산하는 더운 공기가 훅 끼쳐왔다. 밤사이 내린 이슬이 말라가는 시각이다. 내 입술도 타고 있다.

"물질만으로는 파라다이스를 만들 수 없다는 사실쯤은 촌장님께서 누구보다 잘 아실 것입니다. 다슴터를 세우신 주역 가운데 한 분이니까요. 게다가 요즘에는 먹고사는 문제에 목숨을 거는 사

람들은 없습니다. 웬만하면 먹고살 수는 있으니까요. 그러니 행복
이라는 것은, 그리고 낙원은 뭔가 그 이상의 것들을 줄 수 있어야
합니다."

"글씨, 그거는 그렇게비다 치고, 그리가꼬, 머시요이, 시방?"

"따님을 풀어주십시오. 원하는 곳으로 데려가겠습니다. 그곳은
지금 작고 보잘것없을지도 모릅니다. 현재의 낙원이 아니라 미래
의 낙원이기 때문입니다. 인간의 가장 기본적인 욕구가 무시되지
않는 곳이니까요. 촌장님께서도 그걸 잘 아시잖습니까?"

촌장이 내 얼굴을 빤히 바라보면서 잠시 미소를 지어 보였다.
나는 그 순간 얘기가 아주 길어질 것이라는 사실을 직감했다. 대
화가 결코 쉽지 않으리라는 사실도…… 말할 나위도 없이 그건
이미 강고하게 세워져 있는 어느 하나의 왕국을 무너뜨리겠다는
것과 같은 무모한 도전으로 비칠 것이다. 어느 한 종교 종파의 근
간이 되는 교리를 혼자서 송두리째 들어내려는 시도 같은 것.

"이보, 선악과 선생!"

촌장의 입에 올려지는 선악과 선생이란 호칭은 언제 들어도 불
순하게만 들린다. 콩밭으로 쏟아지는 햇볕이 몹시도 따갑다. 모자
하나를 쓰고 나오기는 했지만 직사광선은 모자까지 뚫는 듯 강렬
하다. 등허리로는 그새 끈적끈적한 땀이 흘렀다. 오초혜는 땀냄새
가 좋다고 말했었다. 그 말은 사실일까? 우리가 이곳에 살면서 내
가 이렇듯 땀 흘려 일하다가 집으로 돌아가면 오초혜는 수건을
들고 달려나오겠지. 그때마다 그녀는 내 땀냄새를 실컷 맡으리라.

그리고 그녀 말이 사실이라면 우리는 그때마다 틀림없이 키스하고, 구렁이처럼 또 마구 한 몸으로 얽힐 것이다. 그리고 그때마다 그녀의 알몸에 내가 내 이름을 쓰고……

"자빠진 짐에 쉬어간다고, 무지헌 내가 이참에 충고 쪼깨 허께요이? 우리 다솜터서 선생이 욕심낼 일이 있능가 허면 감히 손을 뻗쳐서는 안 될 것도 있다능 거를 참말 몰로요, 시방? 모다덜 떠받들기만 허는 판국이라 대처 선생이란 작자들은 눈치코치 없어도 되는 뱁이라도 있답디여? ……여태까장은 그려도 다솜터를, 머깐에, 허고 자쪘던 대로 되작되작 업어치고 메치고 다 허다봉게로 깜냥에 자부심도 클랑가 몰로지롸우. 그리가꼬 시나브로 간댕이가 붓어가꼬, 누 말짜꾸로, 인자는 선악관가 머싱가 허는 낭구 밑으다가 시커먼 손도 뻗어보는 모냥인디요이. 인자 내가 더는 못 본 체험서나 그냥 넘기던 안 헐 판이오. 긍게 선생도 시방 이 자리서 이조 단단히 명심허는 거이 암만혀도 신간 펜할 거싱마는……!"

잔뜩 위협을 해놓고도 촌장은 분을 참지 못하고 한동안 씩씩거린다. 송이향의 언니가 들려줬던 얘기들이 그 씩씩거리는 숨결에 담겨 수많은 화살촉처럼 내 귓속을 찔러댄다.

"선생이 우리 다솜터서 을매나 구중시런 사람인가를 후딱 깨치라는 충고까장도 그 머시냐, 대화 목록으다가 낑궈넣으면 쓰것고만! ……선악과 선생은 진작부텀 위험인물에 더히서 요시찰 대상까장 되았능게요. 거그다 빨갱이덜 말짜꾸로, 분란분자로 도장 찍

했는디, 먼 말을 더 헐랍뎌, 시방?"

"제가 그럴 만한 일이라도 저질렀던가요? 혹시 촌장님께서 품고 계시는 야망이나 꿈꾸고 있는 일에 제가 방해되기 때문인가요?"

"야망, 꿈? ……그렁 거이 머시가니요?"

밭두렁의 야자나무가 흔들리면서 바람이 조금 불어왔다. 그렇다면 비가 내릴 징조다. 우리 한국에서는 지역에 따라 '외상구름'이 없다는 속담이 있지만 인도에는 말 그대로 '외상바람'이 없다. 구름이 끼었는데 비가 내리지 않는 경우가 없듯이 바람이 불었음에도 비가 내리지 않았던 적은 없었던 것 같다.

"촌장님께서는 다솜터의 이인자시죠. 그건 촌장님께서 인정하지 않는다고 하더라도 변함없는 사실입니다. 그리고 세상의 모든 이인자들은 일인자의 자리를 꿈꾸게 됩니다. 그건 제가 알고 있는 한 진리입니다. 저는 그 반면 다솜터 서열에서 삼인자도, 오인자도 못 됩니다. 그 사실은 촌장님께서 잘 아시겠지요. 그래서 저는 삼인자를 꿈꾸지도 않고 오인자를 욕심낼 처지도 되지 못합니다. 단도직입적으로 말씀드리자면 촌장님의 적수가 되지 못한다는 뜻입니다."

"하따! 선생이라 그렁가 참말 빨르요. 자기가 시방 다솜터 멫 등인가 벌써 연구를 끝냈습디여?"

"그런 얘기가 아니라는 사실은 촌장님께서 아시잖습니까?"

우리가 만약 오로빌로 이주하게 된다면 내가 가장 먼저 해야 할 일은 오두막을 짓는 일일 것이다. 오로빌을 처음 세웠던 이들이 맨 처음 벌인 일도 그것이라고 한다. 야자나무 잎사귀를 잘라다가 그저 새막처럼 지어놓은 게 이곳의 오두막인 '헛 hut'이다. 별게 아니라 그저 규모가 큰 비가림막 같은 것이라서 나도 그쯤은 충분히 지을 자신이 있다. 몇 채든지…… 기후가 온화하기 때문에, 아니 따뜻하거나 뜨겁기 때문에 인도인들은 예부터 오두막을 짓고 살았으리라. 촌장의 불평처럼 게으른 심성 때문만은 아닐 것이다. 대로변이든 광장이든, 아무 곳에서나 누워 자는 '홈리스 homeless'들도 그래서 굳이 집을 소유할 필요성을 느끼지 못하는지도 모른다. 하지만 나는 오두막부터 우선 짓고 싶다. 오초혜의 알몸에 대고 내 이름을 쓰는 일을 다른 사람들에게 보여줄 수는 없을 테니까.

"촌장님께서는 그저 기다리기만 하면 언젠가는 일인자가 될 것이라고 생각하고 계실지도 모르겠습니다. 설립자 어르신은 지금 연로하시니까요. 아니라고 부정하셔도 상관없습니다. 그런데 제가 하나 여쭙겠습니다. 세상의 모든 이인자들 중 그냥 기다리기만 해서 저절로 일인자가 되는 경우를 보셨습니까?"

"인자사 선생 본심을 쪼깨씩 내비치기로 작정했습디여? 알아듣기가 아까보담은 훨긴 수월헌디, 말허자면 시방 나를 꼬셔보겄다, 이 말이지라우?"

"다솜터에서 저는 삼인자는커녕 삼십 인 축에도 끼지 못할 것입니다. 하지만 자신할 만한 일이 하나 있습니다. 촌장님을 도와

드리기로 한다면 분명 힘이 될 수 있으리라는 점이죠."

"보쇼, 구선생. 다시는 그런 말 입으다 담지 마시요이? 여그 인도 길 가상에 넘치는 소똥 반죽보다 더 드럽소만, 그런 거를 일러가꼬 바로 분란이라고 안 헙디여? ……시방 헌 말씀만큼은 재수가 졸라고, 마치맞게 내 귓구녕이 막히는 바람에 듣지 못헌 걸로 허둘라요. 헌디 명심허시요이? 다솜터는 다솜터만의 발통으로 굴러갈 거긍만요. 바꾸가 똥그랑가 울퉁불퉁헝가는 우리덜이 몰라도 말요. 힌트 하나 드리까이? ……나는 다솜터서 영원한 이인자가 될라고 허요. 시방 내가 이등이 맞다면 말이지라우."

"따님을, 젊은 따님을 희생양으로 바쳐서 말인가요?"

"머셔……?"

촌장의 얼굴이 순식간에 붉게 달아올랐다. 나는 그제야 아차 싶었지만 이미 뱉어낸 말이다. 나도 한순간에 귀밑머리 아래로 식은땀이 흘러내린다.

"죄송합니다. 표현이 지나쳤습니다."

"당신, 여그서 당장 비키쇼. 치나라고! ……글고, 내 눈앞에 두 번 다시는 꼴산등을 비치지 마시오!"

"……"

멀뚱하게 바라보던 눈길을 접으며 나는 고개를 숙일 수밖에 없다. 그리고는 뒤돌아서서 잠자코 콩밭을 물러나온다. 해서는 안 될 말을 한 건 아니다. 언젠가 한 번쯤은 반드시 따져야 한다. 참선현장의 용어를 빌리자면, 이판사판에서 촌장을 향해 날려보는,

최후의 '할^喝'이다. 다행스럽게 그를 깨치는 일갈이 되기를 기대하지만, 끝내 되돌릴 수 없는 실언으로 받아들여질지언정……

야반도주……!

오랫동안 꺼려왔던 말이 한순간 내 머리를 스치고 지나간다. 이제 방법은 더이상 없다. 아니, 있을 수도 있겠다. 촌장이 가만히 앉아서 일인자 혹은 이인자를 꿈꾸듯 나 역시 지금의 상태를 인내하면서 좀더 끈질기게 지켜볼 수는 있다. 조금만 견디면 어떤 골치 아픈 문제든지 저절로 풀리게 될 것이다. 아무리 몸에 좋은 음식만을 섭취한다고 하더라도 인간의 생명은 유한하고, 결국은 죽는다! ……하지만 그건 사랑이 아닐 것이다. 사랑이 아닌 것 같다. 용납할 수 없는 것들을 사랑이라는 이름으로 포장하고 자신을 속이는 짓은 결코 사랑이 아니다.

'오초혜는 나를 진정 사랑하는가?'

해묵은, 그러면서도 끝내 해결되지 않은 의구심 하나가 내 옆구리를 불쑥 차고 오른다. 하릴없이 나는 반얀나무 쪽으로 향한다. 그녀를 불신하는 건 아니다. 그녀는 지금 어떤 식으로든 볼모로 잡혀 있는 처지라고 해야 옳다. 그 생각에 이르자 별안간 눈물이 쏟아진다. 인도에는 '외상바람'이 없는 것으로 알고 있었는데 비가 내리지 않는 대신 내 눈에서만 비가 내리는 셈이다. 나는 눈물이 흐르는 대로 스스로를 맘껏 풀어놓기로 한다.

31

"저는 '모든 신은 하나'라는 인도 선각자들의 주장에 동의해요. 아주 멋지기도 하구요. 그래서 사원 하나를 지어놓고 거기서 기독교 신자든 불교도든 또는 이슬람 신봉자든 누구나 자기 믿는 바대로 기도를 할 수 있다는 게 대단한 일 같아요. 제가 가만히 지켜보니까, 굳이 비유를 들자면, 불교에서는 소를 찾아다니고尋牛, 기독교에서는 잃어버린 양을 찾고 있어요. 양이든 소든 찾을 수 있는 공간 하나, 그건 우리 다솜터에도 필요하지 않을까요?"

비키라고, 자기 눈앞에 꼴을 보이지 말라고 했건만 저녁에 나는 촌장을 다시 만나야 했다. 인도에서의 마지막 식사와 더불어 넷이 모두 모여 여행을 정리하자고 미리 해두었던 약속 때문이다. 하지만 촌장은 침묵했고, 나는 눈길조차 제대로 맞추지 못하면서도 버텼다. 우리 둘 사이를 흐르는 냉랭한 기류에 손을 넣고 휘저어 차고 어색한 얼음의 침묵을 깬 건 오초혜였다.

"그래요, 초혜씨. 대단한 일이지 뭐예요."

파라디가 맞장구를 치고 나선다. 비유에 지나지 않는다고는 하지만, 오초혜의 비유는 일부 틀린 데가 있다. 기독교가 말하는 잃어버린 양이란 진리가 아니라 진리를 찾지 못하고 헤매는 '사람'을 지칭하기 때문이다. 어쨌거나 파라디는 여행 내내 우리에게 많은 도움을 주었다. 특히 그녀는 밖에서 인터넷을 한다는 핑계로 늦은 밤까지 방을 비움으로써 오초혜와 내가 함께 지내도록 배려하는 듯했다. 보나마나 우리 관계에 대해 눈치를 채고도 남았을 것이다. 물론 그런 점에서라면 촌장에게도 감사해야 한다. 초저녁부터 그를 찾아와 씨름을 걸고 기어이 쓰러뜨리고 마는 노인의 잠버릇 말이다.

"초혜씨가 아시는 것처럼, 제가 보기엔 구성원들의 다양한 종교를 다 인정하는 공동체는 세상에 거의 없었어요. 그건 분열과 갈등을 낳는 지름길이 될 테니까요. 그래서 모든 공동체의 첫 번째 특징은 하나의 종파로 이루어진다는 점이죠."

파라디의 뒤쪽 벽에는 초록색 도마뱀 한 마리가 벽지 문양처럼 붙어서 움직이지 않는다. 촌장은 바라나시의 호텔방에 나타난 도마뱀을 보고 질겁해서 호통을 친 적이 있다. "저거 저거, 파리채로 탁 쌔려가꼬 이깨려번져! 지발, 으잉?" 그러자 지배인은 오히려 알 수 없다는 표정을 지으며 두 손을 들어올렸다. "노 프로블림No problem......!" 문제될 게 없으니 안심하라는 뜻이었다. 그 말은 어쩌면 일상생활에서 인도인들이 가장 자주 사용하는 말 중에 하나일 것이다. 그리고 또하나가 있다면 '에즈 유 라이크as you like'다. 그들의 인생관을 그 두 마디 말로 압축해볼 수 있을까? 아니면 그게 바로 그들의 종교관일 수 있을까? 문제없어. 그냥 당신 좋을 대로 해…… 이거야말로 촌장이 꼭 배워야만 할 표현 같다.

"그럼에도 불구하고, 우리 다솜터는 어떻게 특정한 종교와 종파가 없이도 유지가 가능할까 하고 프랑스에 있을 때부터 저는 늘 궁금했어요. 다솜터의 주류는 무신론자들이기 때문일까요? 그렇다면 우선 당장은 괜찮을지도 모르죠. 하지만 결코 가볍게 넘겨서는 안 됩니다. 지옥 끝까지 가서 선교한다는 이들이 있는데요. 지금 이 순간에도 누군가는 눈에 띄지 않게 그런 적극적인 선교를 하고 있을지도 모릅니다. 아니, 반드시 그럴 거예요. 이교도들만의 황무지에 복음을 전하는 일은 그들에게 흔히 최고의 덕목으로 존중을 받으니까요. 그런 날이 와도 다솜터는 여전히 너그러울 수가 있고, 평온할 수가 있을까요?"

옳은 얘기다. 내가 사당을 짓자고 한 것도 사실은 그 때문이다. 그건 교회라고 불러도 좋고, 절 혹은 사원이라고 해도 무방한 공간이다. 이를테면, 인도인에게 '어머니의 강'이라고 불리는 갠지스는 인도 전역의 물줄기가 하나로 합수쳐서 흐르는 강이다. 합수合水, 산스크리트어로는 그걸 '상감sanngam'이라 한다. 인도인들에게 갠지스가 어머니가 될 수 있었던 건 바로 이 상감의 무한한 포용성 때문이라고 한다. 이질적인 문화와 종교에 대한 끝없는 배려와 조화, 그게 인도 정신의 위대성일 것이다. 앞에서도 나는 얘기했다. 신이 만약 세상을 창조했다면, 그건 바로 인도의 길바닥 위에서 벌인 작업일 것이라고. 그리고 그 창조의 속성 중 하나는 다양성이다. 그러니 창조론을 신봉하는 이들일수록 세상의 다양성을 존중해야 스스로의 모순에 빠지지 않는 것이다.

어쨌든 나도 내 생각을 말하려고 했다. 촌장이 입을 다물망정 저녁식사 회합에 부합되는 말을 한마디쯤 해야 했다. 촌장은 심사가 뒤틀려 있을 테니까 내가 입을 열수록 은근히 부아가 치밀어오를지도 모른다. 다솜터의 길들을 맨발로 걸을 수 있도록 질 좋은 황토를 깔고, 마을의 모든 공터마다 한 군데도 빼놓지 않고 키가 큰 나무를 심는다. 느티나무든 소나무든 대나무든 혹은 반얀나무든…… 그리고 다솜터 고유 화폐를 쓰는 대신 오로빌처럼 주민들에게 아이디를 부여해서 그걸로 모든 거래를 하도록 제도를 고친다. 물론 두말할 나위도 없이, 그 건에 대해서는 촌장이 들고일어나 거세게 반대할 게 틀림없다. 그건 이른바 경제와 관련된 일이고, 더구나 내 주장을 받아들여 제도가 그렇게 바뀐다면 그가 주도권을 잃게 되는 하나의 상징이 될지도 모른다고 여길 수 있다.

파라디가 말을 끝내는 순간, 나는 비로소 고개를 쳐들었다. 그때, 느닷없이 오초혜가 빵을 토해냈다.

"언니……!"

파라디가 재빨리 오초혜의 등을 두드렸다. 그렇지만 오초혜의 헛구역질은 멈추지 않았고, 급기야 그녀는 두 손으로 입을 틀어쥔 채 화장실을 향해 달려갔다.

"아니, 너……!"

촌장이 놀란 눈을 치떴다. 나는 그때까지도 사태를 제대로 알아차리지 못했다. 오물 냄새가 진동하는 인도의 골목길과 시장통에서도 결코 눈을 돌리는 일이 없던 그녀의 강인함, 그 선입견 때문이다.

그녀가 화장실로 달려간 뒤, 나는 촌장의 입가에 새털구름처럼 흘러가는 미소를 보았다. 갠지스 강 건너편 푸른 하늘에 떠 있던

229

그런 아스라한 구름, 촌장은 속으로 무슨 쾌재라도 부르는 것처럼 보였다. 가사와 곡조를 짐작할 수 없는 그 쾌재가 나를 한순간 섬뜩하게 만든다. 그리고 나는 비로소 깨닫는다. 그녀의 구역질이 인도 음식이나 악취, 무더위 때문은 결코 아니라는 사실을……

언제 그렇게 된 것일까? 6월, 아니면 7월? ……장맛비가 오초혜와 내 알몸 사이 계곡으로 시냇물 되어 흘러가던 날이었을까? ……물론 그날 이후로도 우리의 섹스는 중단되지 않았다. 내가 원하는 만큼 계속할 수 없었을 뿐이다. 하여튼 이게 바로 그것이겠지. 이게 그거야. 그녀가 임신을 한 것이지! ……나는 식탁에 고개를 파묻은 채 잼을 바른 빵조각을 입안에 넣었다. 땅콩잼이 사탕수수보다 달고 깨소금보다 고소하다.

그런데 이상하다. 촌장은 왜 미소를 짓는 걸까? ……그가 무엇인가를 오해한 게 아닐까? ……나는 아무리 궁리해봐도 그가 왜 미소를 보인 것인지 헤아릴 길이 없다. 그도 분명 그녀의 헛구역질이 무엇을 의미하는지 모를 리 없다. 그렇다면 그는 혹시 설립자를 염두에 두고 있는 걸까? ……그녀로 하여금 이 먼 인도까지 와서 헛구역질을 하도록 만든 이가 설립자라고……?

갑자기 웃음이 치민다. 그래서 나는 좀 전에 오초혜가 그랬듯 입을 싸쥐고 밖으로 뛰쳐나왔다. 내 행동을 보면서 어쩌면 촌장은 자기 생각을 고쳐 다시 오해할지도 모른다. 우리가 먹던 빵에 진짜로 어떤 문제가 있어서 그녀도 나도 입을 가린 채 뛰쳐나간 것은 아닐까 하고……

하여튼 우습기도 하고 어이도 없다. 까마귀 날자 배 떨어진다고 했지만, 내가 다솜터에 나타나자마자 그녀가 저절로 임신을 한 것이라고……? 배야 그럴 수도 있다. 그 무거운 날짐승이 비상하느라고 가지를 딛고 힘차게 날갯짓을 해대는 순간, 오뉴월 쇠불알마냥 대롱대롱 매달려 있던 애꿎은 배까지 뚝 떨어질 가능성이 있는 일이니까. 하지만 임신은 다르다. 씨도둑은 못 한다고 오랫동안 우리 선조들이 가르쳐왔다. 그렇지 않은가?

'아이 아버지가 정작 내가 아닐 수 있을까?'

밖으로 나서는 순간, 망령된 생각 한 자락이 나를 동여맨다. 고개를 세차게 흔들어보지만 어둔 망령의 거머리는 떨어져나가지 않는다. 그래서 이번에는 어둑어둑해지는 오로빌의 숲길을 마구 달려본다. 털털거리는 고물 오토바이들이 내 주위를 휙휙 지나쳐 가고, 놀란 개 두 마리가 화풀이라도 하듯 컹컹 짖어대며 내 뒤를 따라온다. 중국의 공자孔子는 그의 부친이 칠순에 얻은 자식이라고 했다. 그 생각이 들자 나는 더욱 속도를 내고, 성경의 어떤 인물은 무려 백 살이 넘어서도 아이들을 마구 낳았다는 얘기가 떠오르자 숨이 턱에 차도록 달린다.

아마 그때 무엇인가에 발을 찔렸으리라. 처음에는 느끼지 못했는데 게스트하우스에 돌아와 발을 씻으면서 비로소 알았다. 맨발로 미친 듯이 날뛰었으니 그럴 만도 하다. 왼쪽 새끼발가락 아랫부분이 찢겨나갔고 발에 묻은 황토는 핏물이 들어 검붉었다.

기껏해야 인간이라는 존재는 신발 두 짝에 담겨지는 부피와 중량을 지녔을 뿐인가……? 통증 때문에 나는 그런 억지 생각도 했다. 통증이 아니라 부아 때문일 수도 있다. 그래, 잘난 체해봤자 너희들 인간은 두 홉이나 세 홉에 지나지 않는 구두 두 짝이 넉넉하게 다 담고도 남는 존재지……!

다솜터에 돌아가면 '신발 축제'라도 벌이자고 해야 할 것 같다. 오로빌은, 아니 인도 전체는 축제가 만발하는 나라다. 축제가 그들의 고통을 잊게 하고, 신에게 바치는 축제가 그들에게 희망을 갖게 한다. 순례자들의 끊임없는 축제 행렬을 보면서 내가 느낀 것이었다. 그렇지 않고서야 순례지에 도착하기 사흘 전부터 금식하고 잠들지 않을뿐더러 큰 소리로 신을 찬송하면서 무작정 걷기만 하던 그들 무리를 어떻게 설명할 수 있을까? 그런데 우리 다솜터에는 축제가 없는 것이다. 그래서 하다못해, 신을 대상으로 하지는 못할망정, 신발 축제라도 벌이자는 데 생각이 미쳤지만 그건 물론 내 억지다.

오초혜가 아이를 낳는다면 그 일은 축제가 될 수 있을까……? 불안하고 또한 어지러운 상념들이 제재소 안의 톱밥 먼지처럼 끊임없이 인다. 발가락 통증도 심해진다. 소독약이며 진통제 등의 비상약품은 파라디가 챙겨왔을 테지만 나는 그녀들이 묵고 있는 방으로 들어설 엄두를 내지 못한다. 어떻게 오초혜의 얼굴을 대할 것인지 아직 결심이 서지 않았기 때문이다.

다솜터에서 절대적으로 신임을 받는 오초혜로 인해, 아니 그녀의 임신으로 인해 다솜터의 그 교리 아닌 교리가 바뀌면 정말 좋겠다. 누군가가 임신할 때마다, 혹은 아이를 낳을 때마다 저절로 축제가 열리는 공동체가 된다면 더 바랄 게 없을 것 같다. 그게 제대로 된 사회라고 할 수 있다. 하루에도 수만, 혹은 수십만 개 씩 생산되는 그 유정란有精卵을 자랑스럽게 여기는 설립자가 왜 그 것만 모르는 체하는 걸까? 그는 과연 다솜터를 무정란無精卵의 마을로 만들겠다는 것인가? 물론 인도로 떠나기 전에 설립자는 내게 직접 그 비극적인 가족사에 대해 얘기한 적이 있다. 하지만 그렇다고 해서 그게 곧 다솜터 주민들의 윤리가 돼서는 곤란하다.

나는 답답하고, 견딜 수 없을 정도로 발까지 쓰리고 아리다. 설립자가, 그리고 다솜터나 촌장이 숨기고 있는 게 더 있을지도 모른다.

'초혜야, 네가 알고 있는 일들은 도대체 무엇이냐?'

하늘을 향해 소리쳐본다. 멀찌감치 떨어진 개 한 마리가 파란 인광을 내고 있지만 나는 상관하지 않는다. 오로빌의 개들은 소만큼이나 순했다. 물어도 대답 없는, 내 가슴처럼 어둡고 답답한 하늘에는 개가 뿜어내는 인광처럼 섬뜩한 별들만 가득하다.

"어머, 어쩌다가 이렇게 됐어요, 응?"

오초혜는 내 다친 발을 보고 거의 울상이다. 몇 번씩 상처 부위를 소독하고 또 치료해준다. 소독약이 스며드는 날카로운 통증은 오히려 달게 느껴진다. 오르가슴처럼……

"그러니 왜 자꾸 맨발로 다녀요? 당신이 아이예요?"

아이라는 말을 무심코 내뱉은 그녀가 얼굴을 붉힌다. 그저 그

뿐, 그녀는 더이상 헛구역질을 하지는 않는다. 파라디가 있는 자리에서도 그녀가 나를 당신이라고 불렀다. 상처는 더이상 아프지 않다.

"괜찮아. 이건 아무것도 아니야. 산책이나 좀 하고 올까?"

"이 아픈 발루요?"

"지팡이를 하나 짚든지, 당신이 좀 부축을 해주면 되겠지."

그 순간 오초혜가 혀끝을 뾰족하게 날름 내민다. 인도로 오던 길에 자주 그랬던 것처럼……

우리는 게스트하우스를 나와 오로빌의 해변 쪽으로 천천히 걸었다. 그녀가 내 왼쪽 겨드랑이 밑으로 어깨를 밀어넣어 부축하고, 나는 딸깍딸깍 발을 내디뎠다. 해변은 고요했다. 인도양의 파도가 해변의 모랫바닥을 핥아대는 듯 쩝쩝거리는 소리만 연이어 들려온다. 밤중만 아니라면 여기 이 인도양에서도 멀리, 아주 멀리 다솜터가 보일 것 같다.

바닷가에 이르자 나는 싫다고 버티는 그녀를 데리고 물속으로 들어갔다. 젊은 주부들이 갓난아이를 가슴에 안고 포대기를 두른 자세로, 그저 그렇게 안고 싶었다. 그녀가 아니라 그녀의 뱃속에 자라고 있는 아이를 품에 안듯…… 모래는 부드럽고 바닷물은 따뜻했다.

"날 좀 어떻게든 해주세요."

그녀가 내 어깨를 꽉 끌어안은 채로 누가 듣기라도 하듯 속삭인다. 그녀를 안고 있는데도, 그녀의 부드러운 젖가슴과 살아 펄

234

떡거리는 뱃살의 활력에도 불구하고 그 말이 한없이 멀고 아득하게 느껴진다. 인도양과 동중국해, 그리고 그보다 더 먼 태평양에서부터 밀물져오는 파도처럼.

"당신, 할 수 있죠? 못 하시는 일이 없잖아요. 그렇죠?"

"다른 건 몰라도, 당신을 지키는 일이라면 자신 있어. 당신이 나를 사랑하기만 한다면……"

당신이 지금 뱃속에 키우고 있는 아이가 내 아이라면! ……하고 말할 뻔했다. 그 말을 듣고 싶고 또 직접 확인하고 싶었던 게 사실이다. 하지만 나는 목까지 차오르는 말을 묻지 못하고 있다. 다만 그 입술을, 스스로 먼저 말할 수는 없는 입술을, 하지만 확인시켜주고 싶어 안달하는 게 분명한 그녀의 입술을 내 입술로 덮는 것으로 대신하고 만다.

"이게 그 '카마수트라kamasutra' 같은 건가요? 당신이 기념품가게에서 골똘히 훔쳐보던 그 조각상……?"

앉아서 마주 보고 안은 자세에서 내가 오초혜의 몸속으로 내 몸을 밀어넣자 그녀가 키득거리면서 묻는다. 바닷물은 따뜻하고, 그녀의 몸속은 더욱 따뜻하고도 미끈거린다. 카마수트라는 오래된 인도의 섹스 경전이다.

"그런가……?"

나는 무심코 혼잣말처럼 중얼거린다. 여자, 아니 오초혜의 몸에들 때는 나는 그 어떤 생각도 자유롭게 펼치지 못한다. 그냥 그녀에게 파묻혀버리고 말기 때문이다. 그런데 누군가가 우리 둘 사이

에 새롭게 끼어들고, 그로써 우리는 이제 막 개화되는 절정의 사
랑, 그 한 시절을 마감하고 있다는 느낌이 나를 엄습한다.

　갈증으로, 혹은 어떤 불길한 예감으로 나는 그녀의 몸을 더욱 파
고든다. 물속이라 그럴까? 내 그것이 꽁치나 고등어, 숭어 같은 무
슨 물고기 비슷하게 여겨진다. 그렇다면 그녀의 몸은 내 물고기가
언제 어느 때든 찾아가 편안하고 아늑하게 쉴 수 있는 어초魚礁 같
은 것이리라. 그런데 이제 곧 그 어초도 덧없이 허물어질지 모른
다는 불안감이 웬일인지 나를 떠나지 않는다. 나는 그럴수록 그녀
의 몸속으로 더욱 깊이 파고든다. 인도에서의 마지막 밤이 쏴아
하고 쓸려나가는 썰물처럼 절로 흘러간다.

32

　'현자의 탑'에서 여행 보고회가 열린다고 한다. 인도를 다녀온
지 스무 날, 왜 그렇게 지체되어야 했는지 알 수 없다. 오로빌 연
차 탐방 계획을 확정하고 첫 여행팀이 진작 꾸려졌어야 했는데도
말이다. 설립자를 만나려고 통지해봐도 무작정 기다리라고 했다.
해오라기가 '오리알터'의 바위에 앉아 하염없이 먼산바라기를 하
듯 그렇게 꿍꿍이속을 짐작할 수 없는 날들이 흘러갔다.

　물론 나는 그사이 허송세월만 한 건 아니다. 공들여 작성한 보
고서를 다솜터 지도부에 제출했고, 오초혜와 직접 통할 수 있는

이화연을 통해 그녀의 동정을 살피는 일도 게을리하지 않았다. 내가 '다솜은행'을 통해 투자했던 돈을 모두 되찾겠다는 얘기도 오초혜에게 전달이 됐다고 한다. 그건 내 의지가 무엇인지 밝히기 위해서였다.

돈을 좀더 마련하는 방법이 무엇일지 별별 궁리를 다 짜내기도 했다. 마을에서 벌어들이는 돈은 다솜은행의 금고에 일단 예치될 게 분명했다. 그게 시중은행이나 증권사 등으로 옮겨지는 때를 노려 차량털이를 할까? 그러려면 가스총을 구입해서 호송 직원들을 위협하고…… 끝내 실행에도 옮기지 못할 황당무계한 생각들이 늘 내 머릿속을 맴돌았다.

더러는 다솜터 울타리 안에서 설립자와 나, 그리고 촌장과 오초혜를 비롯한 우리 모두에게 타협 가능한 삶을 꿈꾸기도 했던 게 사실이다. 지금처럼, 아니 지금 현재는 그렇게 하고 있지 못하지만 여태 그래왔던 것처럼, 오초혜와 밀회를 계속할 수만 있다면 그걸로 충분한 게 아닌가 하는 안주의식이 아주 없지 않았다. 탈출이 과연 무난할까 하는 두려움 때문이기도 했고, 예측 가능한 우리들 미래의 유혹 때문이기도 했다. 오초혜는 적어도 반년쯤 후에는 내 아이를 낳을 것이고, 설립자는 죽을 것이며, 촌장 역시 힘없이 늙어갈 것이다. 늙은 촌장은 당연히 제 혈육에 대한 정으로 나를 받아들일 게 뻔하고, 다솜터에서 내 입지는 점차 굳어질 게 분명하고……

'날 좀 어떻게든 해주세요……!'

내 의식 속에서 오초혜는 언제나 간청하고 있다. 참으라고, 참고 견디라고 달랠 수도 없다. 그럴 때마다 나는 저 아담과 이브가 부러웠다. 만약 다솜터에 같은 이름의 과일이 있다면 백 개든 천 개든 다 따 먹었을 것이다. 아니, 그 상징으로라면 나는 이미 그걸 훔친 지 오래다. 비류동의 숲길에서도, 오초혜의 오두막에서도, 장맛비가 퍼붓던 설립자의 종묘장에서도, 심지어 인도에서도…… 그런데 오초혜와 나는 왜 아담과 이브처럼 추방되지 못하는 걸까?

"여행 보고회 날짜가 잡혔습니다. 준비를 좀 해주시죠."

징검징검, 그런 날들이 지난 뒤에 지도부에서 연락이 온 것이다. 말총머리의 전화였다.

"에즈 유 라이크As you like……!"

내 대답은 될 대로 되라는 식이었을 것이다. 그 연락을 왜 하필 말총머리가 해야 하는 것인가 하는 생각에, 그리고 깍듯하게 구사하는 존댓말에도 왠지 빈정이 상한 탓이리라.

"뭐라고 하셨습니까?"

"아니, 아닙니다. 좋다는 뜻이죠."

말총머리가 예의 없이 전화를 뚝 끊었다. 언젠가 때가 되면 그놈의 말총머리부터 싹둑 잘라버리고 싶다. 이런 게 독재자의 소질일까? ……공동체생활에도, 그리고 낙원에도 강력한 통제가 소용될지 모른다. 남의 머리를 밀어버리는 일은 아니라고 해도 사회생활에는 규범이 있어야 하고, 그걸 강제하는 힘도 필요할 테니까 말이다. 밑도 끝도 없는 생각 끝에 다시금 다솜터의 금법들이 떠올랐다. 불순하고 또한 불만스럽기 짝이 없는⋯⋯

현자의 탑에는 많은 사람들이 모여들었다. 인도를 여행할 수 있다는 기대감 때문일 것이다. 설립자와 촌장이 모습을 드러냈고, 파라디와 사쓰루, 해밀턴, 심지어 이화연과 말총머리도 왔다. 하지만 오초혜와 송이향은 눈에 띄지 않는다.

"인도의 오로빌은 우리 다솜터보다 나은 면도 있고, 못한 면도 없지 않았습니다. 나으면 나은 대로, 또 못하면 못한 대로 저희는 많은 걸 느꼈습니다. 여러분께서는 아마도 더 많은 것들을 보고, 느끼실 게 틀림이 없습니다. 기대하셔도 좋습니다."

호기심을 가질 만한 얘기로 나는 말문을 연다. 주민들 가운데 일부가 박수를 치기도 한다. 설립자는 미소를 짓고, 촌장은 그때의 일들을 머릿속에 그리고 있는지 눈을 감고 있다. 그가 치를 떨지 않는 게 이상하다. 그는 아마 더럽고 시끄럽고 혼잡한 골목길들을 떠올리고 있을 게 뻔하다. 부레옥잠이 둥둥 떠다니던 갠지스 강물 대신 그 강변의 불에 그을린 계단들을, 뿌리가 칭칭 늘어진 반얀나무나 긴꼬리공작새 대신 때와 땀에 전 인도 하층민들의 끝없는 행렬을, 그리고 모른다는 말은 절대로 입 밖에 내지 않던 그들의 자부심과 미소 대신 '박시시'를 요구하며 졸졸 따라다니던 아이들의 시커먼 얼굴들을⋯⋯ 요컨대 그는 인도에 가서 그 어느 것도 제대로 보지 못한 사람이다. 심지어 자기 딸의 진정한 파라다이스나 사랑까지도.

"오로빌은 우리 다솜터보다 크고 많은 나무들로 둘러싸여 있습니다. 관광객들은 그 숲에 위압당하고 또 그 선입견으로 오로빌을 보기 마련이지요. 그리고 맨발로 걸을 수 있는 붉은 황톳길, 저는 발가락을 조금 다쳐서 돌아오긴 했지만, 그게 아주 인상적이었습니다. 맨발로 걷다보면 인간은 무한한 자유를 누리고 있다는 느낌과 함께 동심으로 돌아가기 마련입니다. 그게 오로빌이 의도적으로 노리고 있는 것이죠. 물론 거기 흙길은 군데군데 패어 있어서 엉망진창이었습니다. 빗물 고인 곳으로 차량이 오갈 때마다 물 창槍을 쫙쫙 쏴댔으니까 말이죠."

주민들이 와르르 웃는다. 나도 조금은 신이 난다. 현자의 탑 아래쪽 계단은 이미 주민들로 다 채워졌다. 탑의 창을 통해서는 수없이 날아오르는 작은 새떼처럼 소슬한 초가을 바람이 간간이 불어왔다.

"이 자리에 오초혜 선생이 계신지 모르겠습니다만……"

다음 말을 잇기 위해 좌우를 둘러보는 시늉을 해본다. 그렇게나마 일부러 대중 앞에서 불러보고 싶어진다. 늦게라도 그녀가 참석했는지 궁금하지만 밝은 불빛을 등지고 앉은 얼굴들은 쉽게 분간이 되지 않는다. 물론 그녀가 어느 구석엔가 앉아만 있다면 단번에 알아보고도 남을 것 같다. 그녀는 오지 않은 게 분명하다. 내 옆구리가 차고 시린 것만 봐도……

"이건 오초혜 선생께서 전해주셨으면 하고 바라던 내용입니다. 오로빌에서 저희에게 가장 인상 깊었던 건축물은 '마티르만디르'라

240

는 명상센터였습니다. 크고 둥근 지붕을 값비싼 금판으로 이어붙였다고 하는데 그 귀족적이고도 호사스런 모습이 인상 깊었다는 얘기는 아닙니다. 그곳은 오로빌 전체 주민들이, 종교가 서로 다를지라도, 한자리에 모여 기도하고 예배하는 장소라고 합니다. 우리가 배워서 시급하게 도입해야 할 점은 바로 그런 것들이었습니다. 여기 이 땅에서 장차 종교적 갈등이 표출되기 이전에 말입니다."

이번에는 주민들의 반응이 무덤덤한 것 같다. 나는 오초혜와 파라디가 나누던 말들을 좀더 상세히 전하기 위해서 애를 써본다. 하지만 이상스럽게도 말이 겉돈다. 갑자기 헛구역질을 하며 뛰쳐나가던 그녀가 떠올라 가슴이 저릿저릿해지기도 한다. 아이는, 잘 자라고 있을까?

아이와 오초혜를 잠시 머릿속에서 지우기 위해 반안나무와 재두루미, 야생 공작 얘기도 늘어놓는다. 물가에서 새끼들을 데리고 헤엄치다가 우리와 눈이 마주치자 황급히 달아나던 뜸부기까지…… 그러자 힘이 조금 솟는다. 그 힘으로 나는 목청을 높인다. 다솜터가 영원하려면 다솜터 외부 지역에도 눈을 돌려 그들과 상생할 수 있는 길을 모색해야 한다고, 만약 바깥을 외면하다가는 그들이 언젠가는 침략해올지도 모른다고……

"여러분께서는 아마 소와 당나귀와 염소와 개와 돼지와 사람들, 차량들로 어수선한 거리, 그리고 쇠똥과 나귀똥과 염소똥과 돼지똥 개똥 따위가 범벅이 된 거리에서 혀를 내두르게 될지도 모르겠습니다. 그리고 그보다 더한 역겨운 풍경은 얼마든지 더 있습니다. 하지만 그때마다 고개를 돌릴 게 아니라 긍정적으로 받아들이셔야 합니다. 내가 바로 저런 풍경을 보려고 여기까지 왔다, 그렇게 말이죠. 여러분께서 봐야 할 것들은 언제나 똥 속에 있고, 악취 속에 있고, 혼잡한 가운데 숨어 있다는 확신을 가지셨으면 합니다. 그러지 않으면 인도에서는 그 어떤 것도 제대로 볼 수 없으니까요. 저는 오래전에 어떤 나라에 갔다가 이런 모습도 직접 목격한 적이 있습니다. 들어보세요……"

이건 촌장을 의식해서 일부러 꺼내는 얘기다. 그래서 그의 반응이 어떻든 나는 신경을 쓰지 않을 참이다. 우리가 인도여행을 통해서 제대로 보지 못한 것들이 있다면 그건 촌장 때문일 수도 있다.

"물론 인도는 아니었습니다. 또다른 어떤 나라였는데, 그곳의 한 음식점 얘깁니다. 문을 열고 들어서자 저 안쪽으로 어둠침침한 가운데 한 요리사의 모습이 보였습니다. 때마침 요리사란 놈은 파를 다듬고 있었죠. 그런데 그게 가관이었어요. 자기 맨살 겨드랑이에 파를 끼고는 방앗간에서 흰 가래떡을 뽑듯 쭉쭉 잡아 훑고 있었으니까요. 적어도 그걸 한 번쯤은 물에 헹구겠지 했는데 그것도 아니었습니다. 녀석은 도마 위에 올려놓고 바로 칼질을 해댔고 그걸 냄비에 그대로 쓸어넣었으니까요. 그런데 놀랄 일은 또 있습니다. 놈이 재봉틀을 돌리기라도 하듯 맨발로 뭔가 휘젓고 있었는데요. 거기 플라스틱 통 안에는 불린 마늘이 가득했습니다. 하하하…… 모르겠어요. 그걸 기술이라고 자랑했던 것인지, 어쨌거나 음식 맛은 괜찮았거든요."

많은 이들이 폭소를 터뜨리고 야유를 하듯 우우 소리를 연발했다. 앞줄에 앉아 있던 촌장은 희미하게 웃는데 그게 내 눈에도 비쳤다. 오초혜가 화장실로 달려간 뒤에 그와 나 둘만 남았을 때 혼자 쾌재를 부르던 그런……

비로소, 그 웃음의 의미가 무엇인지 알 것 같다. 내 직감이 틀리지 않는다면, 그건 참으로 무서운 음모다. 씨를 얻기 위한 목적으로 사육되는 씨소種牛 한 마리, 그게 바로 나라는 직감이 드는 것이다. 그렇다면 이제 내 임무는 완전히 끝났을지도 모른다. 그리하여 나는 허망하게 추방된 채 오초혜 혼자 남아서 아이를 낳고, 그 아이는 설립자의 아이가 된다. 내가 대필한 게 그가 쓴 글이 되듯……

"이제 마지막 남은 한 가지 얘기를 더 들려드릴까 합니다. 다른 건 몰라도 이건 여러분께서 진지하게 생각하셔야 하는 문제입니다. 우리 다솜터의 미래가 걸려 있는 일이니까요."

연단에 서기 전까지, 과연 말해야 할지 확신이 서지 않았던 주제에 대해 나는 기어코 입을 열기로 작정한다. 천재일우의 기회를 놓칠 수는 없는 노릇이다. 설립자와 촌장을 비롯한 주민들 모두 내 보고에 넋을 잃은 채 빠져들고 있다. 온천 방갈로에 묵고 있는 손님들도 더러는 참석했을 테니까 내 얘기의 파장은 연못 둑을 넘어 외부까지도 널리 퍼져나갈 수 있다.

"다름아니라 이번에는, 정치에 대한 얘깁니다. '설문해자說文解字'를 보면 '정치政治'의 '정政'은, 바르게 되도록 회초리로 쳐서 지도한다는 뜻이 숨어 있는 글자입니다."

나는 허공에 대고 한자로 '정치'라는 글자를 썼다. 그리고 말을 이었다.

"'바를 정正'자 오른쪽의 글자는 '글월 문文'자가 아니라 '칠 복攵'자라고 합니다. 소를 친다는 '목牧'자도 그렇게 만들어졌지요. 말하자면 국가의 이념을 밝히는 것입니다. 그 반면에 '치治'는 그냥 흔히 '다스릴 치'라고 새기지만 결코 그렇게 단순한 글자가 아니라고 합니다. 우선 오른쪽 부분의 세모꼴 형태는 닮은 모습 그대로 콧구멍을 형상화하고 있으며, 밑의 네모꼴은 목구멍을 가리키고 있습니다. 그게 합쳐져서 이른바 목숨입니다. 그렇죠? ……그 왼쪽에 '삼수변水'이 있으니, 전체적으로는 목숨을 부드럽게 해준다는 뜻이 됩니다. 목숨을 부드럽게 하는 일, 그게 무엇인가요? 바로 복지입니다. 굳이 더 쉽게 비유하자면, 할아버지가 손자에게 막걸리 한 되 받아오너라 하고 시킨다면 그게 곧 '정政'이고, 막걸리를 사고 남은 잔돈은 너 가져도 좋다고 베푸는 일이 '치治'라는 게 됩니다. 그러니 치治가 없이는 정政을 제대로 실현할 수 없음이 명백해집니다. 자, 그렇다면 목숨을 부드럽게 하는 일의 으뜸은 무엇일까요? ……그건 두말할 나위도 없이 배를 곯게 하지 않는 일입니다. 그래서 옛글에도 일렀죠. 민民은 이식위천以食爲天이니, 백성은 먹는 일로 하늘 삼는다고……"

입안에 가득 고인 침이 저절로 넘어간다. 내가 의도하는 감춰진 주제의 봉우리가 안개를 헤치고 모습을 보일 차례다. 다솜대학 강단에 서서 첫 강의를 하던 일이 떠올랐다. 그때 아마 나는 설립자를 단숨에 내 편으로 만들었을 것이다. 모든 게 음모였을망정……

"그런데 먹는 일로 하늘을 삼는다면 백성들은 무엇으로 땅을 삼는 걸까요? 이건 제가 만든 말이지만, 그게 바로 이필위지以吡爲地, 곧 짝짓는 일입니다. '짝지을 필吡'자를 가만히 뜯어보면 남녀가 위아래로 마주 보고 서로 몸을 포갠 형상입니다. 놀라실 필요도 없이, 실제로 그렇게 만들어진 글자라고 합니다. 그렇듯이 지상의 모든 존재들은 짝을 지어 자손을 퍼뜨립니다. 그러니 그게 백성이 땅으로 삼을 만한 일이 되는 겁니다."

설립자는 아직 별다른 반응을 보이지 않는다. 자리를 박차고 일어서지 않는 것만으로도 다행이다. 나는 입술에 다시 침을 발랐다.

"들어보세요. 저는 지금 여러분 앞에 서서 거짓말을 하고 있는 게 아닙니다. 한자 '심할 심甚'자는 제 얘기를 증명하는 아주 재미있는 글자입니다. 혀 위에 사탕 같은 걸 얹고 있는 듯이 보이는 글자, 즉 먹고사는 일을 뜻하는 '달 감甘'자 아래 '짝지을 필吡'자가 결합되어 있지 않은가요? 그러니 심할 심자는 원래 두 가지 일이 다 겸비되면 심히 편안하고 즐겁다는 의미를 지니고 있다고 합니다. 백성들에게 천지天地가 별것인가요? 먹고 나서 짝을 짓고, 다시 배가 고파지면 먹고 나서 또 짝을 짓는다. 그게 바로 백성들의 하늘과 땅입니다. 그렇지 않을까요……?"

아무도 대꾸하지 않는다. 고개를 끄덕거리는 사람조차 없다. 깊어가는 가을저녁의 바람만 현자의 탑 열린 창문을 들락거리면서 거친 쇳소리를 낸다. 이제 얘기를 끝내야 했다.

"여러분도 그리고 저도, 명백하게, 다솜터의 백성입니다. 그런데 지금 우리 다솜터의 백성들에게 없는 게 꼭 하나가 있습니다. 그게 무엇인지 다들 아시겠습니까?"

여러분이라는 표현 대신 오초혜라고 말하고 싶었지만 그렇게 하지는 못했다. 설립자가, 그리고 촌장과 말총머리가 그 말을 끝으로 한꺼번에 자리에서 일어났다.

보고회는 그렇게 끝나고 말았다. 중간에는 박수가 터지고 환호성이 울렸지만 마지막은 고요했고 또한 서로가 외면한 채 돌아서서 갔다.

내 얘기가 백성들, 아니 다솜터 주민들에게 어떤 파문을 일으켰는지 나로서는 알 길이 없다. 그들은 들었어도 듣지 않은 척하며 서둘러 자리를 빠져나갔고, 누구 하나 내게 다가와 수고했다는 말 한마디 건네지 않았기 때문이다. 서슬이 퍼렇던 독재정권 시절에 누군가가 제아무리 양심선언을 거듭해도 귀머거리인 양 처신하던 그런 모습들이다. 그들은 그렇다. 그러다가 정권이 붕괴한 뒤에는 둑이 한꺼번에 무너지듯 여기저기서 참았던 말들을 쏟아내기 시작하는 법이다. 그렇다고 해서 침묵하고 있는 주민들을 욕할 마음은 없다. 듣지 않은 척했어도 내가 했던 말들은 분명 그들 가슴속에 들어가 박혔을 것이며, 그게 언젠가는 한꺼번에 분출되리라고 믿고 있기 때문이다. 그래야 견고한 독재의 둑도 무너지게 된다. 그게 하늘의 일이고, 땅의 힘이다.

33

"선생님, 계세요?"

근신과 더불어 한 달 동안의 강의 몰수 처벌을 통보받은 날 저녁, 송이향이 내 오두막을 찾아왔다. 유형지처럼, 동쪽 끝으로 다시 밀려난 오두막이다. 한동안 사라져 눈에 띄지 않던 여자라서 나는 잠시 어리둥절했다. 아주 가깝지 않은 존재들이란 사라지는 순간이면 그림자까지도, 기억까지도 모두 쓸어가는 법이다. 부재不在는 의식되지 않는 것이다.

나는 선선히 그녀를 방 안에 들게 했다. 말총머리에게 송이향에 대해 언급한 적이 있으니 옳다구나 하고 수소문해서 그녀를 보냈을 게 틀림없다. 물론 나를 달래보자는 수작이 아님은 명백하다. 달래기는커녕 두꺼비가 뱀 앞에서 춤추며 잡아먹힌 뒤 새끼들을 번식시킨다는 생태를 빌려 그녀를 희생양, 또는 먹잇감으로 삼아보려는 짓이리라. 나를 사냥하기 위한…… 순간적으로, 나는 송이향의 도움을 받아 역공을 펼칠 수도 있겠다는 생각을 한다.

"어떻게 지내십니까? 다솜터를 나가셨어요?"

"그러기를 바라세요? 걱정 마세요. 온천 방갈로에서 일해요. 그리고……"

말을 더이상 하지 못하도록, 조금은 과장되게, 나는 그녀를 와락 잡아끌었다. 그녀는 거부하지 않는다. 오랫동안 그녀를 싸고돌던 향수 냄새는 사라지고 없다. 내가 그걸 의식하는 걸 보면 그녀의 향수는 나와 가까웠던 사이였는지도 모른다. 어쨌든 이제 향수는 필요치 않게 된 걸까? 그녀 역시 한때나마 나를 좋아하고 짝사랑을 했을 게 틀림없다.

"미안합니다. 당신 사랑으로 내 사랑을 이해하세요. 이제는 되돌아갈 수도 없을 만큼 멀리 와버렸으니까 말입니다. 한데, 복수하고 싶지 않으세요?"

"복수를 하다니, 누구한테요?"

송이향이 나를 밀쳐내며 되묻는다. 그 순간 나는 아차 싶은 생각이 든다. 말을 꺼내놓고서야 그녀가 과연 내 편이 돼줄 수 있을지 걱정이 앞선다.

"당신 가슴에 응어리를 남긴 사람들……!"

"선악과 선생님 본인 말인가요?"

그녀가 깔깔거리며 반문한다. 나도 그녀를 따라 실없이 웃는 수밖에 없다. 그녀에게 시켜야 할 일이 무엇인지 딱히 잡히는 건 없는 판국이다. 그런데 만나자마자 복수를 덜컥 운운하고 보니 뒤로 발뺌을 할 수도 없다.

"나한테 복수를 하실 셈이면 달게 받아야지요. 다른 이들에게 하시겠다면 도와드려야 하고……"

"그렇게 빙빙 에둘러 말씀하시지 말고 솔직하게 얘기해줘요. 어쨌거나 선악과 선생님, 아니 구선생님은 믿어도 되나요? 저 혼자 사지로 밀어내는 건 아닌가요?"

"오초혜가 아이를 가졌어요. 저는 그 아이를 빼앗길 처지에 놓였고…… 그러니 내가 시방 누군가를 속이고 자시고 할 형편이 못 됩니다. 오히려 도움을 받아야 할 일들이 많은데 제 편은 아무도 없습니다."

"아이를 가졌다는 얘기는 나도 들었어요. 그런데 그게 구선생님 아이라는 사실은 무엇으로 증명해요? 초혜씨가 양심선언이라도 했나요?"

"……?"

나는 몹시 불쾌해져서 대꾸하지 않는다. 약을 올리려고 그녀가 작정한 듯하다. 그게 바로 나에게 가하는 복수일 수도 있다. 그렇다면 내가 이미 약속한 것이니 달게 받아들여야 한다.

"그냥 해본 소리니까 고깝게 듣지는 마세요. 씨도둑은 누구도 못 하는 법이라는 사실쯤은 저도 잘 알아요. 그러니 복수고 뭐고 할 필요도 없이 당신들 둘이 벌였던 일들을 제가 동네방네 까발리기만 해도 어쩌면 충분하지 않을까 싶어요."

"그럴 필요는 없습니다. 그 정도로는 아마 사태가 본질적으로 해결되지는 않을 겁니다."

"철학자님의 그 본질이라는 게 뭔지는 저도 모르겠어요. 하지만 맞는 말씀이에요. 제가 알기로 설립자 어르신께서도 한때는 인공수정을 위해 애쓴 적이 있다고 하니까요. 아이를 낳은 뒤에도 그렇죠. 유전자 검사를 받지 못하도록 막는다면 증명할 게 아무것도 남아 있지 않겠죠. 설령 선생님께서 아이의 친부라는 사실을 밝혀낸다고 하더라도 뭐 달라질 게 있을까요?"

"……?"

"모르셨어요? ……물론 그러시겠죠. 그래서 남자들은 헛도깨비 아니면 돈키호테가 대부분이죠. 도무지 쓸데없는 지식들로 무장하고는 허공에 높이 뜬, 이를테면 풍차 같은 것들을 향해 무작정 달려들거든요. 그걸 이상理想이라던가 뭐라던가, 그럴싸하게 자기들끼리 이름 붙이면서 말이죠. 여자들이 땅에 발붙이고 서서 남자들이 제발 철이 좀 들어서 내려오기를 기다리는 동안…… 안 그런 줄 아세요? 구선생님은 아니라고 믿고 계세요?"

"뭐라고 하셔도 상관없습니다. 제 귀에는 지금 무슨 얘기든 제대로 들리지 않으니까요."

"그러시겠죠."

송이향이 씩씩거리면서 가만히 숨을 고른다. 적막한 오두막에서 젊은 여성의 숨소리를 듣는 일은 어색하고 부담스럽다. 누군가가 그녀를 미행하지는 않았을까? 속된 말로, 먹고 떨어지라고 그녀를 보낸 건 아닐 테니까 그럴 개연성도 높다.

"그들이 내게 이향씨를 보냈을망정 거부하지 않고 순순히 응한 이유가 뭡니까?"

"구선생님이 지금쯤 어떤 표정을 짓고 있을지 궁금했어요. 그리고 어떻게 대응하고 있는지, 여전히 바보 같은지, 여전히 저를 밀쳐내는지……"

"잘 아시지 않습니까?"

"그래요. 잘 알죠. 여전히 바보 같다는 사실을…… 그럼, 하나만 물어볼게요. 바보 샌님께서 도대체 복수는 언제 어떻게 하겠다는 거죠?"

"제발, 목소리를 좀 낮추세요."

"걱정하지 마세요. 선생님께는 내일 찾아갈 것이라고 약속하고는 아무도 모르게 여기 왔으니까요."

그냥 자기 몸뚱이를 앞세워 무작정 들이미는 여자로만 알고 있었는데 그게 아닌 모양이다. 나는 다시 그녀의 어깨에 가볍게 손을 올렸다. 이제 우리는 동지라는, 아군이라는 표시였다. 하지만 그녀는 내 의도를 간파했는지 그냥 뿌리쳤다.

"도망칠 속셈인가요? 그런가요?"

"……"

송이향이 나직한 목소리로 묻는다. 다시 오두막 안에 침묵이 흐른다. 서산 저 멀리 끝자락에 위치한 오초혜의 오두막에도 침묵이 흐르고 있을까? 아이는 지금쯤 발길질을 시작했을까? 그 애는 사내아이일까? 그녀가 나를 욕하고 있지는 않을까……?

"선생님은 제게 복수를 권하지만 실은 제 도움을 요청하는 것

임을 잘 알고 있어요. 제가 그 도움을 거절하지 않으리라는 사실
도 계산에 넣으셨겠죠? 사랑에 빠진 사람들은 누구나 그걸 육감
으로 알게 되죠. 어쩌면 그건, 그래요. 서로 사랑하라고 입이 헐도
록 가르쳐왔던 하나님께서 주신 선물, 사랑에 빠진 사람들에게만
내려주시는 첫번째 선물인지도 모르죠. 그 선물이 지금 저에게는
얼음송곳처럼 다가와 아프게 콕콕 찔러대지만…… 도와드리면,
제게 뭘 해주실 건가요?"

"드릴 게 아무것도 없습니다. 그러니 동시에 이향씨의 복수가
돼야 하는 겁니다."

"그렇군요. 철학자답게 역시 합리적이시네요."

"저희는 곧 아무도 찾을 수 없는 곳으로 도망칠 겁니다. 아니,
눈에 띈다고 하더라도 문제가 없을 곳으로 갈 겁니다."

"그건 말씀하지 않으셔도 돼요."

"저희가 갈 수 있도록 도와주십시오."

"어떻게요?"

"저야 집을 나가든, 다솜터를 나가든 누구도 상관하지 않을 겁
니다. 문제는 우리 초혜죠. 보나 마나 밤낮을 가리지 않고 감시를
하고 있을 테니까 말입니다."

"우리라고 말하지 말아요. 초혜가 우리 두 사람 모두와 관계가
있는 건 아니니까요."

"……"

오랫동안 우리는 정말이지 '우리'라는 말을 자주 써왔다. 그건

한민족의 미덕이 남긴 유산이라고 한다. 공동체생활의 가치를 우선시하는 그 미덕 말이다. 그래서 아마도 공동체운동은 다른 그 어느 나라에서보다 한국 땅에서 성공할 확률이 가장 높다고 할 수 있다. 심지어 자신의 아내까지도 '우리 마누라'라고 아무렇지도 않게 말하는 곳! ……그런데 만약 설립자와 내가 한자리에서 오초혜에 대해 언급해야 한다면 그때는 정말이지 '우리 아내'라고 말해야 하는 것일까? ……나는 누가 시키지도 않은 생각에 잠겨 괜히 속을 태운다. 한심스러울 만큼.

밤은 저절로 깊어지고 있다. 송이향을 감시하지는 않겠지만 어쩌면 누군가가 나를 엿보기 위해 한 번쯤 내 오두막을 기웃거릴지도 모르는 일이다. 송이향은 돌아가지 않으려는 걸까?

"초혜가 빠져나올 수 있도록 시간을 벌어주십시오."

"제가 어떻게요?"

"감시하는 친구가 있습니다. 말총머리라는데…… 그 친구를 붙잡아둘 수 있으면 됩니다. 한 시간이면 충분하겠지요. 그 정도면 추격을 따돌리고 어디든지 갈 수 있을 테니까요."

"결국……"

그녀가 말을 맺지 못하고는 어금니를 악문 채 나를 바라보았다. 그리고는 순식간에 무슨 인공 눈물주머니를 준비하고 있다가 그걸 터뜨리기라도 하듯 눈물을 주르륵 쏟아낸다. 나는 그저 속수무책일 뿐이다. 주도면밀한 남자들이라면 여자들의 눈물에 대한 대비책이 늘 마련돼 있어야 할 것 같다는 생각이 든다. 나는 또, 엉뚱한 생각 따위에 빠졌다. 보다 현실적인 그녀가 고개를 숙이며 제 손가락 끝으로 그 눈물을 찍어내듯 닦는다.

"저보고 그 사내를 유혹해달라는 거로군요. 다솜터가 저에게 선생님을 유혹해달라고 했던 것처럼……"

"아, 아닙니다. 그건 결코……"

"업어치나 메치나 둘 다 같은 말이에요. 결과는 머릿박이 터지거나 코피가 흐르거나 둘 중에 하나겠죠, 뭐. 변명하실 필요는 없어요. 제 팔자가 원래 그렇게 돼 있을 테니까요. 그게 역마살인지 도화살인지는 몰라도……"

"……"

내가 정말 부탁하려고 했던 게 그것일까? 물론 처음부터 그걸 염두에 둔 건 아니지만 결과는 그녀의 말이 틀림없는 셈이다. 나는 또 할 말을 잊고 만다. 그녀도 잠자코 고개를 숙인 채 한동안 말이 없었다.

"죄송합니다."

"죄송할 것 없어요. 대신, 저도 부탁을 하나만 할게요. 제가 그에게 갈 수 있도록, 절 안아주세요. 말하자면, 사랑으로 이 일을 할 수 있도록 말이에요. 그리고…… 그게 최소한의 예의가 아닌가요?"

그게 그토록 한스런 일이었을까? 나와 더불어 잠을 자보지 못한 게? ……혹은 끝내 나를 유혹하는 데 실패한 일이? ……예상치 못했던 송이향의 제안에 나는 잠시 고민에 빠진다. 이룰 수 없

었던 섹스의 욕망도 인간에게는 한으로 남을 수 있을까? 하긴 쌓
이면 무슨 일인들 포한으로 남지 않으랴. 그래서 최소한의 예의
운운하는 것일 터다. 물론 그녀 자신은 한과는 완전히 별개인 얘
기를 하고 있다. 마땅히 해야만 하는 당위성을 강조하고 있다.

"자리를 옮기지요. 여기서는 곤란할 듯합니다."

"……"

"송이향씨 집으로 가든지……"

자리를 조금 옮기다보면, 옮겨서 자신을 물끄러미 돌아보다보
면 더러는 욕망도 욕구도 문득 덧없어지는 때가 있다. 내 양심의
일말에는 그 노림수가 숨어 있기도 했다.

오초혜는, 오나라의 슬기로운 소녀는 나를 용서할 것이다. 아니,
용서하기 이전에 먼저 이해할 것이다. 나는 그렇게 믿고 싶어진다.
그러면서 동시에 송이향이라는 한 여성의 처지를 이해하려고 애를
썼다. 그 순간 여전히 고개를 숙이고 앉아 있는 그녀의 가슴뼈가
눈에 들어온다. 그녀의 몸도 아직은 환하게 꽃을 피우고 있는 중이
다. 그녀도 그 사실을 누구보다도 잘 알고 있으리라. 이윽고 시들
어 끝내는 지고 말 것이라는 사실도…… 그녀의 자존심은 바로 그
지점에서 세워지기도 했고 또 무너지기도 했을 것이다.

송이향이 말없이 일어섰다. 나는 곧바로 따라 일어서지는 않는
다. 그녀가 문을 열고 나간 뒤에도, 그리고 발소리가 점점이 멀어
져가고 있어도……

34

기어코 밖으로 나서고 만다. 저 아래 황지동 가까이에 송이향의 오두막이 있을 것이다. '현자의 탑'과 황지동은 훤하게 밝고, 비류동은 드문드문 몇 개의 불빛이 새어나올 뿐 적막하다. 기회가 온다면 황지동을 더 밝게, 혹은 거기 입구쯤에 어떤 거대한 상징물을 하나 더 세우자고 건의해보고 싶어진다. 현자의 탑 하나로는 아무래도 정경이 조금 쓸쓸하고 외롭다.

내 걸음도 또한 외롭고 쓸쓸하리라. 오초혜가 몹시도 그립다. 쓸쓸하다거나 외롭다는 말에는, 나비의 날개에 향분香粉이 잔뜩 묻어 있듯이 어떤 독소가 실제로 묻어 있는 게 아닌가 하는 생각이 든다. 그래서 쓸쓸하다는 말을 입에 담게 되면 온몸에 금방 전염이 되고 마는 것이리라. 갈수록, 죽을 만치, 오초혜가 보고 싶어진다.

내 고물 승용차를 끌고 도망치려다가는 누군가에게, 이를테면 경찰에게 붙잡히지 않을까? 갑작스럽게 불안감이 엄습한다. 다솜터가 알게 된다면 경찰을 움직여 전국에 수배령을 내리게 하고도 남을 것이다. 만약 공항에도 그런 게 발동된다면? ……아무리 다솜터라고 하더라도 그건 어쩌면 쉽고 간단한 일만은 아닐 것이라는 한 조각 희망도 없지는 않다. 어쨌든 일이 시작되면 빠르고 잽싸게 종적을 감춰야 한다. 그래서 우선은 가까운 일본 쪽으로 건너갈 심산이다. 거기서 인도 항공편으로 갈아타면 모든 게 다 끝나게 된다. 그렇다면 디데이는……?

송이향도 급하지만 이화연에게 먼저 전화를 해야 할 것 같다. 오초혜에게 뜻을 전하고 그녀의 여권도 미리 받아와야 한다. 그래서 인도 비자를 신청해두고, 그사이 오초혜가 비상금이라도 최대한 더 챙기도록 할 필요가 있다. 이제 곧 아이가 생긴다……! 그 아이는 그 무엇에도 뒤쫓기게 하지 않아야 한다. 그후에도 아이 하나쯤은 더 낳아 기를 생각이다. 두번째 아이도 행복해야 함은 두말할 나위가 없다. 첫 아이의 이름은 '다솜'이라고 지을 용의도 있다. 구다솜! ……좋든 싫든 다솜터가 인연이 됐으니까 말이다. 오초혜와 나, 우리 부부끼리는 녀석을 '장맛비'라고 은밀하게 지칭하면서 쿡쿡 웃기도 할 것이다.

어쩐 일인지 이화연은 전화를 받지 않는다. 내 전화임을 눈치채면 안 되는 누군가가 곁에 있다는 뜻이다. 그렇다면 그녀는 지금 분명히 오초혜와 함께 있다는 얘기도 된다. 다른 일을 제치고 오초혜를 돌보는 일에만 전념하게 될 것 같다고 이화연은 내게 귀띔한 적이 있다. 그러니 우리가 사라지고 나면 이화연 역시 고통스런 일들을 겪게 될지도 모른다.

"저, 왔습니다."

송이향은 아무런 기척도 내지 않는다. 방 안에는 불이 켜져 있지도 않다. 그런데 문고리를 당기자 문이 스르르 열린다. 그대로 마루에 선 채 나는 눈이 캄캄한 어둠에 익숙해지기를 잠시 기다린다. 아주 조금씩 방 안 풍경이 눈에 들어온다. 송이향은 안쪽 구석을 향해 웅크리고 누워 있다. 나는 이윽고 방 안으로 들어선다.

"차 한잔도 안 주실 겁니까? 술 한잔도……?"

"……"

나는 그녀의 머리맡에 가만히 발을 개고 앉았다. 앉은뱅이책상 하나와 그 위에 놓인 몇몇 화장품들, 그리고 거울 같은 것들이 눈에 띈다. 그녀의 방도 오초혜의 방만큼이나 정갈하고 단출한 것 같다. 나는 오초혜를 생각하며 깊이 숨을 들이마셨다. 그러자 현실적이고도 아주 육감적인 중년 여자의 몸내가 내 콧속으로 들어온다.

"이봐요."

그녀의 뺨을 내 쪽으로 돌리기 위해 손을 뻗는 순간, 나는 그녀의 얼굴이 온통 젖어 있는 걸 알아차린다. 그녀가 혼자 울고 있었던 것이다. 혹시 이런 울음이 아까 얘기한 그 포한 때문일까? 아니면 아직도 아물지 않은 자존심의 상처에서 비롯되는 어떤 통증 같은 것? ……그런데 그 자존심은 또 무엇일까? 자신이 갖추고 또한 자부하고 있던 것들, 몸이든 몸뚱이든, 그게 타인에게 받아들여지지 않았다는 것?

어쨌거나 나는 송이향을 이해했고, 그녀의 눈물도 어렴풋이 이해한다. 당연하게도 오초혜의 얼굴이 끊임없이 떠오른다. 지금이라도 문을 박차고 나가야 하는 게 아니냐고, 내 안의 누군가가 말한다. 하지만 그럴 수도 없다. 내 앞을 가로막고 있는 송이향의 가는 눈물줄기는 건널 수 없었던 인도양, 오로빌의 그 해변만큼이나 넓다.

"미안하고, 또 염치도 없습니다."

머릿속을 떠나지 않는 오초혜, 그리고 눈앞에 생생하게 웅크리고 누운 송이향 두 사람 모두에게 나는 변명하고 또 실토한다. 그리고는 송이향이 덮고 있던 이불 한 귀퉁이를 열고 들어가 나도 그녀와 함께 자리에 나란히 눕고 만다. 그녀는 알몸이었다.

세상에 슬프고 아픈 섹스도 있다는 사실을 나는 처음 알았다. 오초혜를 갖기 위한 수단으로 다른 여성과 벌여야 하는 섹스는 즐겁고 신나기는커녕 슬펐다. 그리고 아팠다. 나는 송이향의 몸에 내 몸의 붓으로 내 이름을 쓰는 짓 따위는 하지 않았다. 그래서 슬픈 건 물론 아니다. 송이향은 내내 울면서 섹스를 했으니까 그녀 역시 슬프고 아프기는 매한가지였을 것이다. 우리 두 사람의 몸은 칡넝쿨처럼 하나로 칭칭 얽혀 있는 게 분명했지만 왠지 모르게 서로가 돌아앉아서 각자 자위를 히고 있는 듯 멀고도 아득했다. 그 느낌도 슬프고 또한 아팠다.

"이제 됐어요. 뒤도 돌아보지 말고 그대로 가세요."

"……?"

송이향이 싸늘하게 돌아눕고 말았지만 나로서는 그렇게 할 수 없다. 첫번째 섹스가 너무 슬펐기 때문이다. 그대로 돌아설 수는 없는 노릇이다. 슬픈 섹스를 하고 헤어진 뒤에는 맘이 바뀌어 배신을, 오히려 복수를 하게 될지도 모른다.

"술 한잔만 주시죠. 마시고 갈 수 있게……"

"......"

미동도 하지 않던 그녀가 잠시 후 슬그머니 일어났다. 그리고 알몸인 채로 건넌방으로 가더니 와인 한 병과 술잔을 들고 왔다. 어둠 속에서 그녀의 몸은 흰 벽지보다 더욱 희고 뚜렷했다. 르누아르의 그림에서 보이는 여성 모델들처럼 풍만하고 육감적인 몸매였다. 나는 물론 그 몸 앞에서도 흥분하지는 않았다. 그녀는 다시 자리에 돌아눕고, 나는 그녀가 마시다가 놓아두었음 직한 와인 병의 코르크 마개를 땄다. 잘 익은 와인 향이 그녀의 몸냄새처럼 달다.

"한잔하십시오. 또 울지 말고······"

대꾸조차 하지 않을 것임을 뻔히 예상하면서도 그녀에게 술을 권한다. 와인에 지나지 않을망정 술 한 잔을 마신 때문인지 나는 벌써 간이 커지는 느낌이다. 그래서 그녀에게도 술을 권하는 여유가 생겨난 것이다. 어느 누군가가 나를 미행해서 우리가 슬프게 나누어야 했던 섹스를 낱낱이 훔쳐보았기를 바라는 마음도 없지 않다. 차라리 그게 나을 수도 있다. 그래야 저들이 경계심을 풀 수 있을 테니까 말이다. 물론 오초혜에게 찾아가 고자질을 하지 않으리라는 보장도 없지만······

알몸인 채로, 나는 와인 한 잔을 또 마신다. 순간 다솜터 마을의 창립기념일을 용케 떠올린다. 그게 12월 1일이라고 했다. 그날을 디데이로 잡으면 될 것 같다. 때마침 마을에서는 그날 하루 종일 잔치를 벌인다고 하지 않던가! ······다시 조급증이 인다.

내친김에 술 한 잔을 더 털어 마시고 나는 다시 송이향의 이불 속으로 다짜고짜 파고든다. 그런데 이번에는 그녀의 반응이 다르다. 깜짝 놀란 듯 벌떡 일어나 앉더니 자기 가슴을 움켜잡은 내 손을 뿌리치면서 거칠게 방어하는 것이다. 그렇다고 무르춤해져서 물러설 수도 없는 노릇이라 나는 그녀를 밀어뜨려 억지로 눕힌다. 굳게 팔짱을 낀 그녀의 양팔도 힘으로 제압하여 풀고 만다.

"싫어요. 더이상은 싫어요. 분명히 말씀드렸어요."

"이대로는 나도 싫습니다."

단순한 거부가 아니다. 그녀는 말만큼이나 단호하게 저항을 계속한다. 나도 포기하지 않고 이미 굳어버린 그녀의 몸을 열기 위해 집요하게 매달린다.

"디데이는 오는 12월 1일입니다. 행사가 열리는 그날 낮 열한시! ……그 시각에 떠날 겁니다."

지금이 섹스가 그날의 담보임을 확인시키기라도 하듯 나는 또박또박 말한다. 그러자 여태껏 거칠게 반항하던 그녀가 서리 맞은 뱀처럼 스르르 몸을 풀어놓는다. 내가 말한 날짜와 시각을 기억에 새겨두는 순간인지도 모른다. 나는 그 순간을 빌려 비로소 그녀의 몸속으로 기어들어가는 데 성공한다. 그리고 그녀의 우물이, 그야말로 자박자박 흘러넘치는 동네 공동우물 바닥처럼 젖어 있는 걸 알았다. 그러면서도 완강하게 거부한 것이다. 자신을 벌주고 또한 응징하려고 미리 단단히 작정이라도 해둔 것처럼……

35

비류동 산간에 첫눈이 흩날린다. 비자를 발급받고 항공권도 찾아 돌아오는 길이다. 어쩌면 이번 첫눈은 세상에서 나만 목격했는지도 모르겠다. 티끌 같은 게 허공을 부유하는 정도인데다가 그나마도 다른 곳에는 날리지 않기 때문이다. 나는 차를 멈추고 혹시라도 나뭇잎이나 풀잎 같은 것에 아주 작은 눈송이의 흔적이라도 얹혀 있는지 확인까지 해보지만 그런 건 없다. 첫눈은 꿈결같이 내렸다.

'초혜도 첫눈을 봤을까?'

그녀가 만약 보지 못했다면 이 첫눈은 첫눈이 아니어야 한다. 나는 그렇게 치부하기로 작정한다. 머지않아서 많은 눈이 첫눈으로 내릴 것이다. 틀림없이 오초혜도 가슴이 온통 들뜨게 될······

'동그라미 그리려다 무심코 그린 얼굴······'

내 휴대폰이 내 마음을 대변하듯 노래한다. 오른쪽으로는 설립자의 종묘장이 있는 곳이다. 이화연의 전화다. 아니, 그녀의 전화기일 뿐, 오초혜의 음성이다.

"사당 뒤편으로 지금 바로 와줄 수 있어요?"

"물론이지! 그런데 혹시 무슨 일 있는 건 아니지?"

"아뇨, 아뇨."

오초혜는 아니라는 말만 되풀이하고는 전화를 끊는다. 아뇨, 아뇨, 아뇨······ 첫눈처럼 아득하기만 한 그녀의 말이 귓전을 끝없이 맴돈다. 인도를 다녀온 뒤 처음 듣는 음성이기도 했다. 아뇨, 아뇨, 아뇨…… 아니라는 말도 한없이 부드럽고 달콤했다. 밤새 워 그 말만 들으라고 해도 백날 천날 그럴 수 있을 것 같다.

현자의 탑 뒤편에 차를 세워두고 나는 달리듯 재게 걸음을 옮긴다. 땀이 나도, 날수록 좋을 것이다. 내 땀내가 좋다고 그녀는 분명히 말한 적이 있지 않던가! ……하지만 남의 눈에 잘 띄지 않도록 걸어야 하기 때문에 땀이 흐르지는 않는다. 나뭇잎들이 떨어져내린 숲길 사이로 이제 더 거칠 게 없다는 듯 바람이 불어왔다. 내가 의식하지 못하는 사이에 겨울이 닥친 것이다. 다솜터에는, 아니 내게는 가을이 없었다.

사당 마당에는 낙엽이 수북하게 내려서 양탄자라도 깔아놓은 듯 푹신하다. 검은 기와지붕에도 노란 솔잎들이 어지럽게 떨어져 있다. 나는 긴 장방형의 사당 건물 뒤로 뛰어간다. 거기 오초혜……! 저 아래 푸르게 빛나는 오리알터, 그곳을 푸르고 맑게 응시하던 그녀의 눈동자도 나를 돌아보는 순간 반짝 빛난다.

"바보! ……나한테 오는데 웬 시간이 그렇게 많이 걸려요?"

그녀가 내 두 귀를 끌어당겨 속삭인다. 그게 어느 인사말보다 정겹게 느껴진다. 잘 있었느냐, 이게 얼마 만이냐 하고 말했더라면 나는 어쩌면 섭섭했을지도 모른다.

"그래, 보고 싶었어. 너무 보고 싶어서 웬 걸음이 그리 더딘지 나도 불만이었어."

"가엾은 사람……!"

오초혜가 또 그런 표현을 쓴다. 그러자 정말이지 나 자신이 가여워서 견딜 수 없을 것 같은 느낌이 든다. 값싼 동정에 마음이 흔들리는 건 내 이기심의 발로 때문이 아니다. 그녀 자신이야말로 형언할 수 없을 정도로 더욱 가엾은 처지에 놓여 있음을 잘 알기 때문이다. 그녀가 두 손으로 내 얼굴 곳곳을, 뺨이며 코며 눈썹이며 입술 등을 더듬더듬 만졌다. 손가락 끝이 고드름처럼 차갑다. 나는 그녀의 손을 모아다가 내 옷섶을 들추고는 난로처럼 뜨거울 내 겨드랑이 아래로 집어넣는다. 맨살에 닿는 차디찬 감촉이 오히려 눈물나도록 고맙다. 할 수만 있다면, 그녀를 잠시라도 눕힐 수 있다면, 손끝보다 더 얼어 있을 그녀의 맨발을, 그녀의 가슴을 녹여주고 싶어진다.

"아이가 자라고 있어서 그런지……"

무엇인가 하려던 말을 그녀가 침과 함께 꿀꺽 삼킨다. 아직도 그녀의 배는 눈에 띄게 크게 불렀다는 느낌은 없다. 그녀의 배와 맞닿은 내 배가 그걸 알려주고 있다.

"젖꼭지가, 이따금 살이 찢어지는 듯 아파요."

"……?"

"그래서 자주 울어요. 아무도 몰래……"

"어디, 좀 봐."

내가 기억하기로 오초혜는 어딘가가 아프다고 우는 여자가 아니다. 참말이지 그녀가 운다면, 우는 이유는 다른 데 있을 것이다. 그 생각이 나를 아프게 만든다. 이번에 나는 그녀의 옷섶을 헤쳤다. 넓게 흰 모래를 깐 다음에 그 안에 꽃나무 한두 그루를 심는 일본식 정원처럼, 그녀의 희고 밝은 젖가슴이 한눈에 드러난다. 그 정원 한복판의 외딴 섬을 닮아 있는 그녀의 유두가 붉디붉다. 그뿐, 겉으로는 아무런 이상이 없다.

바람 끝이 차가워서 가슴이 얼어버릴지도 모른다. 그래서 옷섶을 다시 여며주려다가 나는 그녀의 젖꼭지를 가만히 입에 담는다. 그리고는 뜨거운 습포를 해주듯 그곳에 내 혀를 올려놓는다. 그녀가 한순간 움찔하고 몸을 치떤다. 그곳이 진짜 아팠는지도 모른다.

"태몽이 그랬어요. 당신에게 여태 태몽 얘기도 들려드리지 못했죠?"

내 혀가 습포를 하고 있는 중이라 나는 대답할 수 없다. 그녀가 주춤주춤 물러서더니 사당 벽에 등을 기대었다. 그리고는 이제 더 이상 물러설 곳이 없자 내 머리칼을 꽉 움켜쥔다. 자기 젖을 마시게 해주려고 그녀가 나를 급히 찾은 걸까……? 나는 문득 그런 생각을 한다. 불어나는 젖을, 아직도 실제로 불어나려면 멀었지만, 자랑스럽게 처음 내 입에 물려주려는 것이라고 나는 믿고 싶어진다. 그래서 우리가 다시 한 몸이 되어가고, 하나의 몸이 됐음을 서로 확인하기도 하는……

"아이가 처음 내 몸에 들어설 때, 현자의 탑이 완성된 날 밤인가, 기러기떼가 꿈에 보였어요. 솟대에 앉은 기러기들이 차례로 날아오르는…… 그러다가 아, 곤두박질치듯 솟대로 다시 돌아오는데, 그게 바로 제 몸이었어요. 기러기꿈도 태몽에 드는지, 전 모르겠어요."

그건 자유를 향한 도피, 그 욕구를 뜻하는 건가……? 나는 태몽을 풀이해줄 수 없다. 혀 때문이 아니라 그녀의 갈망을 잘 알고 있기 때문이다. 그래서 그녀는 젖꼭지뿐만 아니라 발끝이든 손끝이든 생살을 파헤치듯 아팠으리라. 어쨌든 아이의 별명은 '장맛비'가 아니라 '다솜온천 31호'가 돼야 하는가?

"지금 아마 시간이 좀 있을 거예요. 이 틈박에 우리 어디든지 가요."

오초혜가 간간이 구사하는 사투리가 이제는 너무 비현실적으로 느껴진다. 내게서 이미 멀어진 그녀의 아버지처럼…… 제 가슴에서 내 머리를 떼어내며 그녀가 간절한 눈빛으로 나를 내려다본다. 오리알터를 넘어가는 석양이 그녀의 두 눈동자에 보석처럼 박혀 있다. 그사이 노란 솔잎 하나가 그녀의 머리에 떨어진다.

"조금만 기다려. 이제 며칠 남지도 않았으니까…… 사실은 지금 여권이랑 항공권을 받아오는 길이었어. 여기 출발시각도 적혀 있어. 만약 함께 떠나기가 정 어려워지면 공항에서 만나도 돼."

"하루가 얼마나 긴지 아세요? ……너무 길어서 반얀나무의 질긴 뿌리들 같아요. 아무리 뽑아내려고 해도 잘 뽑히지 않는……"

"알아. 당신을 잘 알아. 하지만……"

"당신이 뭘 알아? ……그러지 말고 제발 지금 떠나요. 가서 어딘가 숨어 있다가 비행기를 타요, 응?"

"지금 가다가 붙잡히면 비행기는 끝내 탈 수 없을지도 몰라. 조회해보면 우리 비행기 탑승시각은 간단히 드러날 거야. 그걸 알아야 해."

"지금 가지 않으면, 영영 떠날 수 없을지도 몰라요."

11월도 이미 하순에 접어든 산중의 찬 기운 때문에 그녀의 입술은 하늘빛을 담고 있는 오리알터의 수면처럼 파랗다. 끝내 떠나지 못할지도 모른다는 불안 때문일 수도 있다. 나는 그 입술에 내 뜨거운 혀와 입술을 갖다댄다. 차가운 것이나 뜨거운 것이나, 그 원인은 한 가지 사실로부터 비롯되는 게 분명하다. 떠나고 싶다는, 함께 떠나고 싶다는 간절한 열망이 그것이다.

그녀의 입술은 달고도 또 차갑다. 우리 두 사람 앞에 서 있는 감나무 높은 가지 끄트머리에 하나 매달린 마지막 홍시의 맛이 그럴 것이다. 그게 내 입술까지 서늘하게 만들고, 동시에 가슴을 아프게 한다. 그녀가 다시금 내 머리를 있는 힘껏 움켜쥔다. 마른 감나무 가지가 어떻게든 그 홍시 한 알을 놓치지 않으려고 안간힘을 쓰듯……

'이게 우리의 마지막 키스가 아닐까?'

왜 나에게는 이렇듯 방정맞은 잡생각이 많은지 모르겠다. 나는 그 생각을 지우려고 그녀의 입술을 머릿속으로 그려보기도 하며 다디단 혀의 맛을 만끽하는 데 집중한다. 그녀가 내 앞에서 말을 할 때마다, 그리고 무엇인가를 마시고 또 먹을 때마다, 내가 얼마나 그 입술과 혀에 수천수만 번씩 달려들어 마구 키스를 퍼붓고 싶었는지 떠올리면서…… 그러니 덧없이 흘려보내지는 말자, 지금 이게 바로 그토록 기다려왔던 일이지 않은가 하는 의식을 놓치지 않으려고 버티면서……

오초혜는 울고 있다. 우리 두 사람의 입술 사이로 흘러들어온 조금은 짭짤한 어떤 이물질의 맛 때문에 나는 그 사실을 알았다. 가만히 눈을 떠보니 그녀는 어쩐 일인지 눈을 감은 채로 눈물을 흘리고 있다. 장맛비가 쏟아지던 밤에도 우리는 어쩌면 우리 입술 사이로 흘러들어온 빗물을 적지 않게 마셨을 것이다. 하지만 그건 갈증 끝에 마시는 샘물처럼 달기만 했다. 그런데 지금, 그녀의 눈물은 달지 않다. 달지 않아도, 나는 그녀의 입안에서 내 혀를 빼내어 입술과 콧잔등과 양쪽 볼과 새롭게 분출되고 있는 눈 속의 눈물까지 빠짐없이 씻어준다. 내 혀는 성능이 다양한 습포제다.

"고마워요. 이제 젖가슴이 아프지도 않을 거고, 아파서 우는 일도 없을 거예요."

"그래, 그 말이 더 고마워. 그 말을 떠올릴 때마다 내가 오히려 울 것 같아."

"바보, 그런 말 하지 말아요. 그럼 제가 어떻게 참고 견뎌요?"

"그래, 알았어. 울고 싶어질 때면 언제나 잊지 말고 지금 내가 하려는 말을 떠올려. 지금 이 순간, 나를 더할나위없이 사랑하는 세상의 한 사내가 끝없이 나를 그리워하고 있다! ……그렇게, 알았어?"

"그럴게요. 약속할게요. 하지만 이제 가봐야 해요."

"조금만……"

"……"

그녀가 가슴을 여미면서 내게 짧게 입을 맞춘다. 그리고 사당 건물을 돌아서 간다. 나는 그녀가 섰던 곳에, 그녀의 자세를 그대로 기억하여 나 또한 벽에 기대선다. 서쪽 하늘가에는 홍시처럼 붉은 노을이 길게 걸리고 오리알터의 수면도 핏빛이다. 호수 주변의 산은 낮은 곳부터 검은 그림자가 드리워진다. 이름을 확인할 수 없는 철새들이 호수에 내려앉기 위해 수면을 선회하고 있다. 그 새들의 날카로운 부리에 눈을 쪼이기라도 한 것처럼, 그때부터 내 눈에서는 걷잡을 수 없이 눈물이 마구 쏟아지기 시작한다.

36

인간에게는 미래를 예측하는 능력이 있는 것일까? 내가 철학을 전공했다는 얘기를 듣는 순간 사람들은 곧잘 묻곤 한다. 점占도 칠 줄 아느냐고…… 점집마다 '동양철학'을 내세우고 있으니 그럴 만도 하다. 그리고 점술과 철학이라는 두 이질적인 자식의 아비가 우리 동양에서는 오랫동안 '주역周易'으로 비쳐진 탓에 마냥 억지 춘향이라고 욱대길 수도 없다. 물론 학문의 구체적인 표현물로만 볼 때 그렇다는 것이지 이 관계는 역전돼야 마땅하다. 인간의 사유도, 그리고 점술도 모든 문명의 아버지들이 공통적으로 지니고 있던 원형이다. 그러니 학문으로 체계화된 주역은 점술의 까마득한 직계 손자뻘에 지나지 않는다고 해야 옳다.

어쨌거나, 나는 원래 우리 인간에게는 하늘의 계시와 미래의 길흉을 읽을 수 있는 능력이 있었으리라고 믿는다. 미천한 벌레와 새와 짐승 들조차 일기와 자연재해를 미리 예측하는 것처럼…… 우리는 그 멋진 능력을 어느 순간 상실해버렸을 뿐이다. 나에게 점을 칠 줄 아느냐고 묻는 사람들도 마찬가지고 나도 물론 예외가 아니다. 하늘은 이 순간에도 해와 달과 별로써, 그것들의 변화로, 우리에게 무엇인가를 끝없이 암시하고 있다. 내 별은 분명 하늘 어딘가에 있다. 제갈공명의 별도, 관우의 별도, 그리고 이름 없이 죽어간 숱한 병졸들의 작은 별까지도 모두 하늘에 존재한다. 물론 지금도 그렇다. 그런데 이미 한 점 고깃덩이 이상 아무것도 아니게 변질돼버린 우리의 눈은 자신의 별조차 찾아내지 못하고 있다. 하물며 일월성신이 수없이 눈을 깜빡거리며 보내는 다양한 신호들을 무슨 재주로 해독해낼 수 있단 말인가?

촌장의 연락을 받고 '애기꽃'으로 터덜터덜 걸어가는 길에서 나는 그런 생각들을 해본다. 사실은 그가 왜 불렀는지 헤아릴 길이 없기 때문이기도 하다. 서리가 내린 길가의 잔디는 미끄럽고, 가을 늦게까지 버티고 선 구절초 꽃잎들은 이미 맑은 빛을 잃은 채 초췌하기 그지없다. 할 수 있다면 나 자신의 미래에 대해 스스로 점을 쳐보고도 싶다. 하지만 내 눈 역시 그냥 한 점 고깃덩이에 지나지 않는다.

철학자들은 더러 이렇게 말하기도 한다. 개인의 길흉이야 알 수 없지만 우리 인류 문명의 미래는 충분히 살필 수도 있다고…… 그 주장들은 너무 다양해서 머리가 어지러울 정도다. 다만 내가 만약 다솜대학에서 강의를 재개할 수 있다면 그 점술에 대한 커리큘럼을 별도로 짜보고 싶다. 그중에서도 특히 동양의 오행사상에 입각한 미래 예측은 특히 흥미를 끌 수 있을 것이다. 목화토금수木火土金水의 다섯 기둥을 토대로 목생화木生火와 화생토火生土 등의 상생 현상을 읽고, 나아가 토극수土克水, 수극화水克火 등 상극의 비밀까지 풀면 어느 정도는, 적어도 윤곽 정도는 짚어줄 수가 있다.

나는 믿고 있다. 우리 인류 문명은 바야흐로 물水의 시대에 접어든 것처럼 보인다……!

수기水氣 문명은 불의 기운을 잠재우고 등극한다. 석유石油만 해도 그렇다. 사람들은 오랫동안 석유를 수성水性으로 오해했지만 그건 명백히 불이다. 활활 타버리는 성질이라든가 그걸로 불을 밝힌다는 점도 그렇거니와, 끊임없이 전쟁을 유발하는 속성으로 봐도 틀림없다. 확실히 불 문명시대에는 전쟁도 많았다. 하지만 물 문명시대에는 모든 게 달라질 것이다. 수분 자체를 많이 함유하는 물질들의 효용이 커질 것이며, 물의 기운이 지구를 지배할 것이며, 물과 관련된 것들로 세상의 흥망과 성쇠가 가려질 것이다. 지구온난화와 그로 인해 녹아내리는 빙하, 그리고 물 문제는 이미 지구환경의 가장 심각한 문제로 대두되었다. 이른바 정보라는 것을 예로 들어봐도, 불 문명시대에는 그걸 소수가 철저히 독점하여 감추고 있었다. 하지만 지금은 그것들이 인터넷을 통해서 그야말로 물처럼 어디로든 흘러다닌다. 문명학자들이 이런 현상을 두고 더러 '유목민'의 새로운 도래 운운하고 있지만 그건 본질이 아니라 단순한 현상을 설명하는 표현이다. 실제로는 수기 문명의 도래로 풀어야 하는 것이다.

그런 게 바로 오행으로 보는 세상의 미래다. 물론 그 너머 세상도 예측 가능해진다. 토극수土克水라 했으니 물 문명 역시 토기土氣에 의해, 이를테면 물의 흐름이 흙 제방에 가로막히듯, 수기 문명도 이윽고 흐름이 끊기는 날이 오리라는 사실을…… 옛적에는 세상의 변화가 이만 년이 흘러도 이루어지지 않았다. 그러다가 이천 년 만에, 이백 년 만에 그 변화가 닥친다. 그러니 새 문명은 불과 이십 년 만에 덧없이 무너져내릴 수도 있다. 그리고 어느 날이든 토기 문명시대가 오면, 흙의 성질이 그렇듯, 세상은 꼼짝없이 움직이지 않을는지도 모르고, 그러다가 지진이 나듯 엄청난 지각변동이 일시에 지구를 뒤집을지도 모른다.

'나 자신은, 어떤 운명인가?'

거듭해서 궁리해봐도 헤아릴 길이 없고 또한 알 수 없다. 오리알터가 만약 바다라면, 오리알터에 돛단배 하나 띄우고 그걸 타고 인도 오로빌까지 무사히 건너갈 수 있을지도 모르겠다. 지금은 물 문명시대이고, 물이 운명을 좌우하는 시대에 접어들었으니까. 그럴까? ……비행기가 아니라 배를 타야 무사히 빠져나갈 수 있을까?

"머리도 띠어 내쏘고 꼬랑지도 짤러뻔지고, 간단허니 이약을 허드라고요이?"

촌장이 말했다. 그의 얼굴은 두툼하면서도 평평하다. 그것은 토기±氣를 타고났다는 걸 의미한다. 그렇다면 오래지 않아 그의 시대가 올 것이다. 나한테 그가 상극이 되려면 나는 수기水氣를 타고났어야 한다. 하지만 나는 본시 나무木의 기운을 받지 않았던가? ……그건 확실치가 않다. 하지만 그게 사실이라면 나는 촌장의 도움을 일방적으로 받아야만 하는 팔자를 타고났다고 할 수 있다. 나무는 흙 속에 뿌리를 두고 있기 때문이다.

"젊은 냥반이 그새 여그서 솔찬히 욕봤소. 피런허고, 낭구 하나까장 손수 골라서 다 심어논 심잉게로 누구든 어지간허면 알쪼겠지라우. 혹시라도 나를 수악허게 여기깜니 늘어놓는 언사는 아닝게 잘 들으요이? 다솜터 주민덜도 머시냐 시방, 아조 으지짠허지는 안 헝게 아매 오래오래 기억헐 거싱마이."

거두절미하자고 했으면서도 촌장의 머리말은 사족처럼 장황하면서도 정중하다. 물론 정중한 말투야 의도적인 게 뻔하다. 그는 잔뜩 힘을 주어 '으지짠허지는'이라는 단어를 발음했지만 그만큼 빨리 잊겠다는 의미로 들리기도 한다. 촌장을 따라온 말총머리는 설립자의 비서 자격으로 참석했을 게 틀림없다. 그 밖에도 주민자치위원회 쪽에서 두 사람이 더 배석했다. 그들은 내게 서로 다른 방향으로 달리는 지하철 승객들보다 더 멀게 느껴진다.

"헌디, 머시냐면…… 시방 다솜터서 젤로 절실헌 문제는 발전이 아니라 내실이롸우. 혁명이 아닌 보수, 불화가 아닌 화합이다 이 말이요이. 다솜터는 인자사 걸음마허고 옹알이를 허는 설립 초창기기 땜시 그런거지롸우. 그리가꼬 우리헌티는 삽과 꼬깽이, 망치 같은 것들이 더 긴요헌 시점이다 이거롸우. 머시냐, 이념 같은 거는 암만혀도 시방 당장은 우리덜헌티 사치 아니것소이?"

촌장은 스스로의 표현에 만족하는 듯 흡족한 표정을 짓는다. 그가 전하려고 애쓰는 바가 무엇인지 짐작이 되고도 남는다. '개똥철학' 따위가 아니라 '이념'이라고 말해주는 게 고맙기는 할망정.

"촌장님, 삽과 망치로 무엇인가를 만들려고 하는 의도적인 꿈, 혹은 계획, 그게 바로 이념일 겁니다. 삽과 망치가 저절로 움직이는 일은 없으니까요."

"어허허, 그려요? 내 섯바닥이 짤룽가 입으로는 당허내덜 못허것소그려이. 근디 시방 내 말은, 우리헌티는 주뎅이보다는 손발이 더 많아야 헐뿐더러 또 소중허기도 허다, 이 말이지롸우. 잘 아시것지만, 불한당不汗黨의 애당초 뜻은 몸으서 땀이 나덜 않는 사람이라고 안 헙디여? 그거이 머시것소? 일을 허덜 안 헝게로 땀이 안 나는 게 아니것소이? 그렁게 그런 불한당덜은 일은 말고 따른 어떤 것으루다가 무위도식을 허지롸우. 그거이 머시요? 고게 바로 건달 아닌겨? 그렁게로 불한당이 곧 건달이 아닙디여, 으이?"

몹시도 불쾌한 언사였다. 그걸 감추느라고 나는 일부러 크게 웃음을 터뜨린다. 흔히 이런 경우에는 그보다 더 좋은 대처법은 없다. 그게 화를 감추는 방법인 동시에 득의양양해하는 상대방을 향해 일거에 찬물을 끼얹어버리는 수법이기도 하다. 물론, 그래도 억울함은 가시지 않는다.

"웃음소리가 너무 방자한 것 같습니다."

말총머리가 나선다. 그의 눈꼬리가 약간은 위로 솟아올랐다. 하지만 나는 그에게서 시선을 거둔다. 그는 어쩌면 어디선가 우연히 '방자'라는 표현을 마음에 새겨두었다가 언제든 제때 한번 구사하려고 작정한 사람에 지나지 않을 수도 있다. 나는 그런 치들을 몇몇 알고 있다.

"촌장님의 진의를 이해합니다. 촌장님께서는 제가 다솜터에서 일을 하지 않았다고 말씀하시는 게 아니라는 점을 잘 압니다. 사실은 이렇게 말씀하시고 계신 거죠. 당신의 일은 이제 다 끝나지 않았느냐 하고⋯⋯!"

씨소種牛라는 말이 머릿속에서 자꾸 맴돈다. 내 웃음은 나 자신에게도 공허감을 불러일으켰다.

"선생께 다솜터로 초청허는 전화를 처음 드렸던 게 바로 나요. 헌디 인자는 엘라 요로콤 말씀드려야것소이다그려. 다솜터를 위혀서 스스로 떠나주십사 허고⋯⋯"

"이 모두가 촌장님 개인의 뜻인가요?"

짐작하고 있던 그대로다. 매화가 피던 그 봄날의 일들이 떠오른다. 그로부터 불과 일 년도 채 지나지 않았다. 그런데 이제 나를 내치려고 하는 것이다. 촌장이 표현한 그 이념이라는 것들을 다솜터는 그동안 아무런 거부감도 없이 넙죽넙죽 잘도 받아들였었다.

그러니 문제는 오초혜의 임신일 뿐……

"아니올시다. 시작이든 끝이든, 머깐에, 개인적으루다가 결정허지는 못헌다는 거를 선생도 아시쟎어요이? 선생께서 고로코롬 의심허시는 만큼, 선생은 우리헌티서 가장 멀찌감치 똑 떨어져 앉은 이단아라고 히야 헐 거요, 시방. 우리 다솜터는 공동에 의헌, 공동을 위헌, 공동의 마을잉게요. 앙 그러요이?"

"저만 그걸 몰랐던 셈이군요."

"이짝저짝 잘 알 만헌 냥반덜이 때곡때곡 말꼬랑지를 붙잡고 늘어지등만요. 그런 얍상헌 뜻으로 말씸드릴 리가 있것서롸우, 시방? ……하이카나, 선생을 서운쟎게 보내드릴라고 다솜터가 솔찬헌 전별금을 마련헌다가 퇴직금도 잊덜 안 했응게로, 참말로 섭섭턴 안 헐 거싱만."

촌장이 봉투 하나를 탁자 위에 올려놓는다. 나는 그걸 열어보고 싶은 호기심으로 몸이 움찔할 정도다. 돈이라면 내가 원하던 것이다. 오초혜나 우리 두 사람의 첫 아이가 될 '다솜'을 위해서도 많으면 많을수록 좋다. 나는 인도 오로빌에 세워질 우리들의 집과 농장 따위를 머릿속에 그려본다. 촌장이 그 그림에 대해서 조금이라도 눈치채서는 곤란하다. 그래서 나는 한껏 느긋한 표정을 지어 속마음을 감춘다.

"말씀하신 대로라면, 적지 않은 금액처럼 들립니다. 그런데 왜 그렇게 많이 주시는 겁니까? ……그럴 만한 이유가 따로 있습니까?"

276

"확실턴 안 혀도 '다솜'이란 말은 '사랑'이라고 안 헙디여? 나는 그게 언지든지 '인정'이라등가, 머시냐, '인류애' 같은 것이라고 깜냥에 새기고 있는디요이. 그거이 밍밍허게나마 쪼깨 녹아 있거니 허고 받아들이먼 아매 이해가 빨를 거긍만요, 시방."

'다솜'은 그런 게 아니라, 바로 당신 외손자 이름이야……!

내 안에 갇힌, 계곡을 빠져나올 수 없는 메아리 하나가 꿈틀거린다. '씨소'의 외마디 비명 같은 것이기도 하다. 단 한 번이라도 내 입에 스스로 담고자 했던 말은 아니지만…… 그리고 결코 그런 존재로 남지 않으려고 발버둥을 치고는 있지만…… 그 돈은, 그 사례금이다.

"선생께서 흔쾌허니 받아주시는 걸로 알굿고, 다솜터를 진정 애끼는 소이거니 허고 새기께요이? 우리덜이 항꾸 가봤던 인도 오로빌맹키로, 아녀, 그보담도 휠킨 이상적인 도시가 여그 세워질 것이외다. 선생이 맨 첨으 언급을 허셨다는, 잃어뻔진 '에덴'이 장차 여그 복원될 거요. 머시냐, 이름이사 달라질 수도 있것지롸우. 그거이 시방 중요턴 안 헐 팅게 말요. 우리덜이 그 꿈을 실현헐 수 있도록이 부디 도와주십사 허고 부탁허요."

한쪽 구석에 가만히 앉아 있던 '얘기꽃'의 새 주인 사쓰루가 창문 쪽으로 다가갔다. 그 창문 밖으로 함박눈이 어지럽게 내리는 모습이 눈에 들어온다. 첫눈이네 아니네 하고 논란할 여지도 없는 다솜터의 진정한 첫눈이다. 나는 그 눈송이들을 오래도록 바라본다. 서쪽 산자락 끝, 오초혜가 묵고 있는 오두막 근처에는 눈보라가 더욱 심할 것이다. 겨울이 오고 있으니까 그녀를 산 아래쪽, 보다 따뜻한 곳에서 지내도록 해야 할 텐데…… 나는 부질없는 걱정을 한다. 오로빌, 그 따뜻한 곳으로 내가 데려가면 그만인 것을……

"낼모레가 다솜터 창립기념일인디, 그 전날까장은 오두막을 말끔허니 비워주실 수 있것지라우?"

다짐을 받으려는 촌장의 얘기가 꿈결처럼 아득하다. 설립자를 한번 만나게 해달라고 부탁하려다가 나는 그냥 단념하고 만다. 안 된다고 말하기 위해서 말총머리가 지금껏 자리를 지키고 있는지도 모른다는 느낌이 문득 들었기 때문이다. 나는 그 점을 스스로 수긍하느라고 무심결에 고개를 끄덕거리고, 촌장은 촌장대로 자신이 원하는 대답으로 새기고는 환하게 웃는다.

37

모악산 일대는 비가 많이 내리는 곳이라서 겨울에도 강설이 잦다. 그 독특한 지형 때문일 것이다. 산의 정상에 오르면 출렁거리며 뒤척이는 서해가 바라보이는데 말 그대로 일망무제다. 서해와 모악산 사이 그 평평하고 너른 들이 바로 김제 만경평야, 곧 만금萬金의 땅이다. 이런 지형 때문에 풍수를 읽는 이들은 모악산을 가리켜 해안에 정박해 있는 범선의 형국으로 풀이한다. 평야 가운데 홀로 우뚝한 산! ……그래서 산은 '어미산^{母岳}'이 될 수 있었고, 영험한 산으로도 꼽히게 됐다. 하지만 평지 가운데 돌출해 있어서 낮은 평야지대에서 이는 안개가 산자락으로 오르기 마련이고, 근방을 지나는 구름들 또한 이 산마루에 걸터앉아서 잠시 잠깐씩 쉬어가다가 한숨이며 땀방울을 무심히 토해내곤 한다. 그게 여름에 흘리는 땀이면 빗줄기요, 겨울철 한숨이면 눈이다.

나는 다솜터의 마지막 오후 한나절을 동굴 속에 갇히기라도 한 듯 오두막에서 가만가만 흘려보냈다. 산이 내뿜는 겨울 한숨소리가 들리는 듯했다. 한숨은 길고도 깊었다.

눈이 내리는 풍경은 딱히 보잘 것이 없다. 높은 산의 건조하고 매서운 바람 때문에 눈이 밀가루처럼 어지럽게 흩날리기 때문이다. 나는 그 눈보라 너머, 서쪽 산마루 캄캄한 오두막에 갇혀 있을 오초혜와 오초혜의 뱃속에서 자라고 있을 아이를 끝없이 그려보았다.

간밤에 한숨도 자지 못했지만 그 점은 특별히 문제가 되지는 않는다. 짐은 이미 다 싸두었다. 짐이라고 해봐야 가방 하나가 전부다. 옷가지며 책 들, 그리고 잡다한 세간들이 더 있지만 그것들은 남기고 떠날 작정이다. 그동안 웬 잡동사니들이 그렇게도 많이 불었는지 산다는 게 결국은 짐을 하나씩 늘려가는 일이 아닐까 싶다. 처음에는 오초혜와 나 두 사람이 만났다가 이윽고 아이를 갖게 되는 것처럼……

오두막에 불을 지르고 떠날까 하는 생각도 했다. 소란을 틈타 오초혜를 불러내도 좋을 듯했다. 아마 다솜터 지도부는 내가 그 영감님처럼 불을 질러 스스로 분신했으리라고 짐작할지도 모른다. 그렇게 추측할 만한 근거도 충분하리라. 추방되는 데 대한 불만과 저항의 표시로 죽음을 택했을 거라는……

책 몇 장을 찢어들고 나는 실제로 불을 붙여보기도 했다. 방안에는 금세 연기가 퍼졌다. 하지만 그 시각, 송이향이나 이화란 어느 누구 하나 전화를 받는 사람이 없었다. 물론 오두막 전체에 불이 붙어 사람들이 몰려온다고 하더라도 그게 내가 벌이려는 일에 반드시 도움이 될 것인지 장담할 수는 없다. 설립자는 마루에 나와서 잠시 뒷짐을 진 채 오두막이 불타는 모습을 멀리 힐끗 한번 쳐다보고는 다시 방 안으로 들어가 누울 가능성이 높다. 사전에 오초혜에게 미리 연락이 닿지 않는다면 화재를 지켜보는 그녀 혼자만 실신하고 말 것이다.

눈은 쉽게 그칠 기세가 아니다. 차를 끌고 나갈 수 있을지, 오초혜는 눈길에 미끄러지지 않고 내가 있는 곳까지 무사히 와줄 수 있을지 걱정이다. 오두막 뒤쪽에서는 바람이 울고, 딱따구리가 나무를 쪼아대는 소리가 간간이 들려온다. 나무는 나무대로 생살을 찢는 듯 아플 테고, 딱따구리 역시 부리가 부러질 듯하고 머리까지 지끈거리는 통증에 시달리고 있으리라. 몸은 나도 아팠다.

오초혜의 무릎에 한순간이라도 머리를 베고 있으면 두통도 순식간에 다 사라질 것 같다. 나는 언젠가 한번, 그렇지, 그 칠석날 밤에 하늘에 대고 기원을 했다가 용케 효과를 보았던 일을 떠올

리고는 하늘에 빌고 또 빌었다. 오초혜를 지금 당장 내게 보내달
라고…… 하지만 그녀는 오지 않았다. 눈보라만큼 더욱 와자지껄
하게 욕설을 퍼부어야 했는지도 모르겠다.

　다시 딱따구리가 나무를 찍는 소리가 들린다. 이번에는 그게 재
난을 알리는, 다급한 북소리처럼 여겨진다. 오초혜, 그녀를 어루
만질 때면 어김없이 그녀의 몸도 악기로 변하곤 했다. 만약 누군
가가 인간을 창조했다는 게 사실이라면, 소리를 내게 만드는 구조
만은 자연발생적인 악기들을 참고로 했을 것이다. 풀피리나 항아
리 같은…… 내가 연주를 할 때면 목청을 뽑아 노래를 하는 듯
한, 그녀의 비음이 그리워진다. 그녀의 살냄새도, 입안의 단침 냄
새도 그립다. 허나 바깥 눈보라로 인해 서늘해진 내 콧속에는 종
이가 타고 남은 간밤의 탄내뿐이다.

　그녀의 젖꼭지는 이제 아프지 않을까? ……젖꼭지가 아프다고
그녀가 혼자 울고 있을 때, 뱃속에 든 아이는 무슨 생각에 잠기게
될까? ……아이는 발길질을 시작했을까? ……바람직한 태교를
위해 나는 그녀에게 사랑한다는 말을 적어도 수십만 번은 들려줘
야 하지 않을까? ……그리고 내가 바로 네 아버지라고, 지금의
내 목소리를 꼭 기억하라고 반복해서 일러야 하는 건 아닐까?

　모든 게 궁금하고, 또 후회스럽다. 하지만 아주 늦지는 않았을
것이다. 오로빌에 도착하거든 하고 싶은 말들을 눈보라처럼 퍼부
으리라. 나는 다짐하고 또 다짐했다. 그래서 다급해졌고, 그 때문
에 자리를 박차고 일어나 끝내 돌아오기 힘든 길을 단숨에 거슬

러가기 시작했다. 누가 매화꽃 피는 봄날에 나를 이곳으로 다시 불러줄 것인가?

길은 미끄러웠다. 내 몸 안과 밖이 동시에 조바심을 쳤다. 다솜터는 평상시와 다름없다. 마을에 처음 들어오던 날 아무도 나를 주목하지 않았던 것처럼 길 위에 놓여 있는 초가집들은 눈 속에 더욱 파묻혀갈 뿐이고 헐벗은 나무들은 그저 무심하게 차창을 휙휙 지나쳐간다. 길을 오가는 이들이 적지 않지만 내게 관심을 보이는 사람은 없다. 물론 촌장이든 말총머리든, 어디선가 나를 살피는 눈길은 분명 있을 것이다. 그리고 혹시라도 오초혜가 알고 있다면 사당 어디쯤에 홀로 서서 젖은 눈으로 나를 배웅하고 있을지도 모르겠다. 알고 있기만 하다면……

'애기꽃'에서는 따뜻한 불빛이 새어나오고, 온천 지붕으로는 뜨거운 김이 모락모락 피어오른다. 내게 따뜻하고도 뜨거웠던 다솜터였다. 아무리 도망치듯 쫓겨나는 신세라고는 하지만 그건 부인할 수 없는 사실이다. 다만 저 원조 에덴의 동산에서처럼, 비록 그들은 두려움에 한없이 떨었을망정, 오초혜와 나 역시 나뭇잎 하나만 걸치고라도 함께 떠나갈 수 있다면 얼마나 좋을까? ……짐승처럼 동산의 숲을 헤치며 걸어내려왔을 아담과 이브는 행복했으리라. 그때 혹시 그 이브는, 지금의 오초혜가 그런 것처럼 배가 이미 불러 있지는 않았을까?

기독교학자들에 의하면 에덴동산은 현재의 이라크, 옛적 메소포타미아 문명을 낳은 유프라테스와 티그리스 두 강의 근원이 되는 지점 어딘가에 존재했을 것이라고 한다. 다 아는 대로 메소포타미아 문명의 아버지는 수메르 문명이다. 그리고 에덴동산의 설화는 수메르신화를 차용했다고 전해진다.

수메르Sumer! ……우리나라의 일부 학자들은 수메르가 부여족 계통의 수밀이족須密爾族이 건너가 세운 나라가 아닐까 하는 주장을 펼치기도 한다. 수메르인 스스로 자신들을 일러 '검은 머리 사람들sag-giga'이라고 불렀다거나 일부 부여족이 유럽 대륙으로 이동하여 불가리아를 건국했다는 설화, 그리고 수메르인의 문자인 쐐기문자가 우리의 매듭 형태와 매우 흡사하다는 점 등이 근거라고 한다. 내가 공부한 묵자의 천손사상, 그리고 그보다 앞서 그 사상을 낳아 묵자에게 전해주었던 동이족이 역사의 어느 한 지점에 존재했던 건 분명한 사실이다. 혹시, 그들의 주장이 옳다면 에덴설화의 원형인 수메르신화는 까마득한 고대 우리 민족에게서 비롯된 것이라고 할 수 있을까? ……현세에 이르러 우리 민족이 아무런 거리낌 없이 기독교와 친화할 수 있었던 배경도 바로 그것이고? ……물론 그건 밝혀낼 수도 없는 일일뿐더러 내 관심사도 아니다. 나는 지금, 아담처럼, 자신의 아내와도 동행하지 못하는 현실이 서글플 뿐이다.

다솜대학의 교정은 눈보라가 점령하고 있다. 학교를 한 번쯤 돌아보고 싶지만 들어설 엄두가 나지 않는다. 돌이켜보면 제자들과 특별히 어떤 정분을 나누지도 못했다. 내 마음속에는 그들보다 오초혜가 더 크고 넓게 자리하고 있었기 때문이다. 그런 점에서 보자면 나는 그리 좋은 선생은 되지 못한 셈이다. 그래서 제자들 역시 내가 떠나든 말든 관심이 없을지도 모른다. 그게 섭섭한 건 아니다. 기회가 주어졌다면 '공동체학'이라든가 '파라다이스학' 같은 강좌를 개설하고 싶었다. 이곳이라면 그런 강좌 하나쯤은 마땅히 있어야 했다. 그게 부끄러운 앙금으로 남는다.

"아니, 이 눈길에 어딜 가십니까?"

황지동이 끝나는 지점에 이르자 거기 서 있던 남자 하나가 내 차를 세운다. 전에 생수공장인가 어딘가에서 한 번쯤은 만난 기억이 있는 사내다. 나는 그 사내가 왜 거기 서 있는지 그게 더 궁금하다.

"시내 나가는 차를 기다리고 계신가요?"

"아닙니다. 여기 경비를 서고 있습니다."

"경비라니요?"

"앞으로는 여기서 경비를 서게 한답니다. 출입자들을 기록하기도 하고…… 제가 그 임무를 맡게 됐거든요."

그럼, 그렇지……! 그게 바로 나 때문에 새로 생긴 제도임은 두말할 나위도 없다. 내가 아니라면 오초혜 때문일 뿐…… 다솜터 출입자를 확인할 이유가 전에는 없었다.

"그럼 잘됐습니다. 구문보 교수가 지금 다솜터를 떠난다고 즉시 보고하세요."

"……?"

사내를 뒤로하고 나는 다시 차를 몬다. 사내는 아직 내막을 모

284

르고 있는 듯하다. 충분히 그럴 수도 있으리라. 많은 이들이 나처럼 어느 날 새벽에 불쑥 나타났다가 또 어느 밤중에 홀연히 떠나가기도 할 테니까 말이다. 그리고 그런 일이 지속되는 한 다솜터의 미래도 없다. 유토피아라는 이상 역시 한낱 꿈에 지나지 않거나 그저 문서상의 희망사항에 그치고 만다. 여관이나 호텔이 파라다이스가 될 수는 없지 않은가? 그런 곳이라면 유토피아와는 거리가 먼 사람들끼리 작당하고 그들 마을을 유토피아로 부르자고 서로 짜고 속이는 짓에 불과할 뿐……

천생 어쩌지 못하는 샌님처럼, 이 순간에도 그따위 개똥철학에나 사로잡힌 나 자신이 참으로 야속하다. 이런 천치, 바보! ……눈보라는 내게 끝도 없이 욕을 퍼붓는다. 문제는 다솜터가 갑작스럽게 군대처럼 경계를 강화했다는 사실이다. 게다가 눈까지 내리고 있다. 그러니 오초혜가 지금쯤 땅이 꺼지게 한숨을 내쉬고 있을 게 뻔한데도 나는 터렁이나 흥얼거리고 있는 셈이다.

무엇인가가 어긋나도 아주 크게 어긋나고 있다는 섬뜩한 느낌으로 내 가슴이 한순간 철렁 내려앉는다. 그래서 잠시 차를 세우고 고개를 돌려 내가 몸담았던 마을 쪽을 돌아본다. 하지만 보이는 건 없다. 높고 두꺼운 눈보라의 장막이 내 시선을 겹겹이 가로막는다. 꿈처럼, 다시 되찾을 수는 없었다던 무릉도원 설화처럼, 다솜터는 차원이 다른 꿈속 저 너머에나 존재하는 듯 아득히 멀고 캄캄하다.

38

내 고물 승용차 라디오에서는 영화음악들이 지지직거리며 흘러
나온다. 산중이라서 전파가 방해를 받는 모양이다. 12월 1일이라
고, 또 새로운 달이 시작됐다고, 그러나 이제 마지막 한 장 남은
달력이 쓸쓸하게 보인다고 라디오에서는 여러 차례 강조한다. 그
래도 오랜만에 듣는 〈로미오와 줄리엣〉 테마곡은 감미롭다. 감미
롭고도 슬프다. 〈우리 둘만을 위한 시간A time for us〉, 나는 지금 바
로 그러한 시간들을 기다리고 있다. 오초혜와 나만의 시간, 그 어
느 구렁에 떨어질지언정 그녀와 내가 함께 있어야 할 시간을……

그런데, 남루하고 비루먹은 내 생애도 짧은 단편영화 한 편쯤은
만들 만한 소재가 될까? 영화가 가능하려면 지금의 탈출이 극적
으로 이루어져야 한다. 하다못해, 비극적으로라도…… 아니, 비
극적이라니? 나는 또 씨가 될지도 모르는 말들을 뿌려대고 있다.
물론 내가 바보가 아닌 한 비극적으로 일이 끝나기를 바라지는
않는다. 최악의 사태를 미리 상정해보는 의식 한가운데에는 주술
적인 효과를 비는 심리가 흔히 숨어 있는 법이다. 일이 그런 식으
로 어긋나지 않게 해달라는 주문 같은 것.

잎이 사라진 겨울나무들만 삐쭉삐쭉 서 있는 비류동 뒤편의 산
등성이는 영락없이 멧돼지의 거친 잔등처럼 보인다. 갈기를 모두
세운…… 정문 쪽은 이미 봉쇄된 것이나 다름없을 테니까 오초혜
는 어쩌면 그쪽 산길을 헤치며 내려올지도 모른다. 배는 그새 얼

마나 불러 있을까? 산길을 택해서 걸어야 한다면 얼마나 불편하고 조심스러울 것인가?

지금이라도 오초혜를 납치해야 할까? 그런 다음 초소 경비를 밀어붙이며 줄행랑을 쳐야 할까? ……하지만 그건 저쪽 사정을 알 수 없으니 함부로 감행할 일이 아니다. 씨실과 날실이 교차되면서 베가 짜이듯, 서로 상반된 생각들이 내 머릿속을 엮고 있다. 송이향은 일을 제대로 돕고 있을까? 혹시 배신한 건 아닐까? ……아니다. 만약 어떤 일에 대한 보상으로 섹스를 원하는 여성이 있다면, 그 누구든 등을 돌리는 짓은 하지 않을 것이라고 나는 믿는다. 그냥 믿는다는 것이다. 물론 그 섹스가 자랑스러운 건 아니다. 자랑스럽기는커녕 죄책감에 시달려왔다.

전지전능한 야훼가 흙덩이를 뭉쳐서 아담과 이브의 성기를 빚으려고 작정했을 때, 그는 그 물건들을 단순히 배뇨 목적으로만 쓰라고 의도하지는 않았을 게 분명하다. 그건 너무도 뻔한 일이다. 만지거나 비비거나, 서로 벌거벗은 알몸을 바라보는 순간이면 그들 물건이 어김없이 발기하도록 특별하고도 놀랄 만한 기능을 부여한 건 야훼 자신이다. 그 부위를 빙 돌아가면서 터럭들까지 심어놓은 사실을 고려하면 더욱 자명해진다. 요컨대 야훼는 장차 인간들이 섹스를 할 때 마찰로 인한 발열 때문에 불편을 겪지 않도록 그 부드러운 터럭 숲까지 조성하는 세심한 배려를 한 것이다. 그런데도 야훼는 왜 그들을 추방했을까?

다솜터 설립자도 마찬가지다. 그게 누구의 발상이었는지는 몰라도 나를 씨소로 들이자는 계획에 설립자가 선뜻 동의했을 리는 없다. 정신을 잃지 않고서야 자기 아내를 남에게 빌려주는 일에 나 몰라라 할 사람은 없을 것이기 때문이다. 내가 풀 수 없는, 그러면서도 끝내 물을 수 없는 건 따로 있다. 다솜터의 간계를 오초혜도 사전에 이미 알고 있었을까 하는 의문이다. 물론 나는 믿는다. 그녀가 그걸 알고 있을 턱이 없다. 그녀 또한 피해자가 아닌가?

'동그라미 그리려다 무심코 그린 얼굴 내 마음 따라 피어나던 하얀 그때 꿈을……'

손에 쥐고 있던 내 휴대폰이 〈얼굴〉을 노래하기 시작한다. 두려움 때문에, 서둘러 전화를 받는 대신 나는 잠시 노래를 따라 불러본다. 말이 씨가 된다더니, 내 경우에는 노래 가사의 상황이 씨가 된 걸까?

"여보세요?"

"선생님……"

송이향이다. 낮고 느린 호칭이 내 귓속을 송곳처럼 찌른다. 차분하고도 메마른 목소리, 일이 잘못되고 있음이 단박에 감지된다. 그녀의 목소리는 당연히 높아야 했고 또한 흥분되어 떨려 나왔어야 했다.

"지금 어디 계세요? 거기 맞나요?"

"약속장소 그대롭니다. 일은 잘됐어요? ……초혜는?"

"저, 바로 내려갈게요."

그녀가 전화를 끊었다. 산을 바로 내려온다는 말만은 빠르고 높았지만 목소리에는 생기가 없다. 연기가 흩어지듯 이미 희망이 날아가버린 빈 궤짝에서 울려나오는 공동음空洞音에 불과하다. 내 휴대폰의 수신음에 새겨진 얼굴은 어쩌면 할미꽃 같은 얼굴인지도 모른다. 번개처럼 스치고 지나가는 생각이 그렇다. 새봄이 오면 오초혜의 오두막에 할미꽃을 심어준다고 했던 약속이 떠오른다. '슬픈 추억'이라는 꽃말을 가진……

하늘은 음울하기만 하다. 호흡이 거칠어지고, 이윽고 그게 내 안에서 과열되어 시커먼 연기를 뿜어낸 탓일지도 모른다. 송이향이 오고 있을 테지만 솔숲은 겹겹이 산길을 가리고 있다. 그녀가 나를 기만하는 건 아닐까? 이젠 됐다고, 더이상은 싫다고 완강하게 거부하긴 했어도 자신이 보상으로 요구했던 그 섹스만으로는 수지타산이 맞지 않는다고 여기는 걸까? 일은 계획대로 잘 풀려가고 있지만 마음을 열어 축복해주기는 싫은 시기심으로 잠시나마 나를 골탕 먹이려는 건 아닐까?

소나무 숲길은, 기다리고 견뎌야 하는 시간만큼 멀고도 길다. 앞산의 나무가 모두 무성하고 푸르던 날의 일들이 떠오른다. 내가 오초혜를 업고 숲으로 들어갔던 일, 그녀가 나무에 등을 기대고 섰던 모습, 반짝거리던 나뭇잎과 그 사이로 내리꽂히던 화살 같던 햇살, 상기된 얼굴과 바르르 떨리던 긴 속눈썹, 흰 자작나무처럼 곧게 뻗은 채 빛나던 다리 기둥……

송이향은 산을 다 내려와서야 내 눈에 띈다. 재빠르게 그녀의 등뒤를 살펴봐도 뒤따르는 사람 그림자는 더이상 없다. 바싹 말라 높은 가지 끝에 질기게 매달린 채 오들오들 떨고 있는 상수리나무 누런 이파리들만 눈에 띌 뿐이다.

"왜 혼자 온 거요?"

목소리가 떨린다. 갈라져 나온 목소리는 그대로 부서져 찬 대기에 눈송이처럼 흩뿌려진다.

"그럴 수밖에 없는 사정이 생겼어요. 그 사정을 어떻게 설명해야 할지, 저도 모르겠네요."

"아프기라도 한 거요?"

"자리에 눕긴 했어도 아픈 건 아니에요. 그건 염려하지 마세요. 아이도 건강하다고 의사가 얘기했고……"

"그런데 뭐요, 문제가?"

분노를 애써 감출 필요도 없다. 계약 위반을, 송이향이 이미 선불 형식으로 받아간 나와의 섹스에 대한 채무관계 같은 걸 따지는 건 아니다. 처음부터 그런 게 성립될 수 있는 계약인지는 모르지만.

"모르죠. 모든 게 무사태평인 것이 문제일는지……"

송이향이 허리를 숙여 바지에 붙은 검불을 떼어낸다. 속이 시뻘겋게 타고 있는 남 사정쯤은 아랑곳하지 않고 무사태평인 쪽은 오히려 그녀다. 그런 그녀의 멱살이라도 잡아 비틀고 싶어진다.

"여보시오! 남의 일이라고 그렇게 한가한 소리만 늘어놓는 거요?"

290

"그래요. 그럼, 잘 들으세요. 오초혜를 붙잡은 사람은 아무도 없었어요. 가지 않겠다고, 갈 수 없다고 제 입으로 스스로 말한 건 바로 그애였어요. 이제 좀 이해가 되세요?"

"······?"

이해라고······? 그걸 이해할 사람은 세상에 없다. 이해하려고 나설 일도 아니다. 아니, 나는 그런 의지 같은 걸 가져보기도 전에 공황장애 같은 것에 빠져버렸다. 눈앞이 캄캄하고, 마구 어지럽다.

"차 안으로 들어가 좀 앉으세요. 전, 몹시 추워요."

코끼리코를 하고 맴돌이를 한 사람처럼 나는 어칠비칠 걸어가 운전석에 몸을 부린다. 송이향이 부축이라도 하듯 바짝 내 뒤를 따라왔다.

"나보고 그 말을 믿으라고······? 어수룩한 거짓말로 우리를 이간질하는 거요?"

"양쪽 모두에게, 저는 사실대로 전해드렸을 뿐이에요. 믿고 안 믿고는 선생님이 결정하실 일이구요."

"내가 직접 가야겠소. 당신한테 듣고 싶은 얘기는 더이상 없소."

송이향이 뭐라고 대꾸했지만 내 귀에는 들려오지 않는다. 오리 알터로 흘러들어가는 계곡의 살얼음을 깨고 잠시라도 머리를 처박기만 한다면 악몽으로부터 벗어나듯 모든 거짓에서 일시에 해방될 수 있을 것만 같다. 하지만 나는 물가로 나가는 대신 핸들 중앙에 이마를 압박하고 마구 눌러대기 시작했다. 삐이잉! ······경적

이 크게 울려퍼짐과 동시에 내 심장이 벌컥벌컥 뛰었다. 가슴팍을
해머로 쳐서 부수기라도 할 것처럼.

송이향이 나를 부축해올려서 제 어깨에 기대게 했다. 귀청을 찢
을 듯 울리던 경적의 여운으로 여전히 머리가 어지럽다. 내가 떠
나온 그곳이, 내가 잃어버린 진짜 천국이었을까? 그리하여 지금
이곳은 사바娑婆인가?

바야흐로 잔치가 시작되는지 다솜터 쪽에서 울리는 풍물 소리
가 희미하게 들려온다. 산 너머가 바로 다솜터다. 군데군데 낡고
해진 산수화처럼 벌써 그곳의 기억이 가물가물하고 아련하다. 나
자신은 꼼짝도 하지 않고 지켜보는 가운데 극장 스크린의 장면이
홀로 바뀌듯, 오리알터에 몸을 실은 철새들이 저절로 두둥실 수면
을 흘러가듯, 그렇게 멀어져간다.

39

'노인은 저녁잠에 무너졌겠지. 한 치에 불과한 눈꺼풀의 무게
를 이기는 노인은 없다고 했겠다!'

비류동 1번지 오두막 쪽으로 잠입해가면서 나는 자기최면을 걸
듯 중얼거린다. 오초혜를 불러낼 수만 있다면 그길로 어디로든 함
께 도망칠 작정이다. 이제 마지막 삼십육계다.

두툼하게 살 오른 초승달이 내 길라잡이로 나선 듯 가다 서다

를 반복하며 저만치 앞장서 걸어간다. 잠을 이루지 못한 새들이 갑자기 울부짖는 바람에 그나마 느린 달의 걸음을 이따금 멈추게 만든다. 그럴 때마다 달이 내 눈치를 살피고 나 또한 달의 동정을 엿보곤 한다. 겨울 산중의 밤바람이 작고 예리한 칼날 조각들을 품고 있기라도 한 것처럼 차갑다.

1번지 오두막에서는 불빛 한 줌이 따뜻하게 새어나온다. 창호지를 뚫고 나오는 어떤 불빛들은, 따뜻한 느낌에도 불구하고, 더러 그걸 바라보는 눈들을 서럽게 찌를 때가 있다. 왠지 그런 생각이 든다.

뒤꼍 툇마루 쪽으로 다가가 나는 잠시 몸을 숨긴다. 방 안에서는 음악 소리가 낮게 흘러나온다. TV라도 켜둔 모양이다. 하지만 뒷문 쪽으로는 병풍이나 커튼을 쳐두고 있는지 방 안은 어스름하다. 나는 입안에 침을 모아 손가락에 묻히고, 그걸로 방문 창호지를 충분히 적신다. 종이는 생각처럼 쉬이 찢어지지는 않는다. 손가락이 한지를 뚫고 들어가는 소리가 내 가슴이 마구 방망이질하는 소리보다 결코 큰 것 같지는 않다.

'실제로 우리에겐 아주 재밌는 풍습이 있어요. 첫날밤에……'

오래전, 그녀가 외국인들을 안내하며 들려주던 얘기가 환청인 듯 들렸다. 그때 그녀는, 그녀의 웃음은 봄꽃보다 더 화사하고 밝았다. 한데 지금은 겨울이다. 벌거벗은 나뭇가지만으로는 그 꽃도 잎사귀도 쉽게 상상이 되지 않는다. 과연 그게 어떻게 만발하는지……

뚫린 방문 구멍으로 나는 조심스럽게 눈을 갖다댔다. 하지만 짐작한 대로 커튼이 내 눈을 가로막는다. 그 때문에 시야가 흐릿했고, 방 안 동정도 감지할 수 없다. TV에서 흘러나오는 노랫소리만 거기 사람이 있음을 일러줄 뿐이다. 동짓달 기나긴 겨울밤, TV나 지키고 앉아 있을 부조리한 한 커플을……

낭패스런 심정으로 이마를 찬 바람벽에 기대고 나는 눈을 감는다. 하나의 방책이 떠오른다. 방문을 우지끈 박차고 들어가 설립자를 묶어놓고는 오초혜를 데리고 탈출한다. 다른 방책은 없다. 그게 아니라면 이대로 돌아서야 한다. 나는 그렇게 나 자신을 외곬으로 몰아붙였다.

"시방 몇시나 됐을까?"

방 안에서 늙은이의 음성이 새어나온다. 숨을 멈춘 채로 나는 곧이어 들려올 어떤 목소리를 기다렸다. 응, 잠이 깨셨어요?…… 라거나 혹은 열두시 가까워졌다고 말하거나 그건 아무래도 좋다. 하지만 어쩐 일인지 대답소리는 들리지 않았다. 누구나 할 수 있는 쉬운 대답이 왜 금방 이어지지 않는지 불안했다. 그래서 나는 문틈으로 귀를 바짝 들이댄다.

별안간 그때, 일시에 가해지는 무시무시한 고통이 내 어깻죽지를 때린다. 나는 영문도 모른 채 외마디 비명과 함께 툇마루 아래로 나자빠지고 만다. 시커먼 그림자 두셋이 잠시 눈앞을 어른거린다 싶은 순간에 다시 내 등짝에 거친 몽둥이 타작이 가해진다. 이번에는 비명이 저절로 삼켜진다. 고통이 너무 갑작스럽고 심해서

공포심이 목을 조인 게 분명하다. 그 대신 나 아닌 또다른 누군가가 터뜨리는, 찢어질 듯 높은 비명소리가 들려왔다.

"그만! ······제발, 그만하세요."

나는 머리를 싸쥔 채 그 소리에 매달린다. 그 와중에도 의식한 가닥은 더욱 명료해져서 내가 의지할 곳이란 그쪽뿐임을 일러준다.

그림자 몇 개가 우악스럽게 나를 잡아끌고 사당 쪽으로 향했다. 나는 그 점이 몹시 부끄럽고 불만스럽다. 사당은 내 제안에 의해 만들어졌다. 공동체의 높은 이상에 걸맞은 정신 함양과 수련, 아울러 고결한 자기반성의 공간으로 필수적이라고 말하지 않았던가? 그런데 사내들이 나를 단죄하기 위해 그곳으로 끌고 간다. 그리고는 사당 문 앞에 패대기쳐버린다.

"누구요? ······당신들 도대체 누구요?"

하나 마나 한 질문이다. 잠시 매질이라도 덜 요량이다. 그들은 입을 열지 않았다. 그들이 누군지 나는 모르지만 그들은 나를 이미 알고 있는 게 분명하다. 내가 언젠가는 이곳에 잠입하리라는 사실까지도······ 그렇다면 겁을 낼 필요가 없다.

잘게 나뉜 시간의 분초가 내 어깨와 등허리를 콕콕 찌르듯 밟으며 흘러갔다. 나는 신음하지 않고 버텼다. 어지럽던 발소리가 이윽고 잠잠해진다. 엎드린 채로 고개를 조금 돌려서 나는 사내들을 바라본다. 달빛을 등에 지고 서 있는 사내 하나의 얼굴 윤곽이 희미하게 드러난다. 얼굴 위쪽의 머리 부분에 까치 한 마리가 앉은 듯한…… 말총머리다. 나는 비로소 허리를 일으키고 앉았다. 어깨와 등이 몹시 쑤신다.

"보시오, 정선생. 나, 구문보요."

"……"

사내는 내 쪽을 흘낏 돌아봤을 뿐 여전히 말이 없다. 그 낱낱의 사정이야 어찌 됐든, 인연은 질기다는 생각이 든다. 오초혜와 나, 그리고 또 말총머리와 나……!

"오초혜씨를 만나야 합니다. 설립자 어르신도 뵙고…… 나를 막지 마시오."

"움직이지 마!"

다른 사내가 나를 옥박질렀다. 나는 개의치 않고 자리에서 일어서려고 했다. 하지만 왼쪽 허벅지 부위의 뼈가 이미 부러지기라도 한 듯 아파서 저절로 고꾸라지고 만다. 나는 이를 악물고 다시 일어서려다가 넘어지고, 또 넘어지기를 거듭한다.

"독종인 체해봤자 소용없소. 그 몸으로 어딜 가겠다고!"

이번에도 그 사내다. 나는 어느 일에서나 독종이 되지 못한다. 그래서 세상의 어느 것 하나도 온전히 내 것으로 만들지 못한 사람이다. 그러나 오초혜 문제는 다르다. 세상 모든 걸 미옥하게 다 포기하고 말았으니 이제 마지막 남은 하나를 움켜쥘 수밖에 없다. 나도 무엇인가 하나쯤은 가져야 하지 않겠는가!

"선생님, 움직이지 마세요. 몸이 어떻게 됐을지 몰라요."

"자네는 누군가?"

"전, 선생님 제자입니다."

뒤쪽에 있던 또다른 사내가 내 쪽으로 조금 다가왔다. 하지만 어둠 속이라 그런지 얼굴도 기억도 다 흐릿하다.

"그렇다면 설립자 어르신을 좀 모셔오게. 오초혜 선생도……
보다시피 난 위협을 가할 처지가 못 된다네."

"어르신께서는 나중에 기회를 봐서 선생님을 만나겠다고 하셨
어요. 그리고 이미 들어가셨습니다. 방에 불도 꺼졌구요. 제가 선
생님을 제 오두막으로 모시겠습니다. 사실은 그렇게 하라는 지시
를 이미 받았습니다."

"나 자신이 부끄럽지 않았는데, 자네에겐 면목이 없네."

"아닙니다."

그가 넓은 등을 내 쪽으로 가까이 대자, 나를 윽박지르던 사내
가 옆에서 부축했다. 얻어맞은 오른쪽 어깨 아래의 팔이 내 것이
아닌 양 힘없이 덜렁거린다.

방 안에 불이 꺼지고, 훌쩍거리는 오초혜를 다독거리며 함께 나
란히 누워 있을 설립자의 모습이 떠오른다. 몸의 고통은 아무 것
도 아니다. 고통이 만약 내 몸에 국한된 것이라면 나는 어쩌면 더
없이 후련하고 상쾌했을지도 모른다. 아마 휘파람이라도 불면서
옛 제자의 등에 업혀가고도 남을 것이다. 그러나 아프게 우는 그
녀를 다독이는 사람이 내가 아니라는 사실이, 늙은 설립자라는 사
실이 견딜 수 없을 만큼 슬프고도 고통스럽다.

올 때처럼, 그새 머리 위로 더 높이 솟아오른 초승달이 다시 앞

장을 선다. 백지장처럼 새하얀 달이다. 실컷 울어서 심중에 남아 있는 고통의 독소가 어느 정도 제거된 후에는 그녀의 얼굴이 다시 전처럼 맑고 하얘질 것이다. 결코 내 몸의 통증 따위가 아니라, 세상 어느 곳에나 고통이 존재한다는 대수롭지도 않은 사실 때문에, 나는 소리를 내지 않으려고 애쓰면서 몰래 흐느낀다.

40

세밑 추위가 맹위를 떨치더니 오리알터에도 얼음이 얼었다. 꽁지가 검은 철새들이 내려앉았다가 미끄러지면서 얼음을 지치고 있는 것처럼 보인다. 빙판에서 미끄럼을 즐겨도 될 만큼 내 몸도 나았다. 오초혜를 만나러 다솜터에 가는 길이라 걸음이 가벼운 게 사실이다. 그녀를 직접 만날 수 있다고 했다.

새로 지어진 황지동 초사를 지나오자 비류동 산허리 쪽으로 저절로 눈이 간다. 오랫동안 내가 살던 마을에 새삼스레 허락을 받고 들어서는 길이라 심사가 어지럽다. 한때나마 내가 이곳을 진실로 에덴동산, 파라다이스라고 여겼던 게 사실인가? 나는 나 자신에게 거듭 묻는다. 과연 그랬던가?

오초혜나 다솜터 두 존재 중에 누가 우선인지, 이따금 자문하기도 했다. 그렇게 묻고 보면, 한쪽은 사랑 같고 한쪽은 가정 같은 느낌이 든다. 한쪽은 젊음이고 나머지 한쪽은 진리 같은…… 맞다. 둘 중에 그냥 버리거나 쉽게 포기해도 괜찮은 건 없다. 다솜터에 대한 꿈과 이상은 이제 내 이데올로기의 하나로 굳어졌다. 내가 섬겨야 할 철학이며 이념이란 그것 이외에는 없을 것만 같다. 나는 고백할 수도 있다. 다솜터 아닌 이데올로기는 이미 내 안에서 죽었다. 그러므로 일이 어찌 됐든 다솜터가 나를 영원히 내치지나 않았으면 좋겠다. 나도 다솜터의 덤벙주초 하나가 되고 싶다. 그럼, 오초혜는? ……그건 물을 게 아니다. 묻는 나 자신 스스로 예의가 아니다.

생각의 머리채가 온통 수선스런 때문인지, 다솜터는 허술하고 조잡한 사극영화 세트 속의 성채처럼 보인다. 누런 토성土城 아래 관아며 감옥이며 창고, 민간 가옥 같은 것들이 모조 건축자재로 세워져 있는…… 그렇다면 나는 여태껏 어떤 영화 한 편의 허구 안에서 주어진 역할에 충실했던 배우 이상 아무것도 아닌가? 뿐만 아니라 영화 촬영이 모두 끝난 지금까지도 배역에 취한 채 주인공 여배우 주변을 서성거리는?

"설립자 어르신은 만나지 못할 겁니다. 오초혜 선생에게 무슨 일을 강요하거나 윽박질러도 안 됩니다. 그분의 뜻을 확인하는 대로 돌아서주셨으면 합니다. 구선생님의 양식을 믿겠습니다."

말총머리가 내 혀를 미리 묶어두는 말을 한다. 겨울나무 가지 끝에 불어대는 삭풍처럼 차고 메마른 음성이다. 이른바 게임의 규칙을 마지막으로 주지시키고, 그걸 지키지 않는다면 자기 쪽에서도 양식이고 교양이고 다 무시하겠다는 협박처럼 들린다. 나는 그에게 대꾸하지는 않는다.

'얘기꽃'은 텅 비어 있다. 주방 문 앞에 서 있던 사쓰루가 깊이
허리를 숙여 절할 뿐이다. 말총머리는 '얘기꽃' 안까지는 들어서
지 않는다. 나는 평소처럼 구석자리를 찾아가 앉은 다음 사쓰루에
게 녹차를 주문한다. 해야 할 얘기가 많을 것이다. '얘기꽃'이란
상호가 새삼 그럴싸하게 여겨진다. 물론, 아무런 말도 오가지 않
는다고 하더라도 오초혜와 마주 앉으면 걷잡을 수 없을 정도로
갈증이 일 게 분명하다.

오래지 않아 촌장의 부축을 받으며 오초혜는 나타났다. 그녀의
배가 눈에 띄게 불러 있다. 나는 거의 본능적으로 그녀의 배를 만
지고 싶은 충동이 인다. 그런데 알 수 없는 설움이 갑자기 시야를
흐리게 만든다. '얘기꽃'의 문을 들어서는 순간부터 오초혜는 한
번도 고개를 들지 않는다. 내가 와 있는 걸 모르기라도 하듯.

"오랜만이구롸우."

촌장이 지나는 말투로 먼저 인사를 건넨다. 굳이 답례하지 않아
도 상관하지 않겠다는 듯…… 오초혜는 입을 굳게 다문 채 찻잔
이 식지 않도록 켜놓은 촛불을 응시하고 있다. 그녀의 오두막에서
처음 맞이했던 보름밤의 풍경이 저절로 그려진다. 그때도 그녀의
양 눈동자에는 두 자루의 촛불이 켜졌었다.

"송이향씨에게 했다는 말이 사실이야? 가지 않겠다는 게 당신
뜻이라던 말이?"

"……"

대답을 듣지는 못했지만 나는 그녀의 입술이 아주 조금 열렸다가 이내 닫히는 모습을 보았다. 그 입술이 분명 우리가 뜨겁고 다디달게 오랜 키스를 나누던 그 입술이었는지 믿어지지 않는다. '네'라고……? 갑작스럽게 입안이 빈 종이컵처럼 바싹 말라버리는 바람에 나는 딸꾹질까지 하고 만다. 그 소리가 '얘기꽃' 공간을 울린다. 오초혜가 미세하게나마 몸을 움찔했다. 비명으로 들렸기를, 내가 놀라고 충격을 받아 터뜨린 비명소리로 들었기를, 나는 간절히 원했다. 그리고 찻잔을 들어 입안을 축인다.

"그럼, 우리 사랑도 거짓이었네?"

"아뇨."

오초혜가 처음으로 고개를 들었다가 놀란 듯 다시 눈길을 거둔다. 얼굴에 아무것도 바르지 않은, 부스스한 모습이 안쓰럽다. 게다가 그녀의 눈은 물기에 젖어 평소보다는 조금 더 깊고 검게 보인다. 화장을 하지 않은 거친 얼굴로 나타남으로써 그녀는 나를 조금이라도 멀어지게 만들려고 한 걸까?

"그렇다면 설명해봐. 그게 무엇이었는지를…… 불장난이든, 불꽃놀이였든 상관치 말고."

"집으서 시방 들은 걸로도 모잘랍디여? 먼 말이 더 필요허단거요, 시방?"

촌장이 역정을 낸다. 선생이라는 흔한 표현조차 쓰지 않고 이제는 그냥 '집'이라고, 무미건조한 지칭을 한다. 득의양양해하고, 과장하는 태가 역력하다. 언제 어디서 누구를 만날지라도 자기감정을 절대 숨기지는 못할 위인이다.

"아버지, 잠깐만 밖에 나가 계실래요? 잠깐이면 돼요."

"늬 맘은 깨깟허장? 그장?"

"어서요."

누군가에게 목덜미를 붙잡혀 끌려가듯 촌장이 터덜터덜 밖으로 나간다. 사쓰루가 장작 몇 개비를 들어 벽난로 아궁이에 밀어넣는다. 먼저 불에 타고 있던 장작들이 탁탁 소리를 내며 투덜거리는 소리가 들린다. 모든 풍경들이 지극히 정상적인가 하면 동시에 낯설다.

"잘 지내세요? 몸은 괜찮으세요?"

오초혜가 부조리극의 한 대사처럼 묻는다. 나는 대답 대신 그녀를 노려본다.

"자기 몸을 태워버리는 불장난은 세상에 없어요. 그러니 그런 식으로 말씀하지는 마세요. 불장난이 아니었던 걸 선생님께서도 잘 아시잖아요. 저도 한때나마 제 몸을 시뻘건 숯덩이 위에 올렸으니까요."

"한때나마……?"

"믿기 힘드시겠지만, 모든 일을 다 제가 꾸몄어요. 선생님을 선택한 것도 저였고, 다솜터로 끌어들인 것도 저였으니까요. 선생님 같은 분이면 충분하다 싶었죠. 되바라지지 않고 의뭉스럽지도 못해서 남한테 해코지는커녕 오히려 어수룩하게 당하기도 잘하는…… 저, 참 무서운 여자죠?"

"도대체 무엇에 충분했다는 거지? 그게 바로 불장난이 아니면 뭐라는 거지?"

"선생님……"

그 순간 오초혜가 눈물을 주르륵 쏟아낸다. 나는 애써 그 눈물을 외면한다. 내 처지에 비하면 그것은 값싼 눈물, 위선 가득한 악어의 눈물 같은 것에 지나지 않는다. 그녀가 꺽꺽 소리를 낸다. 좀 전의 내 딸꾹질처럼.

"제가 나빴지만, 선생님께서, 그렇게 말씀하시는 건 싫어요. 그건 아니잖아요. 아닌 걸, 잘 아시잖아요."

"내가 도대체 뭘 안다는 거지?"

오초혜가 연신 캑캑거리며 띄엄띄엄 말하는 동안에 나는 눈물이 새어나오고 있는 그녀의 눈을 가만히 응시하기로 한다. 여자의 눈물이 남자들에게는 최상의 무기라고? ……그럴 수도 있다. 내 거친 호흡도 점차 가라앉는다. 고즈넉한 계곡에 앉아 쉼 없이 솟아나는 샘물을 보며 위안을 받기라도 하듯.

"전 이제, 돌아가는 거잖아요. 원래 있던 곳으로, 돌아갈 뿐이잖아요."

가당찮게도 그 순간, 오초혜를 이해할 수도 있겠다는 너그러움이 나를 막아선다. 왜 그런지는 알 수 없다. 눈물 때문일 수도 있다. 사랑을 향해 맹목적으로 몸을 던지는 나이는 이미 오래전에 흘러갔기 때문인지도 모른다. 그러나 모르면 몰라도, 몸을 한 번이라도 던져야 한다면 기실 오초혜가 던져야 하리라. 그녀 나이라면 사랑이라는 이름 하나만 듣고도 설사 절벽이라 한들 뛰어내릴 수 있어야 한다. 그런데도 그녀가 투신을 하기는커녕 오히려 돌아가겠다고 한다. 절벽 아래서 끌어내리는 사랑, 그 자력이 터무니없이 약했던가?

"얘야……!"

누군가가 인기척도 없이 다가와 오초혜를 불렀다. 뜻밖에도 설립자다. 예상하지 못한 터라 나는 엉거주춤하고 일어서고, 그가 오초혜의 옆자리에 앉는다.

"울지 말거라. 눈물이 괜한 설움을 만든다."

설립자가 오초혜의 어깨를 가만가만 두드렸다. 나는 좀 전에 그녀가 그랬듯이 촛불을 잠자코 내려다보기 시작한다. 그녀가 이따금 훌쩍거리고, 그때마다 촛불도 조금씩 일렁거린다.

"내가 구선생을 다솜터에 중히 쓰려고 했거늘, 어쩌면 이럴 수 있소?"

시라도 읊조리는 듯 노인의 음성이 나직하다. 성내지 않는, 오히려 차분한 말투에 자기 나름대로 온갖 분노를 다 담아내고자 하는 듯하다. 내가 자신의 젊은 아내를 유혹해서 화가 난 것인지, 몰래 다솜터에 잠입해서 그런 것인지 알 수 없다. 아니면 우리가 다솜터를 떠나려고 했던 사실을 두고 말하는 것인지도 모르겠다.

그는 어디까지 알고 있고, 또 얼마나 관여했을까? ……오초혜가 나에게 속삭였던 말 전부를 노인에게 들려주고 싶은 마음도 아주 없지는 않다. 피해자는 다름아니라 바로 나다. 하지만 입에서 뱉어내는 게 모두 말이 될 수는 없다. 그래서 나는 신중하게 단어를 선택하고자 애쓴다.

"어르신의 뜻은 고맙습니다. 분에 넘쳤습니다. 하지만 세상에는 절대로 바꿔치기할 수 없는, 공존할 수 없는 가치들이 있습니다. 멀리 에둘러서 말씀드릴까 합니다. 처음부터 저는, 어르신의 말씀 가운데 사실과 다른 부분이 있지 않을까 의심했습니다."

"……?"

"『아라비안나이트』에 등장하는 황제 '샤프리야르'는 첫날밤을 보내고 난 뒤에는 어김없이 여자들을 모두 죽여버리고 맙니다. 첫 번째 아내가 자신을 배신했다는 오직 한 가지 이유 때문이죠. 저는 그런 심리를 그냥 저 혼자 '샤프리야르 증후군'이라고 부릅니다만, 어쨌거나, 다솜터 안에서 모든 사람들이 가정을 꾸리지 못하도록 강제했던 이유가 혹시 그 비슷한 증후군에서 비롯된 건 아닐까 생각했지요. 만약 그런 게 아니라면, 아닐수록, 어르신께서는 그저 단순하기 짝이 없는 다솜터의 독재자가 되는 셈입니다. 막강한 힘에 조금씩 맛들이다가 급기야 신을 흉내내기도 하는……"

더이상 말을 잇지 못하고 나는 찻잔을 만지작거린다. 좀 전, 오초혜 앞에서 그런 것처럼 목이 멘다. 노인의 눈길이 순간적으로 매서워진다. 생각의 속도가 느릴 것이라고 여겼는데 노인은 내 말뜻을 제대로 간파한 것 같다.

"그게 철학인가? ……혹시 점술 같은 게 아니고?"

"철학은, 저 같은 서생 따위에 의해 조금이나마 가치가 훼손될 만큼 허술하지는 않습니다. 굳이 말씀드리자면 다솜터에서도 반드시 지켜져야 하는 철학은 있을 것입니다. 주제넘습니다만, 이곳이 공동체니까 그렇고 파라다이스여야 하니까 그렇죠. 그렇게 될 때 이데올로기는 절대 깨질 수 없는, 절대 순정한 것이 됩니다. 어르신께서 진정으로 원하신다면, 살아서 신이 되실 수 있는 사상적 토대를 제가 쌓아드릴까 합니다. 제가 드리고 싶은 얘기가 그것입니다."

설립자가 보일 듯 말 듯 고개를 끄덕거린다. '얘기꽃' 전체에, 얘기꽃답지 않게 침묵의 기운이 무겁다. 오초혜도 고요할 뿐이다. 여전히 고개를 숙인 채…… 그녀가 울지 않았으면 좋겠다. 울음은 아이에게도 적지 않게 해로울 것이다.

"자넨 여전하군."

"제가, 다솜터에 남아 있게 해주십시오."

가위바위보를 하듯, 노인과 내가 서로 상관도 없는 말들을 툭툭 던지며 주고받는다. 물러설 수 없는 최후의 진지를 사수하면서 벌이는 전투 같은 느낌이다. 그렇다면 나는 마지막 포탄을 쏜 것이나 다름없다.

"지금 한 얘기는, 귀가 어두워서 잘 듣지 못했지만 그동안 여러모로 고마웠네. 그 우정으로 한마디 들려줌세. 나는 신이 되려고 하기보다는, 그 누구라도 결코 신이 될 수 없음을 알고부터는, 가장 인간적인, 가장 본능적인 인간이 되고 싶었다네. 그러니 내가

매사에 꽉 막히고 마냥 인색한 노인만은 아니었음을 기억했으면
하네."

"이제 저한테는, 다숨농장의 수탉들이 더 잊히지 않을 것 같습
니다."

그 얘기는 하지 말아야 했는지 모른다. 상대로 하여금 자신의
보루를 더욱 완강히 지키도록 만들 수도 있기 때문이다. 하지만
내게 그것은 아까 날린 마지막 포탄의 정수, 그 뇌관에 다름아니
기도 하다. 그 순간 노인이 진짜 포사격이라도 받은 양 벌떡 일어
선다. 그리고 오초혜의 어깨를 고집스럽게 움켜쥐었다.

"잘 가시게. 나도 이미 생각을 고치기로 했다네. 혹시 무엇 때
문인지 알고 싶은가? ……아랍황제 누구처럼, 아까 그 '천일야화
千一夜話'를 들려줄 사람을 내가 제대로 찾은 거지. 그게 어쩌면 구
선생 덕택일 수도 있지만……"

그들이, 노인과 오초혜가 돌아서 간다. 붙잡지도, 하다못해 바
짓가랑이라도 한 번쯤 붙들고 늘어질 엄두를 내지도 못할 만큼
고집스런 낯빛을 한 채…… 한번 닫히면 모습을 감춰서 그 누구
든 입구조차 찾을 수 없을 것 같은 하늘의 문이 내 눈앞에 쓱싹
그려졌다가 사라지고 만다. '추방'이라는, 어떤 낱말 하나가 의미
도 없이 거듭 맴도는 가운데……

41

"당신, 그날 밤, 제가 싫다고 뿌리쳤는데도, 왜 억지로 범하고 갔어요?"

송이향이 이따금 내게 묻곤 한다. 첫번째 섹스는 용역에 대한 보상으로 자신이 원한 일이지만 두번째는 일방적이며 부당했다는 것이다. 말은 그렇게 하지만 나는 그녀가 그때의 일을 은근히 즐겨 반추하고 있음을 잘 알고 있다.

"언니가 가서 그 사람을 좀 지켜주세요. 어쩌면 죽을지도 몰라요."

오초혜는 그렇게 말하면서 송이향을 내게 보냈다고 한다. 이게 도대체 무슨 짓인지, 헤아리기는 쉽지 않다. 나라는 짐을 그녀에게 떠넘긴 것인지, 살아만 있어달라는 비밀스런 부탁인지 알 수 없다. 아니면, 나에게 접근하기 위해 송이향이 지어낸 말인지도 모르겠다.

"초혜 그 계집은 잘 지내고 있는지, 제가 한번 다녀올까요?"

송이향은 또 가끔 그렇게 물으며 내 눈치를 살피기도 한다. 언젠가 다솜터에 다시금 입주 허락을 받게 되는 날이 오면, 나와 송이향 그리고 오초혜와 그 아이까지 우리가 한 가족을 이뤄 살기로 약속한 이상 '계집'이라고나 부르지 않았으면 싶은데 그녀는 말끝마다 '초혜 그 계집'이다. 송이향은 우리 모두가 한 가족이 되는 그때까지만 유일무이한 아내로서의 독점적인 자격을 지니기로 다짐했다. 물론 오초혜는 아직 우리 뜻에 합의한 바 없다.

인간의 가족제도는 북극의 얼음처럼 날로 붕괴하고 있는 것처럼 보인다. 나는 내 마음속에 세워진, 다솜터 설립자의 오두막 같은, '서편재'에 비스듬히 기대어 세상을 살피는 중이다. 비스듬히 기대어 삐딱하게 쳐다보는 데 그쳐서 그런지, 별 이상한 생각이 다 들 지경이다. 이를테면, 인간의 모든 사랑은 순도가 형편없이 낮아지고 말았다. 약간의 자극이나 유혹에도 그만큼 변질을 거듭하는 이유가 바로 그것이다. 인간 수컷들은 날로 연성화하고 암컷들은 이미 중성의 길로 접어들었다. 공룡이 멸종되어버린 이유가, 순전히 내 고유한 학설에 지나지 않지만, 일방적인 수컷 기질로의 강화에 있지 않았는가 하고 나는 의심하고 있다. 외적으로는 빙하기 같은 모진 지구환경에 적응하고 내적으로는 거대한 몸체를 유지하기 위해서라도, 거칠어지고 사나워져야 했으며 필요 이상 용맹한 척해야 하고 무작정 공격적일 수밖에 없었으리라. 그건 오히려 진화에 역행하는 지름길이 아니었을까? ……그런데 현생의 인간 수컷들은 지나치게 암컷 쪽으로 형질변환이 진행되고 있다. 공룡에 비해서는 이게 바람직한 선택일까? 굳이 옛 제도에서 방법을 찾는다면, 모계사회 쪽으로 한 걸음쯤 물러서는, 이른바 '여성시대'를 만드는 게 오히려 안전한 진화 방책이 될 수 있을까? ……내가 잠시도 잊지 않는 파라다이스, 내가 장차 세우게 될 파라다이스는 이상을 그 지점에 두고 실험을 시작하게 될 것이다.

이를테면, 오초혜는 내 주인이 되고, 나는 내 아내인 여자의 주인이 된다……!

새 다솜터에서는 이런 가족집합체가 보다 더 연구되고 완성되어 추방당하는 이들이 없어진다. 수소 원자 두 개와 산소 원자한 개가 만나 비로소 물로 바뀌어 안정을 유지하게 되는 것처럼…… 요컨대 선악과가 열려 있던 창세기의 동산에서는 이 구조가, 구조라기보다는 원자들의 상호 역할이 좀 다르게 돼 있었던 셈이다.

모든 일을 획책한 게 자기 자신이라고 오초혜는 실토했다. 나는 그 말을 절반만 받아들이고, 절반은 아예 귓등으로 흘려보내고 말았다. 그 절반을 믿지 않고 흘려보낸 것은 내가 아직은 사랑의 힘이랄지 순수성을 믿기 때문이다. 오초혜도 나를 진정으로 사랑했을 것이라고 믿는다는 말이다. 어쩌면 지금 이 순간에도, 그러니 나를 지켜달라고 송이향을 보내기도 한 게 아니겠는가? ……그렇다면, 내가 그 말의 절반을 믿고 받아들인다는 뜻은 무엇인가? 그건 좀 설명하기가 복잡해진다.

사랑이란, 화학적인 관점에서 보자면, 기껏해야 이삼 년 안에 소멸되고 마는 호르몬 분비현상에 지나지 않는다고 한다. 옥시토신이나 페닐에틸아민 등, 이름도 복잡한 호르몬 네댓 개가 이상한 콩깍지를 만들어 눈에 씌우게 되는데 그걸 뒤집어쓴 인간들마다 사랑이라는 끈끈한 수렁에 빠져 좀체 헤어나지 못하는 것이다. 이러니 과학자들은 지금 이 순간에도 말 그대로 사랑의 묘약이 될 수 있는 주사제며 알약 들을 제조해보느라고 실험실의 불을 밤낮

켜놓고 있을는지 모른다.

나는 불운했다. 내가 찾아낸 새 에덴의 동산에서, 파라다이스에서, 정작 사랑의 쓴잔을 마시게 될 줄은 몰랐다. 고작 일 년도 안 돼서 사랑의 호르몬 분비가 멈추는 여성을 만났기 때문인가? ……남녀의 애정은, 사랑은, 이제 더이상 낙원의 동력이 되지 못하는가?

한꺼번에 너무 많은 호르몬이 분출하여 이내 고갈되고 마는, 그리하여 아주 뜨겁고도 짧고 어리둥절한 사랑이 나를 데치듯 스쳐 지나갔다. 모르겠다. 그녀의 의지와는 달리 지금도 그녀의 몸에서는 그토록 많은 눈물을 흘렸던 것처럼 호르몬이 펑펑 솟아나고 있을는지는…… 하지만 지금 당장은 그게 나를 위해 쓰이고 있지 않다는 사실이, 비록 괴롭지만, 명백한 것 같다.

추측처럼, 만약 과학자들이 호르몬 몇 개를 조합하여 사랑의 묘약을 만드는 데 열중하고 있다면 지금 당장 그만두라고 나는 권하고 싶다. 그건 중세의 연금술처럼 허황되고 무모한 일이다. 아니, 그깟 신약쯤은 간단히 개발할 수 있을지도 모르겠다. 그렇게 해서 사랑을 잃어버리고 죽을 고생을 하는 이들에게 새로운 전기를 마련해줄 수 있을지도 모른다. 이를테면 비아그라나 시알리스처럼……

내가 그만두라고 말하는 건 그 때문이 아니다. 호르몬 분비가 멈춘 연인들은 다들 그만한 이유가 있기 마련인데, 가장 중요한 건 연애의 대상이 바뀌기 때문이라는 것이다. 어느 실험도구도 정확한 수치를 밝힐 수 있는 건 아니겠지만, 굳이 예를 들자면, 옥시토신 47.3퍼센트에 도파민 16.9퍼센트가 작용하여 오초혜가 나를 사랑했다. 그런데 도파민 5퍼센트가 감산되고 옥시토신 2.8퍼센트가 증산되면서 사랑의 대상은 일순간 모질게도 바뀌어버린다. 다른 남자나, 가족이나 혹은 자기 자신, 아니면 명예라든가, 심지어 돈이라든가 하는 대상으로……

"전 이제, 돌아가는 거잖아요. 원래 있던 곳으로, 돌아갈 뿐이잖아요."

오초혜는 그렇게 말했지만, 나로서는 그 복잡한 호르몬의 방정식을 풀이할 재주가 없다. 머지않아 사랑은 어쩌면 정확한 수치로 계량할 수 있게 될지도 모른다. 우리, 삼십만원짜리 사랑 어때? 어머, 그건 너무 낭비가 아닌가요? 고작해야 점심 한 끼 대신하는 건데요 뭐, 하는 식으로…… 오초혜의 말을 내가 절반만 믿는 건 바로 이런 호르몬의 장난을 알기 때문이다.

오로빌! ……나 혼자라도 그곳으로 떠나는 게 차라리 나았을까?

하지만 고통을 좀 덜어보자고 타협의 길을 선택하고 싶지는 않다. 굳이 고백하자면 언젠가 오초혜의 몸에서 도파민 5퍼센트가 증산될 수도 있다는 희망을 갖기 때문이다. 동시에 다솜터가 늘 내 마음속에 깃들어 있기 때문이고, 다솜터는 오초혜가, 오초혜는 아이가 채우고 있기 때문이다. 그 아이는 분명 내 몸에서 빠져나갔다. 이 순환의 고리는 지금이야 잠시 끊어졌지만 언젠가는 물레

방아처럼 다시 힘차게 돌 것임을 믿는다. 그때까지는 다솜터가 오초혜이고, 오초혜가 곧 다솜터다.

생각해보면 지금 이 순간에도 그 순환의 흐름이 완전히 끊겨 있는 것만은 아니다. 아이디 'djfrnf'로 나는 다솜터 홈페이지에 접속을 계속하고 있으니까 말이다. 'djfrnf'는 '얼굴'을 위장하기 위해 한글 그대로 영어 자판을 두드린 문자다. 영리한 오초혜는 그 사실을 벌써 눈치채고도 남았을 것이라고 믿는다.

사라져가는 채소 품종 중에 '멍청이감자'가 있습니다. 그거 성분을 연구해보시고 다솜터에서 건강식품으로 개발해보심이 어떨까요? ……나는 그런 식으로 인터넷을 통해 다솜터와 소통하고 있는 중이다. 내가 건의한 것들은 많다. 심지어는 '양건陽乾'이라는 옛 풍습을 제안하기도 하고, 모계사회 장점들을 발굴해서 다솜터가 부분적으로나마 복원, 도입하는 게 어떠냐고 은근히 권유하기도 한다. 양건은 남의 눈에 띄지 않으면서도 햇볕이 좋은 곳을 찾아가 남녀 생식기를 건조시키는 일이다.

내 제안 중에는 다솜터가 이미 받아들인 내용도 있다. 동구 밖, 그러니까 마을 입소데기에 정문을 세워야 한다면 거대한 상징물을 하나쯤 설치하는 게 어떻겠느냐는 제안이었다. 삼족오三足烏 형상도 좋고, 솟대도 좋을 것이라고 했다. 두말할 것도 없이, 솟대는 오초혜의 태몽과 직결이 돼 있다. 그들은 그 두 가지 상징 조각을 다 세웠다. 그리고 다솜터 안의 누군가가 고맙다는 댓글을 띄워놓기도 했다. 아이디가 '우산'이었다. 우산……? 오초혜와 우산의 연관성을 찾기 위해 나는 그때 이틀이 넘게 매달린 적도 있다. 비 올바람, 소나기, 장마, 알몸, 흙탕물, 우산 등의 단어를 샅샅이 떠올려가면서…… 하지만 그저 심증뿐이다.

여자 대신 일을 선택해야 했을까? ……나는 가끔 돌이켜보곤 한다. 첫돌을 맞이한 아이들에게 시켜보는 돌잡이 행사 때처럼, 내가 다솜터에서 붙잡았어야 하는 것은 오초혜가 아니라 다솜대학 학장 일이 아니었을까? 그래서 처음부터 오초혜에게는 곁눈질 한번 주지 않고 내 철학을 그곳에 심어 재배하는 실험에 내 생애를 바쳐야 했던 건 아닌가 하고…… 다솜터 그곳이 얼마나 좋은 터전이었던가를, 그때가 참으로 얼마나 멋진 기회였던가를 깨닫는 순간이면 나는 후회하곤 한다. '다솜'이 아주 큰 사랑이라는 게 맞다면, 내가 한 여자의 치마폭에 빠져 헤어나오지 못하는 바람에 그 큰 사랑을 끝내 잃어버린 건 아닌가 하고……

하지만 설립자는 신이 아니므로 머지않아 죽을 테고, 한때나마 사탄 역할을 떠맡았던 촌장이 사라진 다음에도, 오초혜는 그곳에 남을 것이다. 그때 우리는 재회할 수 있겠지. 묵자의 사상 실험은 그때 시작해도 늦지 않을 것 같다. 늦었다고 해서 불가능해지는 사랑이 있다면 그건 애초부터 사랑이 아니었을 것이다.

그런데 그런 날이 오기는 올까……?

그날이 오면, 나는 다시는 추방되지 않을 자신이 있다. 하기야 뭐, 그때쯤 가서는 나를 추방시킬 사람도 남아 있지 않을 것이다. 그렇게만 된다면 다솜터의 근간을 새로 고쳐볼 수도 있으리라. 종교단체마다 나름대로 마땅히 교리가 있어야 하듯 파라다이스를 꿈꾸는 공동체마을은 이상理想이란 토대가 반드시 마련돼야 한다. 이를테면 경제 파라다이스든지, 무정부 파라다이스든지, 가족 파라다이스든지…… 나는 요즘 그 이상에 골몰해 있고, 어느 정도는 구체화되고 있는 것도 사실이다. 그 열쇠가 묵자이고, 또 다솜인 것은 두말할 나위도 없다. 그것이야말로 나를 기다릴 수 있게 해주는 힘이다. 그래서 나는 아주 가끔은, 상실의 고통이 저절로 잦아드는 어느 한순간쯤은, 나에게 그 고통을 안겨주었던 오초혜의 선택을 이해하려고 애쓰기도 한다. 그게 비록 진통鎭痛을 위한 자가요법에 지나지 않을지언정……

다솜터는 아직도 거기 있다. 지금 그곳은 바람 없는 곳에 있는 저수지처럼 마냥 고요하고 잔잔한 듯 보인다. 하지만 어느 날인가 그 동산에서는, 천지가 뒤바뀌듯, 내가 꿈꾸는 세상이 활짝 열릴 것이다. 새 다솜터 동산에서는 내 실험이 정녕 가능해질 것이라고 믿는다. 나는 단지 그 하나의 기대 때문에 다솜터를 포기하고 물러나올 수 있었다. 부연하자면, 일시적인 유배라고 여기고 기꺼이 추방을 감수했다.

모르겠다. 오초혜가 나를 고용해줄는지는……

사랑에 대해서는 나도 알 만큼은 안다. 제기랄, 실연을 통해서 나는 그걸 배웠다. 결코, 다시는 결코, 돌아갈 수 없는 곳들이 있다. 그 하나는 잃어버린 사랑이 있던 자리다. 몸에 남은 생채기처럼, 슬프게도, 사랑이 이미 떠나버렸음에도 불구하고 함께 따라가지 못하고 멈춰 있는 시간 저쪽 황무지 같은 곳…… 그러니 도파민이나 옥시토신, 페닐에틸아민 같은 호르몬들이 아직 분비를 멈추지 않은 시점, 그러니까 아직 우리가 서로 사랑하고 있을 때 그녀가 나를 내쳤다는 점이 희망이라면 희망일 수 있다.

그래서 그럴까……? 사람들의 눈에 띄지 않는 다솜터 입구 어디쯤에 서서 비류동 쪽을 멀리 훔쳐보기라도 할라치면, 그곳은 그때마다 내가 언젠가 반드시 돌아가야 할 곳임을 일러주는 등댓불처럼 환하게 반짝거린다. 태초에 우리 선조들이 등을 떠밀려 추방되다가 흘낏흘낏 돌아보면 빛나고 있었을 저 먼 풍경처럼.

다솜터는, 나를 기다려, 아직도 거기 있다.

그곳에 가서 살고 싶다

　삼 년 전에 탈고했던 소설을 이제야 책으로 펴낸다. 한데 당시 나를 사로잡던 것들이 무엇이었는지 쉽게 그 기억의 실마리가 붙잡히지 않는다. 에덴의 동쪽 산을 내려오던 순간부터 벌써 산정의 일들을 잊자고 작정했던기?

　그렇지!

　아주 어린 시절부터 자주 들어야 했던 지청구가 하나 있었다. 어머니께서는 남과 좀체 어울리지 못하는 나를 두고, "너는 봉서산 꼭대기로 올라가 혼자 살아라" 하고 꾸짖곤 하셨다. 동생들과 삶은 감자 한 알을 두고 다투는 것도 싫었고, '목포의 눈물'이 목포에서 흘리는 눈물인지, 아니면 목포가 흘리는 눈물인지 동네 조무래기들이 열을 올릴 때도 내 주장을 온전히 다 펼치려 들지 않았기 때문이다. 아마도 어쩌면 내 병약함이 나를 그렇게 키웠으리

라. 아무튼 어머니의 지청구는 저주가 아니라, 귀신을 쫓아내려는 복숭아 나뭇가지 매질 같은 것이었지만 당신의 울음에 다름아닌 매를 맞던 자식의 생각은 또 달랐다. 산꼭대기에 올라가 혼자 산다?

언젠가 때가 되면 참으로 그렇게 하고 싶던 날들이 있었다. 산중에 숱한 집을 지었다가 부수고 다시 짓고, 아는 얼굴들을 추려 집 한 채씩 지어주었다가 빼앗은 다음 도로 내주고, 화폐를 발행했다가 찢기도 하고, 가상의 내 공화국에서 필요한 가치가 무엇이어야 하는지 순서를 정해 일목요연하게 정리해보기도 하고…… 말하자면 이상사회를 그려보곤 했던 것이다.

『에덴 동산을 떠나며』는 그때 차마 실현시키지 못했던 꿈을 소설로 세운 작품이다. 에덴의 설화 이후 시도됐던 수많은 파라다이스들이 덧없이 스러져야 했던 역사적 사실도 내 창작열에 불을 지핀 게 사실이다. 새뮤얼 버틀러는 파라다이스가 어디에도 없다는 점을 강조하기 위해 『에레혼』을 썼다고 하는데, 그 철자 'Erehwon'은 어디에도 없다는 뜻 'No where'의 철자를 거꾸로 나열한 지명이라고 한다. 파라다이스는 과연 어디에도 없을까?

그렇다면 지금 만들어볼 수는 없을까?

아무리 생생한 꿈이라 할지라도 잠을 깨게 되면 도로 아미타불이 되고 마는 것처럼, 이상사회를 짓는 일이 자꾸 더뎌지고 또한 난관에 봉착할 때면 나는 저 시원의 살림살이인 에덴 동쪽 산 설화를 떠올렸다. 그리고 거기서 답을 찾고자 애썼다. 얼개가 얼추

318

비슷해진 이유는 그 때문이다. 그러하니, 부디 탓하지 마시기를.

절친한 친구 둘이 내가 사는 지역의 한 신문사 대표이사로 차례로 부임했을 때, 그들에게 내어줄 부조가 마땅치 않아 대신 이 작품을 신문에 연재하기 시작했다. 무료로는 섭섭하니, 원고지 한 장당 1원을 받자 하고 연재가 끝나는 날 한꺼번에 1,237원을 정산받았던 일도 밝히고 싶다. 그 또한 어디에도 없었던, 새로 지어질 산중의 땅에서라면 혹 가능한 일이 되려니 하고 여겨지기 때문이다.

내가 그려 보인 사회도 완전하지 않은 듯하여, 제목이 '에덴 동산을 떠나며'가 됐다. 그렇게 홀연히 떠나오고 보니 산정의 일이 감감한 채로 다시금 사무치게 그리워진다. 훗날 누군가, 동산東山의 일을 기억하여 뱀을 모두 소탕한 뒤 선악과 한 그루까지 심거든, 불초 소생 하나 불러주시기를 빌면서 고대하고자 한다. 그곳에 가서 살고 싶다.

2010년 6월 전주 한옥에서

이병천

문학동네 장편소설

에덴 동산을 떠나며

ⓒ 이병천 2010

초판 인쇄 │ 2010년 6월 9일
초판 발행 │ 2010년 6월 16일

지은이 이병천
펴낸이 강병선
책임편집 이경록 │ 편집 박지영 서현아 조연주 │ 디자인 엄혜리 유현아
마케팅 장으뜸 서유경 정소영 │ 온라인 마케팅 이상혁 한민아
제작 안정숙 서동관 김애진 │ 제작처 영신사

펴낸곳 (주)문학동네
출판등록 1993년 10월 22일 제406-2003-000045호
주소 413-756 경기도 파주시 교하읍 문발리 파주출판도시 513-8
전자우편 editor@munhak.com │ 대표전화 031)955-8888 │ 팩스 031)955-8855
문의전화 031) 955-8890(마케팅) 031) 955-8864(편집)
문학동네카페 http://cafe.naver.com/mhdn

ISBN 978-89-546-1150-3 03810

* 이 책의 판권은 지은이와 문학동네에 있습니다.
  이 책 내용의 전부 또는 일부를 재사용하려면 반드시 양측의 서면 동의를 받아야 합니다.
* 이 도서의 국립중앙도서관 출판시도서목록(CIP)은 e-CIP 홈페이지(http://www.nl.go.kr/ecip)에서
  이용하실 수 있습니다.(CIP제어번호: CIP2010002108)

www.munhak.com